Earth travels

走读大地

III

U0782716

Earth travels

走读大地

大地理想

傅菲 著

山西出版传媒集团
北岳文艺出版社
BEIYUE LITERATURE & ART PUBLISHING HOUSE

图书在版编目(CIP)数据

大地理想 / 傅菲著.— 太原:北岳文艺出版社,2016.8(2023.6 重印)
ISBN 978-7-5378-4865-7

Ⅰ.①大… Ⅱ.①傅… Ⅲ.①散文集—中国—当代
Ⅳ.①I267

中国版本图书馆 CIP 数据核字(2016)第180040号

书　　名:大地理想
著　　者:傅　菲
策　　划:续小强
责任编辑:贾江涛
装帧设计:张永文
印装监制:巩　璠

出版发行:山西出版传媒集团·北岳文艺出版社
地　　址:山西省太原市并州南路 57 号
邮　　编:030012
电　　话:0351-5628696(发行部)
　　　　　0351-5628688(总编办)
　　　　　0351-5628697(编辑室)
传　　真:0351-5628680
网　　址:http://www.bywy.com
E－mail:bywycbs@163.com
印刷装订:山西万佳印业有限公司

开　　本:787mm×1092mm　1/16
字　　数:202 千字
印　　张:19
版　　次:2016 年 8 月第 1 版
印　　次:2023 年 6 月山西第 2 次印刷
书　　号:ISBN 978-7-5378-4865-7
定　　价:55.00 元

目录
contets

◎横峰春欲迟

荣华山已晚

婺源合人老

江水忽如寄 ◎

横峰春欲迟

大地理想

乙未年距小雪还有五天，我去横峰访友。吴武华兄和史海辉兄均为我多年兄长，挽留我，说，去乡间走走，有很多好地方。我说，横峰来过很多次，大部分地方都看过了。吴武华兄说，可以去新篁看看，有好东西。我说，二十年前去过，记忆模糊了。就这样，去了新篁，又不可自抑地去了司铺、莲荷、铺前、港边、龙门畈。冬雨绵绵，大地始终垂降暮色。我却义无反顾地扎入丛林、川峦、田畴之中，似乎那是看不厌的故乡延伸部分，是心脏律动的地方，是遗忘歌谣再次升起的光源之地。既是江南的缩影，又是江南的全部。

起伏的山峦在灵山脚下形成凹陷的皱褶。葛溪河和岑港河，像大地上两条被风吹散的飘带，在丛林间和田畴深处飘忽。在杨桥，我看见葛溪河在冬雨中，浩浩汤汤，像大地开裂处的血液，枯涩的茅草和油碧的灌木，如两团颜料，沿河板结。田野是素白的，冷涩，古朴，稀散的村舍在淅淅沥沥的雨中，把远去的记忆瞬间显影。村舍里，隐隐传来犬吠和鸡鸣。那是灯盏安放的地方，有月亮从水井升起。更远一些，是绵绵的山峦。山峦是一个馒头形，雨丝垂落，锃绿的树林有艳红的枫树和麻黄的山毛榉潜出来，彼此映照，夺目奔放。开阔的田野沿着葛溪河倾泻，网状的田埂勾勒出田野的筋脉。我想起俄罗斯油画家伊凡·伊凡诺维奇·希施金笔下的《黄昏，雨后》：微红的夕光溢出大地，条状的黑云把夕光分割出斑斓的色彩，低洼里的积雨有了银色，让人感觉到大地轻轻的晃动，裸露的树根和腐朽的树干，一切都是那么古老，稀稀疏疏的树叶透出几分祥和又哀哀的冷色，灰蓝的天空像一块布片盖在树林之上，一只小鸟站在高高的树梢，守着孤独的旷野。

在去港边的路上，因为迷路，走了一条小路，弯弯岔岔，多走了半个多小时。因为车子出了故障，停在一个村子里换胎。我一下车，便被村子迷住了。村子叫柯家。里里弄弄，恍若迷宫。池塘里，不时有鱼儿扑出水花，青翠的竹林在村舍间汹涌，雨丝从竹叶滑下来，油亮。村外，是疏朗的菜地和浅青色冬田。鹅毛绒一样的青草，在冬田里，多了一分人烟气息。矮山冈的菜地，把山地分出层梯级，看上去像一座仰卧的雕刻品。横峰有很多俊美的村子，这是与其他地域最大的不同之处。

在莲荷乡的梧桐畈，我到了村口，瞬间恍惚。路边两排柳树，柳枝垂下来，可以想见的是，春风一日暖一日，迎春花还没完全炸开花苞，柳枝芽细细地发青，枯黄的枝条水肿似的发胀，转青。树根的苔藓往上爬，淌出水渍，山樱花在山间飘荡着白雪般的花瓣，柳条葳蕤，暖风拂面，进村的人不自觉地唱起了欢快的歌谣。一座岩石山从柳树梢看过去，像一只猴子蹲在地上。同游的王国浩兄告诉我，岩石山叫鹤山。鹤和猴，在当地方言中，是谐音，会不会是猴的误读呢？有人说，可能在先前的农耕时代，岩石山上的树林里栖息了很多白鹤，因鹤得名，也未可知。在村里，我看见了桂竹林。我问村人："这个竹林，是不是种了十五年左右呢？"答："差不多这个时间。你怎么知道呢？"我说，我看竹子的直径和竹林的密度，就知道了。桂竹初种，是细细黄黄的，林子越密竹子直径越粗，竹子也越高，高出四层楼，密不透光。桂竹是贱物，挖洞浇水，在冬春皆可移栽种植。桂竹分雌雄，同时把一根竹鞭上的两棵老桂竹一并移栽，繁殖力更强。在所有的竹笋中，桂竹笋是最好吃的，白菜一样娇嫩，萝卜一样爽口，没有青涩味，是山珍中的上品。掰了桂竹笋，桂竹便不再长，杀鸡取卵的事农人是不会干的。梧桐畈村掩映在竹林和樟树、枫树下，村前是几千亩的田畈，在一个平面上摊开，细雨中，素净、灰白的稻茬像是另一种古老的时间。远处的信江已经没有踪迹，一抹依序的树林描摹出河流的形态。

在司铺，探访过山中村庄搬迁后的生活遗址。车上了王家坞水库坝堤，便沿山边草径步行。许是暖秋吧，杜鹃又有了一次花期，零星地点缀在蕨萁等地衣植物中间。雏菊在山崖下，金黄耀眼。雏菊迎霜，霜冻越寒，花也越绽。水面有白鸥几只，翩翩翔舞。明末清初散文大家王猷定在《螺川早发》咏道："月落秋山晓，城头鼓角停。长江流远梦，短棹拨残星。露湿鸥衣白，天光雁字青。苍茫回首望，海岳一孤亭。"鸥至雁离，是旅人孤独、人生无常的隐喻。白鸥是迁徙的鸟，但鲜有来中国南方越冬。早年，当我还是孩童时，在饶北河，倒常见，它们栖息在河滩的枫杨树上，觅食鱼虾蜗牛螺蛳。时隔三十多年，才又见到白鸥。它是远去的旧时光，再次带给我孩童时的感动。它像一团白雪，炽燃山野。步行约三华里，到了废弃的村子。村子馅子一样包在山坳里，竹林和油桐树在屋后发出呜呜呜呜的风声。小路铺满了落叶和腐烂的植物枝干。几棵柚子树挂着涩黄的柚子。环抱般的山峦，层林尽染，金色的殷红的墨绿的灰褐的树叶，把山体修饰出一幅霜后的时间图。山涧在荒草遮掩的沟渠里，叮叮咚咚。有几间瓦屋已然倒塌，成了颓圮。外村借地种菜的农人，把山田垦出来，种上了时鲜菜蔬，大部分的山田还刚刚下了秧苗。山田梯级延伸，每块山田垦出一个水平线，每一块菜地的宽度是一样的，田垄的宽度也是一样的，菜地与菜地也是角对角、线平行线，秧苗是一样高的一样绿的。看起来，像一块绿织毯，甚是精美，令人震撼。可惜，我没看到打秧苗的农人。他一定是一个具备高度审美的人，是一个内心纯洁的人，是一个有灵魂高地的人。我估摸这个农人在年轻时，可能是做木匠活的，菜种在一条线上，像一个棋盘，每块菜地沿山田垦出来，像豆腐箱里压出来的豆腐块。他不是木匠也该是乡村画师。用美学眼光去审视从事平凡之事的人，是最精细的人，也是陶醉于生活的人，从俗至雅，乃生活大师。

多褶的群山，向北堆叠。横峰北高南低，群山渐渐低缓，消失，有了丘陵地带和莲荷小平原。纵横的河汉掌纹般密布，村舍被河流串起来，如一条藤蔓上的牵牛花，主要河流有岑港河、港边河、新篁河、葛溪河、司铺河、乐安河。它们穿境而过，注入信江，汇入浩渺的鄱阳湖。发源地同属灵山山脉。灵山像一列巨型火车，由东向西呼啸奔驰。水是大地的精魄，蓄养精魄的是山塘水库。去一个山坳，拜访一座山，一座水库出其不意尽览眼底，让人短暂晕眩，蛇一样安静下来，沉默无言。在铺前，见黄源水库，便是这样。在姜家畈村后山，一座水坝拦截了一条逼仄的山坞。冬雨后的水雾在山际氤散，水绿得乌亮，山影被风吹出细密多皱的波纹。山峦如眉，青黛的天空呈圆拱形。水和植物混合的气息，从水面涌过来，一下子把人裹起来。我甚至如是想：在春天，在水库边站立一天，人会和豆芽一样，破壳发芽，抽枝发叶。杨朝雪说，大坝是炸开两边山体，以黏土心墙堆石坝，坝内全是片石。因无污染无破坏和先进的技术，世界罕见。我说，你怎么这样了解这里的山山水水呢？他说："任职三届县委书记秘书时，走遍每个行政村，走了每个水库，读完了县里的文史资料。在工业园任职时，又读完了地质资料。"他是我老友，我每次来横峰，都请他带路。他是熟知这片大地筋络的人。黄源水库往左右两条山垄伸进去，像两只叉开的脚。翻过山，便是葛文化发祥地葛源了。葛源的千亩高山梯田，又是另一番景象。梯田沿山修筑，田埂是不规则的弧形，水映蓝天，像翻卷的大海。野花葱郁。初冬的枫树、山毛榉、梓树、栾树、青桐、漆树和竹林迎接了大地的白霜，野刺梨长出了甜蜜蜜的浆果，山间红遍。到了春天，千亩梯田会是层层叠叠的花海。

乡友告诉我，在梧桐畈将种植千亩荷花，在司铺无人耕种的丘陵地带将建一个大型野生动物园。乡人都充满了期待和兴奋。这是一个贴近大地的构想，一个有呼吸的构想。有此构想的人，是一个有大地情怀赤子之心的人。我们该把大地应有的东西还原给大地，各俊其美，各颜其色，各悦其声，各夺其目，各味其果。

因吴兄和史兄的一次慰留，我自己也没料到，两个星期内竟然四次去横峰。去了横峰，我深深自责自己是一个浅薄的人，对身边的大地是那么无知。我们需要一次次去投奔大地，像雨一样，去熟悉大地的细胞、脏器、骨骼、血液、筋脉。大地是我们的父母，是我们的胞衣，也是我们的摇篮和眠床。任何时候，我们站在大地面前，都是初洗的婴孩。

莲　荷

莲就是荷，是一种梦一样的**植物**。它肥绿的**圆**叶上，水珠被风摇动，滚来滚去，金色的阳光有了**绚丽的彩虹**。蛙鸣在荷塘里，此起彼伏，让我们觉得每一天的**早晨和傍晚**，披上了童话的七彩衣。莲又称芙蕖、水华，**未开的花蕾叫菡萏**，已开的花朵叫鞭蕖，地下茎叫藕，果实叫**莲蓬**，坚果叫莲子。这是一种古老的植物，是一种多长于**淤泥的水生草本**，也是中国文化的基本元素。《诗经·郑风》之十："山有扶苏，**隰有荷华**。不见子都，乃见狂且。山有桥松，**隰有游龙。不见子充，乃见狡童**。"情爱中的女子，约会心上人，**看见满池塘的荷花**，心房都被荷花点燃了，可心上人偏偏没来，一个小狂徒来戏谑她，不恼怒才怪呢。《汉乐府》的《江南》是古诗中的名篇："江南可采莲， 莲叶何田田。鱼戏莲叶间， **鱼戏莲叶东， 鱼戏莲叶西，鱼戏莲叶南，鱼戏莲叶北**。"江南的**莲花开了**，一眼望不到边际，青青翠翠的荷叶有无穷的**碧绿**，男男女女泛舟对歌，挑选意中人。莲花湖里，已经有情侣躲在荷叶下，**做了痴男怨女**。鱼戏就是男欢女爱的暗喻。这种**情境**，都是**青年人所向往的**。宋朝的周敦颐著有《爱莲说》："**水陆草木之花，可爱者甚蕃**。晋陶渊明独爱菊，自李唐来，**世人甚爱牡丹**。予独爱莲之出淤泥而不染，濯清涟而不妖，**中通外直，不蔓不枝**，香远益清，亭亭净植。可远观而不可亵玩焉。**予谓菊，花之隐逸者也**；牡丹，花之富贵者也；莲，**花之君子者也。噫！菊之爱**，陶后鲜有闻。莲之爱，同予者何人？**牡丹之爱，宜乎众矣**！"莲长于淤泥，亭亭玉立，花艳其上，高洁至圣，**让人自惭形秽**。

二〇〇九年夏季，我女儿骢骢八岁。**我带她游**西湖。船是仿古的木船，有木廊和八字形斜檐。西湖的荷花开了，肥肥的绿叶遮住了湖面，锦鲤穿梭，亭台悬于湖上。船游荷花间，嗞嗞，嗞嗞，水轻轻拍打船板的声音，像丝竹的弦声。苏堤的杨柳垂下湖面，葳蕤生姿，浪情摇曳。红艳欲滴的荷花盖了西湖，花一簇簇地支在荷叶上，有燃烧的灼热感。弥眼望去，像满湖的花灯，乃人间至美。我情不自禁地吟咏杨万里的《晓出净慈寺送林子方》："毕竟西湖六月中，风光不与四时同。接天莲叶无穷碧，映日荷花别样红。"莲是抗高温的植物，在南方普遍种植，在北方也常见。太阳越毒辣，花开越盛。夕阳下山，晚露渐浓，荷花慢慢收缩，内包起来，花瓣内卷，像似沉睡。青蛙呱呱呱，胀开它的音鼓，激越地鸣叫。浮在荷叶上的纺织娘，拉起竖琴，凄凄地吟哦。这是夜幕下的音乐会的序曲。主唱是鸣蝉，吱呀吱呀，忽而东忽而西。高音部分由夜鹰完成，呃呃呃，呃呃呃，凄厉，如婴孩的啼哭。贝斯手是蝙蝠，吱吱，吱吱，吱吱。朝霞在天边散开，鸡蛋黄一样的朝阳咯噔咯噔升起，荷花吸了一夜的露水，鲜红如染，慢慢绽开。太阳中分，荷花的花蕊完全绽露了出来，绽露出处女般羞赧的微笑。花瓣多为红色、粉红色或白色，有瓷器般的胎釉，摸起来手感柔滑，多属雄蕊，心皮多，离生，嵌生在海绵质的花托穴内。花托即莲房，像少女的香闺。心皮是被子植物特有的器官，是变态的叶，心皮卷合而成的花即是雌花。一枝花茎上，有了雄花，心皮卷合长了一支雌花，一同迎接朝阳，一同目送夕下，沐雨浴霜，像一对糟糠夫妻，故称并蒂莲。

花立于荷的圆叶上，像一个少女长衣宽袖跳《霓裳舞》，踮起脚尖，衣袂飘飘，迎风而蹈。国画一代宗师石涛，自号苦瓜和尚，咏荷花："荷叶五寸荷花娇，贴波不碍画船摇；相到薰风四五月，也能遮却美人腰。"把荷花比喻成美人腰，不免也动琴心。温庭筠喜入兰庭，沾胭惹脂，说荷花"应为洛神波上袜，至今莲蕊有香尘"。人奇丑，却细腻，温香惜玉。

黄永玉是硕果仅存的国画大师，习他的房叔沈从文写湘西风情小说，洋洋百万言，穿老式的毛楂扣对襟衣服，嘴巴不离烟斗，老得连烟斗也叼不动了，抽古巴雪茄。老人晚年，结庐京郊，自号"万荷堂"，长廊围十余亩荷塘。荷花与大师终日相伴，彼此凝思相望。张大千是个有争议的人，为事被人诟病，画荷奇绝。他是泼墨画大师、书法大师，自创"大风堂画派"，为了画荷，在西湖居住五年，天天看荷赏荷画荷，人称"荷痴"。

画荷最出名的是八大山人。《荷花水鸟图》是中国画的经典之作，对后世影响深远。八大山人是明朱皇族后裔，名朱耷，明亡后，削发为僧，疯疯癫癫，说话结结巴巴，内心孤傲。他笔下的《荷花水鸟图》，孤石倒立，疏荷斜挂，水鸟缩着脖子，翻着白眼，孤立于怪石上，冷漠、怪诞、孤傲，对人世冷嘲热讽。他善构图于枯枝败叶、残山剩水、孤影怪石，笔墨酣畅，内蕴邈远。

荷花在南方是普遍种植的植物，北方也常见，在池塘，在山田，碧玉如洗。普遍种植意味着与生活紧密相关。藕和白菜、萝卜、芋头、山药、莴苣等菜蔬一样，四季常食，是属家常菜必备品种。塘藕更脆，纤维也细，孔大，糖分多，粗圆均衡，无污泥味，是藕中上品。藕粉可制作藕松糕，蒸食，不粘牙，微甜，口感绵软，也可直接冲热水调喝。叶、叶柄、莲蕊、莲房可以入药，清热止血。莲心清心火、强心降压，莲子补脾止泻、养心益肾。中国人是很有智慧的，从平凡的植物中，发现对人最大的价值。

莲还是信仰的象征。许是莲迎骄阳而斗艳，出污泥而不染的缘故吧。佛祖释迦牟尼结跏趺，坐于莲花台上。大慈大悲的观音，穿白衣，一手持净瓶，一手执白莲，在白莲花上。佛经把佛国称为"莲界"，寺庙称"莲舍"，袈裟称"莲服"，和尚行法手印称"莲华合掌"，"念珠"称"莲珠"。莲是净洁的世界，是上善的世界，是无边的世界，是离俗的世界。

二〇一〇年初冬，我去扬州，与友人阙游瘦西湖。荷枯败，枝茎干涸，湖面上，飘着破碎的荷叶。荷叶焦黄，有的发黑。站在二十四桥上，暖阳生出几许淡漠，秋风散去，冬寒已至，枯死的莲荷不免让人悲凉。若是离人在即，或是颠沛流离于异乡，看见败荷残叶，孤鸟栖于枝头，雪花飘零，会作何感想呢？李清照是悲苦的人，国未破，家未散，只是丈夫外出没回家，她就写："红藕香残玉簟秋，轻解罗裳，独上兰舟。云中谁寄锦书来？雁字回时，月满西楼。花自飘零水自流。一种相思，两处闲愁。此情无计可消除，才下眉头，却上心头。"人活一生，不能过于哀叹命运，命运赐给人的不是绳索就是鞭子。所以，人不能活得过于智慧。有闲情，不如和陆羽一样，早上起来，用木瓢，去收集荷叶上的露水，煮茶下棋，听泉观鸟，生死都不是大事，把一杯茶煮好才是要紧事。

莲与荷，本是一种植物，称呼起来境界却不一样。莲至圣，荷至俗。俗中赏出至雅，即是美学的大师。朱自清在清华大学的池塘边，看见月色泻落荷塘，薄纱般笼罩，写出《荷塘月色》，照耀我们。

　　莲荷，我说的不是植物，而是横峰县郊的一个乡镇，近邻信江。乙未年冬，稀稀的冬雨中，我像一只野羊，在它广袤的疆域里乱跑。万亩的稻田在雨雾中，瑟瑟萧萧，发白的稻茬让我恍惚，似乎这是江北的平原，冬雪融化之后，植物还在冬眠，酣睡的表情显得意犹未尽，苍茫的大地与空茫的天空直接相连。岑港河穿境而过，枫杨树、洋槐、香樟，伫立河边，古老的身影稠密却单薄，稀疏苍劲的枝杈以祈祷的姿势，伸向高远的川穹。我多次去过莲荷，却知之甚少。第一次去，是在我青涩之年，探访友人。依稀中，去过的村子有大片的乔木林，香樟围着村子，形成一个屏障，不远处的河流吞泻着万古不息的时间。友人已远逝，青涩之年一去不复返。雾气在山冈和树林萦绕。

　　我揣想，在远古的时期，莲荷是信江流泻而下堆积出来的淤泥区。信江汇聚了赣东的积雨，由东向西，野马群般狂奔，吐出的泥沙淹没了荒丘，千万年，堆积出小小的冲积平原。肥沃的土地，常年积水。狂风把莲子携带而来，发芽，生根，开出莲花，有了了无边际的十里荷塘。莲子是生命力极强的种子，千年的莲子也能发芽。先民迁徙而来，看见莲花亭亭荷叶涟涟，鱼戏其间，脱口而出：莲荷。古老的乡寨依山临河而扎，有了莲的庇佑，繁衍生息，延绵至今。脱口而出的人，是有慧心的人。他的家中，长年供奉着佛灯。也或许是，先民挑着箩筐，拖儿携女，逃着荒灾或战火，溯河而上，站在岑山顶上，看见一片平坦的土地，在群山的包围中，像一朵莲花盛开。他再也不走了，搭茅棚，种藕养鹅，牧羊放牛。如宋代词人辛弃疾所写《清平乐·村居》："茅檐低小，溪上青青草。醉里吴音相媚好，白发谁家翁媪？大儿锄豆溪东，中儿正织鸡笼；最喜小儿无赖，溪头卧剥莲蓬。"

莲就是莲荷人的宗庙。莲花就是我们生命盛开的仪式。

禾雀馆

从牛桥转到斗米虫山庄，已是傍晚。金粉一样撒落在田畴的阳光，被一群飞过林杪的鸟驮走，飞驰而去。时间是一种很轻的东西，没有任何重量感。

这是一个荒落的山庄，几间简易的屋舍和日盛的秋意，让人觉得居住在这里的人，是结庐深山的陶渊明后裔。山垄原是一片稻田，前几年种满了桂花。两边的山梁和坡地是油松。油松是一种笨拙的植物，在贫瘠的山岩地，过着不疾不徐的草民生活。油松矮小，遒劲，戴着松松垮垮的毡帽，一副樵夫的模样。油松下，是枯黄发黑的针叶，野蔷薇、山楂、山荆，择一钵之地，竞相生长。山垄则是一个抽屉，从两条山脊间拉出来。落居的人在院子里，用柴刀削一根根木枝。熟人称他老童。他敦实，穿粗布浅灰秋装。木枝三十来厘米一节，每节间有枝瘤。老童削开枝瘤，一条白白胖胖的蛹蜷曲在浅黄的木质里，老童说，一条蛹要换一斗米呢，比冬虫夏草还贵。

木枝其实不是木枝，是木质化的藤枝。藤叫老虎藤，学名称云实，蔷薇科，枝和叶轴有钩刺，在暮春，叶稀花盛，枝轴间点缀着金黄的小花朵，在很多公园或庭院，植它圈篱笆墙。也叫绿篱。花朵顶生，张开四片圆形花瓣，盛开时反卷，像美人的发髻。十月秋霜来了，枝上挂起刀状的荚果，也因此名之带刀树。荚果剥出来，和小蚕豆差不多，有毒，食之会肠道紊乱。云实性温，苦涩，无毒，散寒通经。它的茎块不可多食。我有一个同事，把它茎块挖出来，以为是木薯，煮食，两小时后休克，精神短时错乱。

小时候，我们用一个洗净的墨水瓶，装一只天牛，藏在书包里。下课了，在廊檐的过道上，把两只天牛放进玻璃罐，斗天牛。天牛有两支长触角，螯足一般，瞠目，张牙舞爪，披着绿茸茸或黄褐色的盔甲，像个武士，视族人兄弟为死敌。天牛前半截像黄蜂，后半截像蟋蟀，翅膀像豆娘，飞起来发出咯咯咯的声响，像锯树的声音。天牛也叫锯木郎，法布尔在《昆虫记》里，管天牛叫伐木工人。我们用尼龙丝绑住天牛的后肢，任它飞，咯咯咯，撞在廊柱上，撞在窗户上，撞在廊顶上，咯咯咯，失去了导航的直升机一样，呼呼呼打转，落下来。天牛食桑树、樟树、橘树、杨树、柳树、松树等树皮，在树林间，咯咯咯飞来飞去。**树林是它们的伊甸园**。天牛在树林里唱歌，舞着翅翼求偶，在树叶上交配，把卵植入木心孵化，发育，蜕蛹。树皮被啃食，树大片大片地死。农人喷洒杀虫剂，昆虫尸横遍野。德国作家赫尔曼·黑塞曾言："如果你憎恨某人，你必定憎恨他身上属于你自己的某部分。与我们自身无关的部分不会烦扰我们。"我们憎恨昆虫，不仅仅是因为它们啃**食**我们的蔬菜和林木，爬进我们的吃食，污染食物和水源，还因为称之人类的我们具有昆虫相同类的特性，以侵略和毁灭其他生物饲养自己。昆虫是弱小的生物。权贵爱这样蔑视他人："踩死你如同踩死一只蚂蚁。"昆虫是鸟、鱼、蜥蜴、熊等动物的美食。它可口的蛋白质是其他动物的主要养分。我们用天牛钓鱼，把天牛的头穿进鱼钩，天牛在水面上扑棱棱地游，鱼跃出水面，把天牛叼进嘴巴，鱼钩刺穿了鱼唇，被人钓了上来。人是多么坏，多善于投放诱饵。人又是多么贪婪，像鱼一样喜食诱饵。《圣经·创世纪》第六章二十节："飞鸟各从其类，牲畜各从其类，地上的昆虫各从其类。每样两个，要到你那里，好保全生命。"神让诺亚方舟把各类昆虫带出洪荒的灾难之地，在大地安栖，是生命的懿旨。生命是何等智慧。天牛把卵注入木心，鸟鱼再也无法叼食。木心成了卵和幼虫的温床。那是它的子宫和摇篮。天牛把卵注入云实，称云实蛀虫，中医称黄牛刺虫。天牛也把卵注入葛、樟树、杨树、松树等树，在云实孵卵的天牛叫蔷薇天牛。在不同树上孵化的幼虫，营养价值也不同，在云实孵化的幼虫，可治小孩厌食症、尿床、紫癜，提高人体免疫力。古人用一斗米换一条虫，遂称斗米虫。我小时候常吃葛藤里的幼虫，放油锅里浅炸，松松脆脆，满口生香。

山垄边的菜地上，种了好几畦云实。叶子凋敝，孤零零的枝杈更显秋意荒凉。云实一般生长在河边、低洼地、山脚坡地，喜温半阴，地质偏酸性，可插枝或果实培育种植。有树它伸藤，有墙它攀缘，无攀附物，它就像一棵落叶乔木。暮春时分，它峻峭的花朵开遍了川峦，远远望去，像星星绽放在锡箔般的天幕，绚烂。

山塘在岩石下，二十几只鸭子在塘坝上，梳理羽毛，嘎嘎，嘎嘎，还有几只在水里浮游、觅食。鸭子是花鸭，它的祖先是绿头鸭，脚橙黄色，头和颈灰绿色，颈部有白色领环，上身黑褐色，腰和尾上覆羽黑色，两对中央尾羽亦为黑色，外侧尾羽白色，翅、两胁和腹灰白色。它们聚集在塘坝上，像一群即将出席晚宴的乡村绅士。杜甫在《江头五咏》（丁香、丽春、栀子、鸂鶒、花鸭）咏《花鸭》："花鸭无泥滓，阶前每缓行。羽毛知独立，黑白太分明。不觉群心妒，休牵俗眼惊！稻粱沾汝在，作意莫先鸣!"看样子,花鸭虽是家禽,还洁身自好呢。老童说,这里的花鸭和黄鸡都是放养的,无人照看,完全野化,在草丛里筑巢、生蛋、孵雏,数量一年比一年多。

山塘尾梢是蓬勃的树林。同游的陈柳说,树林里有禾雀花,你见过禾雀花吗。我孤陋寡闻,说,多有意思的名字。树林是混合林,有油桐、松树、香樟、苦槠等乔木,也有山荆、次楠、油茶等灌木。可能称藤林更适合。树木上缠绕着一种藤,手腕粗,藤叶落尽,给人沧桑感,不免产生许多人生自守草木枯荣的况味。我说,我从没看见过这么粗的藤,或许要百年才能长成这么粗呢。老童说,这还不算粗,林里还有比大腿粗的,藤覆盖的面积有一百亩。我说,我们去看看。老童三跳两跳就进了林子。我也跟着进去,穿岩石缝,爬山沟。这样的地方,想是无人进来的。藤的枝节上,爆出细芽的花苞,尖尖圆圆,润红的尖芽,像美人嫣红饱满的唇珠。陈柳说,每年清明时节,花开的时候,游人如织,看看雀儿站立一样的花。老童说,山后有一个野谷,还有一株更老的藤。野谷由三座岩石山组成,山垄的东边和西边,各建了一个小水库,形成一个密闭的山谷。横峰县以港边河中上游为界,东南为丘陵地带,属于丹霞地貌;西北为山区地带,属于山地地貌。丹霞地貌会有许多断岩。野谷里,一座岩石山整体断岩,刀切松糕一样,赭褐的岩体裸露,有百米高千米长。一株老藤绿绿的,攀上了岩顶,如一道绿门帘,又像一道奔泻的瀑布。我不由得惊呆了。同游的乡人,翻出禾雀花的照片给我看,花有釉色,水煮鸡蛋剥壳后的蛋殷清白,一串拢在枝节上,像一只白禾雀停在上面,翘首顾盼。我查了资料才知道，**禾雀花**也叫白花油麻藤、花汕麻藤、雀儿花、国家二类保护植物，为**蝶形花科黎豆属木质藤本植物**。

以前，**我来过几次这条**山垄，打量两眼就走了，以为这是一个平凡的**世俗的**一个小山庄，想想，很是懊悔。是的，想要熟知大地，**必得深入大地的根须**，才能探寻到大地之美生物之珍。这次来，**我也没想**过这里有斗米虫和禾雀花，是想看看这个山谷里的**野羊。陈柳之前告诉我**，山谷里，老童放了四只羊进去，再也**赶不回来了**，过了几年成了羊群。我问老童羊事，老童说，有一百多只羊了，每年把种羊围猎出来，放新种羊进去。我说，**什么时间围猎呢？**我想看看。老童说，很难说，年前吧，十几个人守山，守几天也围不到一只羊，羊在岩石上蹦来蹦去，看上一眼都很难，何况围猎呢？四周全是茂密的树林，晦暗的天空布满湿蒙蒙的雾气。我想起王维的《山中》："荆溪白石出，天寒红叶稀。山路元无雨，空翠湿人衣。"这是一个寂寞的山谷，**我连羊咩也没听到。**油松和苦槠树，从山坡绵延而下，铺满了谷底。松针上悬着晶莹的雾露，蜘蛛在蛛丝网里荡着秋千。也或许，作为山谷，本身是属于寂寞的。花开也是寂寞的。羊咩也是寂寞的。斗米虫在木心里蜷曲三年才蜕蛹，是寂寞的。万物的枯荣，是寂寞的。山谷的另一头，是高速铁路，是奔忙的人间。我问老童，这个山谷叫什么名字呢？老童说，一个无人踏足的山谷，哪需要名字呢？王维把他经常去散步画画的竹林，取名竹里馆，那我就把这个山谷叫禾雀馆吧，谁叫它在春天时满山坞开遍禾雀花呢？

苍翠暖寒山

太阳垒在山崖上，橘红的、薄薄的皮包着浆瓤，像光枝上的柿子。我仰望了一眼，绒绒芭茅花随风飞坠。在半山豁口，见阔叶林从水库两边的山垄往上收缩，灰绿的色彩涂抹了山野。山底下，是星散的村舍，和馒头般的丘陵。阳光一层层地覆盖，积攒在抚平的原野上，有了匀散的光晕，炫丽，迷离。

两条缓缓上升的山脊，在山尖汇拢。山尖下，有一个椭圆形的山坳。坳里，多苦槠树。沿路的山边，山垄里，山坡上，苦槠树挤挨在一起，形成密林。我想起一个纪录片，讲法国的一个小岛上，传教士登岛时，栽下二十几棵苦槠树，修了教堂，打了水井，放养了牲畜，千年之后，教堂消失了，牲畜消失了，水井还在，苦槠树还有九棵，每到深秋，苦槠满树的粉红，世界各地的游客络绎不绝。牲畜，水井，苦槠，教堂，在我看来，是有深刻寓意的，代表着凡尘、生命之源、自然、信仰。凡尘最易消亡，肉胎最易腐朽。苦槠是壳斗目山毛榉科常绿植物，非常长寿，千年苦槠并不让人诧异。它适于生长在千米以下低山丘地带，叶边锯齿，冬季结棕黑色外壳的坚果，把坚果掏空，可以做成哨子，嘘嘘嘘，响彻屋宇。果肉可拉浆做豆腐，山区人常吃，叫苦槠豆腐，麻褐色，有淡淡涩味，麻舌苔。坚果也可炒食，装在口袋里，一边剥食一边走路去上学。

坳里有一寺庙，曰瑞峰禅寺。坳口有小湖泊，枫树正红。枫树高高低低，延落在湖边，红艳如旗。湖面有萦萦水蒸气漫卷，阳光透过树叶，变得稀薄，有摄人心魄的寂静之境。看着环形的山峦，我老想，怎么会有这么多苦槠树呢？我去过很多深山，见过无数的密林，这么多密集的苦槠树还是第一次见到。

苦槠树大多手腕粗，还没完全形成乔木林，绿得发黑有光泽的树叶，喻示山体的肥沃，和树木蓬勃的生命。这是一种无畏风霜的生命，用尽全身的力气，往上生长，拥挤着生长，刀也不能使它消亡，砍了树干，第二年，刀口处发芽，长枝，过个几年，又蓬蓬勃勃。枣树开花的时候，苦槠也开花，穗状的花，挂满了叶缝，从伞状的树冠披下来，站在垭口，像个畲族待嫁的少女。

茅草在霜后，草茎转红，穗头垂下来，倒伏在湖边空地上。霜已融化，在草茎上，悬滴着，一滴，一滴。这是另一种时间。时间以液体的形态融进了黄土。枫叶也是另一种时间，分割出四季，分割出飘零与归去。归去，是时间的果实。我敬爱的印度诗人泰戈尔在《飞鸟集》里写道：生如夏花之绚烂，死如秋叶之静美。或许指的就是这个归去样式。写《桃花源记》的陶渊明，虽说采菊东篱下，却不是一个坦然面向生死的人，读《归去来兮辞》，知道他是个小格局的人，回家种几年田，还说出种种的委屈，所以他成为酒鬼，也不奇怪，一个过于觉得自己冤屈的人，没有道性也没有佛性，茅棚也只是一个蜗壳了。所以，一个人也千万别觉得自己有非凡的才华，即使有非凡的才华也别有怀才不遇的怨恨，人活着，不能有怨恨，有怨恨就会被世人所遗弃。朴素地活，普通地活，默默地活，雅致地活，是活的最高智慧。我们走进深山，看见满山满野的树木，就会明白这个道理。

陈柳问："这是什么树呢？"在路边一段黄泥墙上，长了一棵青色树皮的树，我们都驻足观看。我们没一个人知道。寺庙里的演昊主持也不知道。我摘了一片树叶揣在口袋里，摩挲地捏。我也不知道是什么树。我说，这个树叶烧鱼去腥是非常好的。我知道它是栎树的一种，却不知道是哪种栎。在我的方言中，叫耳朵锡。耳朵是叶子的形状，锡是叶子青绿得发亮，像锡箔。我在外乡深山生活的时候，学过很多当地山区人的日常生活知识，用青橘子烧鱼，用野花做汤，用竹管捕捉黄鳝，用竹笼捕捉小动物，都十分有趣。演昊主持三十多岁，很是壮实。寺庙里，只有主持一个人生活。山势渐渐平缓，树木却越发青翠葱茏。演昊主持说，这里有五条山垄汇聚，像五条龙探出云海，因此叫五龙山，是披云山的主峰，山脊是上饶县枫岭头和横峰县司铺的分界线。林木里，许多杂木已经霜变，树叶或红或黄或浅紫。路边的苦竹纷纷落叶。杜牧写《山行》："远上寒山石径斜，白云生处有人家。停车坐爱枫林晚，霜叶红于二月花。"这里没有石径，只有灌木林里弯弯曲曲的草径，积满了细碎的树叶。百解藤长在石灰石岩缝里，青碧的藤蔓藤叶盘在石头上。百解藤俗名凉粉藤，开娟白的花，暑气还没消散，结出了筒尖状的果实。我们掏空里面的果肉做凉粉。

野楠席地盘坐，结了满树黑黑的乌饭果。果浆生涩，甜美。山梁的北坡之下，便是枫岭头了。站在山脊上，风自下而上习涌。远眺中的灵山，在灰白灰蓝的天空下，像一头酣睡的水牛。苍茫的远山下，一马平川的人烟在暖阳的熏烘中，呈现出质朴平实的格调。公路上，繁忙的车辆在奔驰，拉着粉碎石或货物，载着赶集或串村走乡的人——这是生活的绝大多数，是人生的无数几何算式。几年前，山脊两边有很多古树，树围环抱，有枫树、香樟、苦槠，被一场荒火烧了。陈柳说，你看见寺庙边的院子有两根发白的木桩吗？那是火烧木锯下来的。我说，看见了，比腰身还粗呢。但我并没看到荒火烧后的遗迹。也或许作为伤口，已经被大地封存，秘不示人。感谢雨水和阳光，它们不会遗忘任何地方，所有的伤口也会被舔舐抚平，完好如初。灌木林再一次覆盖了山体。杜鹃、野楠、野柿子树、山荆、山毛榉、野板栗树、藤萝，在这个深冬，再一次裸露出大霜清洗了的形态。人各活各态，树也是一样的。这也是自然界的多样性和丰富性。野刺梨在苦竹丛，编织出了一道网状的篱笆，叶子全落了，金黄的果梨处变不惊地悬在刺丫上，要不了多长时间，果蒂变黑，发霉，水分全无，果梨毫不知情地落到地面上，发胀，腐烂，渗入黄泥，好像从未来过这个世界上。这是所有野果的结局。作为一种生命，它只是消失，而不是结束，它的果核被来年的春雨和暖烘烘的地气唤醒，艰难地吐芽，抽枝，拼尽全身的力量，挤出四周丛叶的缝隙，贪婪地吮吸阳光。

山尖上，搭了一个人字形草棚。这是演昊主持打坐的地方。他有时会打坐一天，有时打坐前半夜。云涛在他眼前吞吐，翻涌。有时他也在山尖伫立一个下午。我不知道，他望见了什么，他望见的和我眼中的是否相同。景物是一样的，能进入眼里的东西是不一样的，因为境界不一样。一个人，在一座寺庙里，生活了十几年，人会有了植物性和自然性，更何况他还是出家人。很多时候，我愿意过一种修行的生活，在家中的窗前，枯坐一个下午，在冥想中独处一夜，在日常里洗去铅华，尽可能地返璞归真。我的世界是一个寂静的世界，这让我的内心充盈。

去过很多深山，仍觉得山离我那么遥远，多少次我触摸到了它，触摸发白的枯枝，触摸它苍绿淌水的苔藓，触摸它灿烂的花朵，触摸它腐烂的浆果，呼吸青草味的空气，纵目远眺翱翔的苍鹰，不由自主地仰望湛蓝天幕中的星宿，每次我都觉得自己是多么轻飘，如山风逝于吹拂，霜露逝于光照。而这次，我似乎与披云山贴得很近，仿佛看见万物的前世，今生，还有不可知的来生。

听听星星的心跳

到了山黄林场，已是下午五点。我站在场部门口，看见院子前十余亩空地，满是灰褐色的荒草，哀哀的。门前几株柿子树、板栗树，树桠上残留着几片深黄深灰的树叶。树下，几个老人正在往蛇纹袋里装晒裂了的油茶籽。场部在一个高山的怀抱里，沿着山边，建了几排屋舍。山梁围着山梁，两条溪流哗哗哗，漫不经心地流着。山坡上，苍翠的竹林和墨绿的灌木林，在黄昏时分，滋生出几许旷阔的静默。一棵孤单的枫树，夹杂在林中，树叶有从绿到红的渐变色，更显得不合时宜。

吃过晚饭，我和朝雪兄、王晓峰兄、陈瑰芳、叶燕红等沿着溪流散步。天色完全暗了下来。暗的天色，是一种米灰浆水的颜色，有浑浊感，黏稠的，似乎马上要被冷厉的山风封冻起来。路灯投射下来的灯光，也是灰白的，像风尘仆仆之人的脸色，照在溪水里，有些空茫。溪流夹在窄窄的河道了，漫过巨大的河石，泻下来，溅起白白的水花。黑魃魃的山梁宛如一把打开的手折伞。二十五岁那年，我和邓雯、吴江静来过山黄林场，拜访在林场工作的好友滕云。记得是深冬，上山的公路一直在茅草间穿来穿去，车灯光在山间晃来晃去。茅草比吉普车还高，嗦嗦嗦嗦，茅草扑打着颠簸的车子。不多的积雪压在茅草上，白茫茫。我们是吃了晚饭后上山的。在简陋的招待所一楼，我们围着木炭火炉，喝着野茶。雪霁之后的夜晚，红扑扑的炭火映照着我们年轻的脸。门前高大的水杉，不时落下一团团雪，扑簌簌的响声清脆，像寂寞的烟花。那夜的繁星，是不会被忽略的——生命驿站上的遗址，掩埋伤感也掩埋美好。山峦间，阔大的院子里，都是皑皑白雪，繁星浮在苍穹里。深冬的苍穹低矮一些，海平面一般，在视线里有山梁分割出来的不规则弧线，瓦蓝的，深蓝的。荒野寂寂，鸟声也没有，只有溪流淙淙。繁星填满了高空，镶嵌在我们围炉煮夜的记忆天幕。白雪的反光和星光彼此交织，合奏成一只夜光曲。我们带着暖烘烘的炭火味，在雪地上散步，雪粒在脚下并不碎，而是粘结成饼块，窸窣窸窣松脆的响声可以当作是一种山峦的回声。繁星被海水淘洗，光泽如珍珠。我们沿着院子，一圈一圈地散步。星光落在我们的头上，落在我们衣服上，落在溪流里，落在树叶的缝隙里，慢慢地凝结。我们在深夜的雪地里唱歌。我还记得，滕云唱的是《鸿雁》：鸿雁／天空上，对对排成行／江水长，秋草黄／草原上琴声忧伤／鸿雁／向南方，飞过芦苇荡／天苍茫，雁何往／心中是北方家乡／天苍茫，雁何往／心中是北方家乡／鸿雁／北归还，带上我的思念／歌声远，琴声颤／草原上春意暖／鸿雁／向苍天，天空有多遥远／酒喝干，再斟满／今夜不醉不还／酒喝干，再斟满／今夜不醉不还……

他的歌声在山中萦绕不散。也一直萦绕至二十年后的山黄之夜。滕云走了，去了再也回不来的地方。吴江静在南昌。邓雯在宜春。我也外出生活几年。山黄却依旧。屋舍有的开始破败，林场进行了修缮和维护，却并没什么人居住——是的，离去的人，不再回来，几个不愿离去的人，和树一起衰老。山边的屋舍，在我这个突然而至的夜晚，成为某种远去岁月的纪念馆。

诸友散了，各自回房。我怎么也入睡不了。旅舍的后窗，传来溪流淅淅沥沥之声，碎碎的，仿佛雨声，从屋檐斜斜地飘下，像一个不愿离开我窗前的人，低低地，呢喃似的，要告诉我什么。似乎我是它久别重逢的人，却不曾拥抱，不曾执手相看。我又穿起衣服，一个人走到院子里。水杉落了黄褐的针叶，铺满一地，空空的树权看起来和一支倒竖的毛笔差不多。一座短桥架在溪流上，水声从不远处的山坳，沿着山边，曼曼妙妙，拐过一个芦苇掩映的豁口，消失了，或者说，弥散了，弥散在深秋的植物了，弥散在冷冽的空气了。于是，水声有了冰的况味，凛凛的，易碎裂的。天边有了几颗冷冷的星星。星光毛茸茸的。

有几只蜂箱摆放在紫薇树下。紫薇树完全没了叶子，黑黑的籽零星地挂在上面。下午下车时，我就注意到这些蜂箱了。蜂箱顶上铺了一些稻草，箱口前死了几只蜜蜂。春暖花开时，这里是繁忙的世界，嗡嗡嗡嗡，蜜蜂忙于采蜜和繁衍。寒冷的深秋，蜜蜂没有了，只留下了空箱。傍晚时，我问老人，有蜂蜜吗？老人说，今年阳光少，蜜蜂早早死了，哪来的蜜呢？我很是失望。星光冷冷地照耀。天空清明了起来，薄薄的清辉似乎是被风吹送来的。树梢上，瓦楞上，星光更像是一层霜。星空下，万物皆是渺小和短暂的。

在很多深山顶上，我夜宿过。在怀玉山，在松阳，在恩施，在瑶山，在灵山，我都夜宿多次。山，是大地高耸的草垛。而山黄，我觉得是最接近星星的地方。山黄是横峰县东北部的一座山中小村落，隶属新篁乡，海拔并不高，星星只有零星的几颗，也许其他的星星都被人摘走了，只剩下这几颗，去看守广袤的穹宇。穹宇是时间的恒河，浩浩汤汤。我想起王维的《竹里馆》："独坐幽篁里，弹琴复长啸。深林人不知，明月来相照。"其实，在上山的路上，我就想象着这个千年前的人，想他应该是个素食者，穿白长袍，书童背一架长琴，拿一个小锄头，提一个竹篮，跟着他在竹林里，漫无目的地转来转去，在溪涧边采兰，在潭前观瀑，在夜间听竹涛。我沿着溪边踱步。溪边几株皇菊幽暗地盛开。

摸摸头发，有湿湿的露水。我返回到房间里，熄灭灯，静静地坐在床沿上。稀薄的星光，莹莹地从竹梢流下来。溪水仍然不疾不徐地碎响。窗棂上，瓦檐上，树林里，有星光撒落下来的沙沙声。在我听来，那似乎是星星的心跳，那么美好那么伤感，令我一夜无眠——很多相似的情境在某一个自己毫无防备的时刻，会随着星光一起降临，让自己和曾经的自己相遇，和故人相遇，和一座遥远的星空相遇，恍如暗夜遇见的昙花，逝水流年，何谓永夜，心中滋生出几缕慈悲。

雨后的阳山

站在阳山南北分界岭上，我被眼前的景象俘虏了。群山如一群鲸鱼，在海面上浮出青釉色的脊背，云雾缥缈，苍翠的竹林和原始森林像是海底下的海草。带有植物气息的空气，在山梁上环绕，几只苍鹰在盘旋，盘旋，羽翅之下，山峦是一个个草垛。云雾是蚕丝织就的，絮状的纯白色，起先看起来是一团团，在峡谷里翻滚，罩在林木之上，不一会儿，向更高处漫溢，像蒸锅突然揭开锅盖，蒸汽潜出来，萦萦绕绕，薄薄淡淡，遮住了整条蜿蜒的峡谷。苍山更远，偶尔露出来的山尖，飘飘渺渺。

这是横峰县东北部高山村落，只有十几户人家。先民择涧溪而居，见苍山莽莽，如漂浮于海洋之上，取名洋山，山之南为阳，遂名阳山。瓦屋隐在树林里。鸟嬉闹于瓦屋上。巢筑于廊檐下。在乡民万大叔家喝茶。茶是高山野茶，糙糙的涩涩的，微甜。水是石缝流出的山泉水，用穿洞的毛竹一根接一根，引到瓷土水缸里，木勺舀水，劈柴火烧开，冲进杯里，茶叶慢慢舒卷，蒸汽贴着嘴唇卷入五脏六腑，整个山野也汇入脏器。杯里便浮出云海，浮出偶尔露峥嵘的山尖，浮出四季，浮出古老的银河。

有很多便道和石墙。便道也是石砌的，沿着涧溪蜿蜒。涧溪隐在草丛或小灌木里，缓缓散散地吹奏来自远古时期的歌谣。歌谣有金属的质地，银铃一般，叮叮当当。草大多枯黄，把深秋的脸孔展露无遗。灌木则是常绿，斜斜地长在石缝里，像是跋山涉水之后，再也不想走了，找一个僻静之处，独守此生。菜地、田埂、屋舍的墙基，都是石砌的。石头是圆石和片石，整整齐齐地砌成一个墙面。墙上生长着地衣，小叶爬墙虎，蕨其，芭茅，也有野蔷薇，小朵的花挂在青黑的墙面上，红得十分抢眼。房是泥土房，炊烟在树梢间从斜斜的瓦顶上升起来。爬墙虎一直布满了木窗子，像一个世界主要河流分布图。溪涧把一垄垄的稻田，按梯级缀连在一起。稻田匍匐在山垄里，远远看去，黄白的稻茬和一朵朵蘑菇差不多。鹅青色的草秧悬着雨后的水珠，银亮。整块稻田，让我想起小时候，穿在姑娘身上的蓝印花布。假如阳山村是一张芭蕉叶的话，那么便道是中分的主叶脉，石墙是次叶脉。几百年前，先民挑着箩筐，抱着小孩，翻过一座座高山，来到这里，开辟山林，垦出田地，繁衍生息，每一块砌起来的石头，留下了他们的指纹、温度、气喘，留下他们的饥饿，疾病，死亡。

一只老狗蹲在场院的墙上。一个老人抱着火熜坐在场院里。老狗黄白色，和墙上的芭茅相映衬。老狗伸出长长的舌苔，耳朵耷拉下来，看着便道上的陌生人，眯起的眼睛看起来很是慈祥。在老狗眼里，我们或许是一只绵羊或一头牛。老人穿发白的藏青的冬袄，斑白的头发与深秋的意境吻合，他浅浅的笑容使粗糙的脸洋溢出深山人特有的从容。他的身后是一扇半掩半开的木大门，里面没有一个人。一棵没有叶子的树，是老枣树，遒劲的树枝弯弯扭扭，向天空张开，空茫地张开，像似很多话要说，却怎么也说不出来，于是终日沉默。树下的矮房子不知是哪一年，成了颓圮的，一丛芭蕉完全枯萎了，软塌塌的。枣树是我特别喜爱的一种树，初春发芽，小圆叶星散在枝节上，疏疏朗朗。谷雨后，雨水来了，枣叶垂挂下来，门帘一样。蜜蜂也不冬眠了，嗡嗡嗡。枣花米白黍黄。中秋时节，熟透的枣子上桌待客，红斑的枣皮烙着太阳的脚印。霜降之后，树叶一天比一天黄，树枝一天比一天空，最后只剩下苍老的树身。枣树是四季分明的树，是季节的引导员，时时提示我们，我们的一生也不外乎如此。

在廊檐下喝茶。我问乡民："对面山坡上，那两棵高大落叶了的树，是什么树呢？"答："檫树。"几个人又问："檫树是什么树？"我说，檫树是落叶乔木，是春天最早开花的树，叶子的嫩芽还没完全发出来，它的花芽跟柚子花苞差不多，笔帽一样，过一个星期，花芽肿胀，银耳泡在水里一样，绽开，花朵跟鸭蛋大，有黄色，也有其他颜色的。檫树在灵山山脉，是很少见的，我是第一次见识。它是一种孤独的树，一般生长在山区的开阔平坦地带，在池塘边，在溪流边，在菜地边，春天的第一缕风拂来，像我们熟睡中不经意吹出的哈气，檫树突兀在旷野之中，它的血液开始奔腾，积攒在枝丫上的热血，冒出一串花骨朵。像是一种昭示，深秋之后，檫树裸露的树身任风霜剥蚀。我去对面的山坡，山下的景致收入眼底。云丝绸般涤荡，有玉兰花的白，从这个山梁飘移到另一个山梁。纵深的峡谷沿着山脉游动，像一条出山的巨蟒。乡民告诉我，四公里外的峡谷，便是灵山脚下的刘家林场。我轻轻哦了一声。刘家林场距离我出生地，只有半小时车程了。我走了两天，转了二百多公里，又回到了我血液的源头之处，这是我不曾预想得到的。我问："有路去刘家吗？"乡民说，有，是小路，穿过峡谷，外人是走不来的。每一座深山，都是有自己秘密的，也不足为外人道也。这样的秘密在乡民身上，是血液中的血红素。哪个季节去哪儿采蘑菇，在哪条山垄里挖冬笋，在哪座山梁摘猕猴桃，哪一条路通往哪座山更近，云朵在搬运时会有什么雨，雪下几天，只有他们自己知道。他们能听出哪种花开的声音，他们能感觉到春笋破土的震动。他们携藏着大自然隐而不露的密语。

峡谷尽头是饶北河，是信江的主要支流。阳山的雨水最终汇入我父母生活的地方，我童年的河床。舒缓的信江浇灌赣东北大地，群山也发育了信江，而阳山是最遥远的源头之一。我想起兰斯顿·休斯（1902—1967，美国著名的黑人诗人、小说家、剧作家和政治家）的《黑人谈河流》：

> 我了解河流：
> 我了解像世界一样的古老的河流，
> 比人类血管中流动的血液更古老的河流。
> 我的灵魂变得像河流一般的深邃。
> 晨曦中我在幼发拉底河沐浴，
> 在刚果河畔我盖了一间茅舍，
> 河水潺潺催我入眠。
> ……

我应该更闲适地生活，把更多的时间放在大自然之中。我看到老松树枯死在林中，树皮发黑腐烂，黑泥巴一样，树身被虫子噬蚀，有蜂窝似的窟窿。老木朽于深山，是一种静守，也是回归，化身山野即是魂归来处。雨后的阳山，天空湿漉漉的，湛蓝，如清谧的湖泊。身后的高峰是赤褐的岩石。陪我一同进山的王晓峰说，来年的五月，山峰上是一片红艳艳的映山红，每棵映山红比人还高，一捧捧地举起来，像黑夜中的火把。

把白云当作在山坡上放牧的羊群，把山峰当作随风迁徙的帐篷，把河流当作流浪者的蓝头巾，阳山在深秋冷雨后，沉默不语，又把一切告诉了我。

葛溪，葛溪

深冬晚雾垂降，灰白的雨星一层层濛泡，山冈宛如一艘艘乌篷船，浮出阔叶林的斜影。青黛色的，南方延绵的山峦，被一条缓缓流淌的河流收紧。清疏的田畴尚有嫩黄的草芽冒出。我站在青板乡徐村周家桥上，溪流哗哗，从上游的河湾，如一群奔牛，突然回头，返身向西而回。樟树林在岸边空阔地，远远看去，形成一道墨绿的幕帘。在古老的记忆中，这道幕帘，是南方河流精美的发饰。河湾是个半弧形，在灌木遮掩的黄昏，葛溪几许冷涩和萧瑟，让我觉得天空是充盈在毛玻璃器皿的液体。雨积在晚雾，湿漉漉的，树叶有水滴慢慢滑落。这是时间的沉默表达。低矮的，游弋的，渐黑的黄昏，假如这时岸边有一盏灯亮起，烛火摇曳，那么点亮这盏灯的人，是我亲爱的人。

在葛溪河边，我走了几天，每天都遇见了送葬的队伍。他们戴着白帽和长头巾，低着头，拉着黄黄的稻草绳。他们沿葛溪，在田埂路上，沉默地走（或许，有人在暗暗抽泣，但我并没听到——抽泣声被细碎的冬雨扯散，细碎地撒入了封冻的泥层），走得比河水还慢吞吞。白汤汤的河水，只是千万年始终哗哗哗地流。前日，读到我喜欢的诗人颜梅玖诗歌《与死者密谈》：……你沉默着，带着动物性的忧郁和冷漠："波浪起伏不意味着永生／波浪平息不意味着永死／岁月空虚。我扮演了我自己的替身／我太入戏。以至于替身消失时／我不得不追随他而去"甚是哀伤。我边读边想起了葛溪边送葬的队伍。——在面对一条河流时，我们会感到自己绝对的渺小，人如沙砾，被茫茫溪流淘洗，这样的渺小是因为河流的绝对强大。河流就是亘古的时间。同样，临河观水，人亦是绝对的孤立无援，生命的繁衍不息，我们作为其中一环，也只是河水的一个横切面。北宋诗人、政治家王安石，于皇祐二年（1050年），从临川去钱塘，途经葛溪，宿驿站中，秋声扰攘，悲从中来，作了《葛溪驿》："缺月昏昏漏未央，一灯明灭照秋床。病身最觉风露早，归梦不知山水长。坐感岁时歌慷慨，起看天地色凄凉。鸣蝉更乱行人耳，正抱疏桐叶半黄。"残月秋夜，漏寒露早，梧桐潇潇，山冷水长，葛溪渺渺，不免忧郁悲凉。

葛溪是横峰主要水系之一，发源于磨盘山山脉下的葛源清源溪，终汇鄱阳湖。磨盘山山脉系怀玉山山脉的余脉，位于灵山西北部。我多次问乡人，青板乡因何得名呢？有人说是葛溪上有青石板桥，有人说青山多板栗树。在徐村，临上德公路，几年前，仍有古码头旧址，村里乡邻还在码头的石埠上，洗衣洗菜，下河摸鱼网虾。青石板桥已不存在了，在老一辈人的记忆中，却一直横跨在河湾上，在樟树洋槐的掩映下，驮着南来北往的乡客。或许在更为久远的农耕时代，葛溪是一条更为宽阔的河流，河水滔滔，两岸青山的倒影在漂移，作为深山区的磨盘山人，灵山西北部脚下的世耕人，葛溪是唯一通往外面世界的水路，把茶油、茶叶、蘑菇、笋干、薯粉、葛粉、药材、毛皮等山货，装上木筏，沿河而下，进入信江，送往江南名镇河口，分散世界各地，也把食盐、布匹、纸墨、瓷器，带回山里。和岑港河一样，葛溪也是横峰的水上"丝绸之路"。在春夏雨季，人们把山中的木材毛竹扎成筏，顺水而下，到信江边的码头上实物交易日常生活用品。葛溪的码头便多了去往异乡的人，茶客、进京赶考的人、流徙的异乡人、闯荡世界的人，上了青石板桥，望望青山如黛，山峦如眉，天空瓦蓝，浪荡的人有了惆怅的乡愁。我在葛溪边纵目远眺的时候，想起了沈从文的边城世界——沱江。沱江两岸挂满了灯笼，月碎江水，翠翠在唱着山歌。葛溪沿着山谷两边的狭长地带，静静地蜿蜒，葱绿的阔叶林时而稠密时而稀疏，浓淡的江南写意有了雅致的境界。峰峦竞秀，溪水如洗。

好友黑陶写《塘溪》："夏夜多美。飞动的萤火，流泻的星，世界充满了清凉、纯蓝、裂冰似的移动碎光。"我没有见识过葛溪的夏夜，想必也是溪水滑动，萤火如织。我多次途经或溯游葛溪，脱口而出的是《诗经·蒹葭》：

蒹葭苍苍，白露为霜。所谓伊人，在水一方。
溯洄从之，道阻且长。溯游从之，宛在水中央。
蒹葭萋萋，白露未晞。所谓伊人，在水之湄。
溯洄从之，道阻且跻。溯游从之，宛在水中坻。
蒹葭采采，白露未已。所谓伊人，在水之涘。
溯洄从之，道阻且右。溯游从之，宛在水中沚。

这是人生美好而艰难的境界，是我们存活在这个世界的一个梦境，也是生命的全部奥妙。孔子以河流喻时间：子在川上曰，逝者如斯夫。这是哲学。河流是繁衍，是生物学。河流是繁杂的街市，是社会学。素练的葛溪，沿溪流而下，在每一个开阔地，散落鎏光的村舍。葛溪，使我们的生命得以发育。

记得多年前，有一次从青板乡沿山道去葛源，下了山，见一片乔木林郁郁苍苍，葛溪从一个小村子隐约而来，夕阳斜照，斑驳的光线泻于林间，我下了车，沿河徒步慢走。暖阳晒在肩上，村子的屋舍没入阔叶林里，院子的墙垣开满了蔷薇花。我始终没有忘记这个情境。乙未年冬，肖建林陪我溯游葛溪，时值清冷冬雨之后的下午，葛溪有些苍寒，落叶的乔木生出几分肃穆和苍劲。深岁水寒。作为一条生衍不息的河流，葛溪始终不曾改变的是那种葱郁中透出沧桑的雅姿，这是一种格调。

忘川之河，格调之河。葛溪，我们的蓝印花布。

绿树村边合

下了磨盘山，到了崇山村，我想起了一生求仕而不得的孟浩然。居襄阳，做个田园诗人多好，干吗去求仕呢。他写《过故人庄》："故人具鸡黍，邀我至田家。绿树村边合，青山郭外斜。开轩面场圃，把酒话桑麻。待到重阳日，还来就菊花。"正合了此番的景致。山里的菊花开得缓，也凋敝得晚，水坑边，田埂上，山地角，岩石缝，有野菊淡淡开放，不为人知地开。野菊是金盏菊，铜钱大的花朵，慢悠悠地开满了寂寞的山野。山野是一壶水，菊花漾漾地泅出金黄色水渍。

四周的山梁，仿如漏斗，豁开一个口，有了关隘。关隘峻峭，流水飞溅而下，飞瀑如雷却落于山下，沉默于山谷。在关隘往山下看一眼，群山锁闭，天空空茫，莽莽林涛埋着起伏的炊烟。烟雨如晦，白扑扑的芒露在山梁不散。流水自山谷而来，浅浅清清的涧溪跌宕在涧石和沙砾间。涧石是麻石，被水洗圆，像弥勒佛滚圆的肚皮。沙砾白色，在溪水中莹莹闪光，米虾藏在苔藓，像齐白石滴在纸上的一滴墨水。水中的苔藓，我们不叫苔藓，叫青黝。黝给人光滑的触摸感，清凉感，是人体触觉的一个外延。苔藓是一种旧时光，岁月沧桑不免让人感慨。年华易逝，若是在异乡漂泊多年，看见家中门槛长满苔藓，那种况味，无疑与见了母亲满头白发相似。青黝是死可复活的，干枯了，浇几次水，又黝黝地发青了，是永远也不会苍老的。我们完全可以这样祝福自己：像青黝一样活着，卑微，但无畏岁月苦寒。

屋舍依山顺溪涧而筑，古老的房子还在，木结构，门板厚实，泥瓦全黑了，风吹来，似乎有当当当的急奏声。村口的石拱桥，仿佛是醉卧的下弦月。作为一个无家可归的人，月亮是可以随处安歇的，但它习惯了流浪，习惯了枕涛而眠。到了崇山，它不想走了，提着酒壶，唱叮叮咚咚的歌，找了一棵老树，卧了下来。石拱桥是麻石桥，地衣植物和藤本植物，贴着桥体，葱亮地长。屋舍后面，是灌木遮蔽的山。院子是石砌的矮墙，黑黑的，呈半弧形或四边形。墙缝有指甲花或野蔷薇盛开。素净的院子，是乡邻搬到户外的厅堂，夏天，萤火流曳，星光倾泻，相邻的人聚在院子，喝着山茶，说杂七杂八的闲话，说起村里漂亮的女人，不觉间，夜已深，明月西斜。星斗在院子里敞开了天空的帐篷，院子像敞开了的心灵。小孩在竹床上酣睡了，老人在长条凳上打瞌睡了。矮墙上的盆景吊兰，垂下了卷曲的花枝，幽暗地送着香气。夏暑，敆开竹卷席，翻晒新稻谷，黄黄的耀眼，饱满的谷粒让人不自觉地站着，傻傻看着，嘴角露出不易察觉的微笑。王维写《新晴野望》："新晴原野旷，极目无氛垢。郭门临渡头，村树连谿口。白水明田外，碧峰出山后。农月无闲人，倾家事南亩。"村人蹲在院子里吃饭，把整个煎辣椒夹进嘴里，把整个油淋茄子夹进嘴巴，只有嘴巴鼓鼓的，才能体现那种丰满的喜悦。傍晚了，在溪涧里洗澡，顺带的，在水草里摸几条鱼回家做下酒菜。没有鱼，摸一盘螺蛳回家，也是一样的。

　　沿涧溪逆流而上，山路是一条古道。古道是一种不会腐烂的肉体。来来往往的南北客，沿古道翻过山梁，再下一个山梁，便是上饶县望仙乡，再沿峡谷走一个时辰，是我的另一个胞衣——郑坊，我在那儿出生，并在那儿度过了青少年的时光。

古道是石砌的步道，河石和片石依溪涧而砌，旅人和货客以千百年的草鞋，把石头磨平，油亮的石面隐隐传来雨星的急溅声。给我喝野山茶的老徐，对我说："我去郑坊台湖喝喜酒，一天走来回呢。"这里到台湖，有多少山梁，我是数不清的，要踏多少级古道，也是数不清的。好客的村人，把古道两边砍了芭茅和灌木，带我们走。古道是寂寞的时间隧道，我们走进去，可以看见古人迎面而来，戴着斗笠，褡裢里藏着不多的珍贵货物，船型的草鞋露出粗大的脚趾，挽起的裤脚沾湿了草露水。梯级的山垄田像一件补丁百家衣，晾晒在山谷里。迎客松和枫树，在山崖上，恰逢时宜地拔地而起，让疲惫的过客有了感怀的温暖。

村子里，有叠山书院，是弋阳县叠山书院的前身。南宋为元所亡时，南宋名士谢枋得全家殉难。谢枋得，字君直，号叠山，弋阳人。元仁宗延祐五年（1318 年），当地民众不顾官府的阻挠，建成弋阳叠山书院，以纪念谢枋得的民族精神和气节，后毁于大火。明喜宗天启年间重建，是江南四大书院之一。村里的老人都还记得这个不大的书院，在书院里上私塾的人，现已不复存在，书院的房子颓败之后，被人建了民房。但书院的天井还在，鹅卵石铺砌的花纹，花岗岩的天井台阶，精美的书院精气奔袭而来，似乎还有琅琅书声一阵阵响彻耳际。再往山谷走一碗茶的时间，便是白果自然村。村口，千年银杏赫然而立。时值隆冬，银杏树苍然，已然没有叶子，发黑的树身和遒劲的枝丫，道尽人世沧桑。溪涧中分村舍，溪底是石头铺设的，缓缓下斜，溪水汩汩而淌。

崇山村是高山村落，隶属新篁。翻过山道往北，便是葛源。这是我第二次来崇山。第一次来，是两个月之前，看千年银杏树，喝了一碗茶便走了。桥头的老徐好客，泡野山茶给我喝。毛尖青青的茶叶浮在杯子里，像一座座山峰浮在云雾里——我是不会忘记的。暗香，淡雅，俊逸，是这杯茶给我的印象，也是崇山给我的印象。我去过很多山间小村子，我喜欢在小村子里乱转的感觉，走走停停，到别人家里坐坐，聊聊天。有的村子，我坐下来了，便不想走，想找个合适的溪口桥头建个小房子，住下来，成为一个"把酒话桑麻"的人。在新篁的平港和崇山，我也是这样想的，也仅仅是想想而已——人怎么生活，在哪儿生活，是命运的一部分。像我这样一个年过四十的人，对命运只会越来越敬畏。

当然奢侈的想法也是消除不了的，比如在崇山住上一夜，听听溪涧的流淌声，看萤火把夏夜织成丝绸，又有什么不可呢？把美好的偶遇变作一种向往，或许是生活的一种期盼吧。在人世这个茫茫大海里，我们是需要向往的，这样，我们便不会厌世，也不会被人世所累。和我同去崇山的林辉，是深知这些的。我想。

春日的花神

从今日开始，我要爱上一个人，爱上流苏下的花神，爱上原罪。

这是从一条河开始的。河是港边河。惊蛰已过，细雨和惊雷惊醒了酣睡的大地，鱼游到临岸的草丛开始产卵。"万物出乎震，震为雷，故曰惊蛰，是蛰虫惊而出走矣。"惊蛰，是二十四节气中唯一以动物命名的节气。蛰虫，即冬眠中藏起来不吃不动的虫蛰。蛰虫爬出干燥的泥穴，飞舞，翩翩——它们作为花神的花童，遍布世界。

早前的绵绵冷雨结束，天气转暖。我却不曾去田野走走。我窗外的梧桐还没发枝，厚朴的桠枝上包了一圈浅绿。我推算着时日，春分来临时，野花将已开遍荒滩野谷，一直延绕到村野矮矮的墙垣。我愿意追逐着河流，捡拾春天彩色簿上撕下的每一页。在横峰，友人指着拍摄的山野照片对我说："你去看过莲荷的油桶山和黄滕村吗？你没有去过的话，可以好好看看。"

第二天，我便去了。

在汪家碓，拐进一条机耕道，一条幽蓝的河流在田畴间，以蜿蜒的墨线呈现。河岸的树林把山冈、村舍、田畴，分布到了一张疏密浓淡的水墨画里。对这片乡野，我是多么熟悉。年前，萧瑟的冷冬，我曾一个人沿着这条河流，走了三次。第一次走，是因为坐车无意间发现了河边树林，油绿的樟树和泛红的枫树、泛黄的栾树、落尽了叶子的柳树，扎堆地长在一起。我通常就是一个这样的人，任何给自己带来意外惊喜的一处山林、湖泊、河流，我都会停下脚步，而忘记前往何方。我记住了汪家碓这个小村。沿河边的田埂，我溯源而上。藤萝缠在乔

· 51 ·

木上，叶子稀落，有的树根上还爬满了藤本爬墙虎。野蔷薇在芦苇的缝隙里，还开着淡白的花，似乎是一种对时间的告白：遗忘的角落里，仍然有对生命的馈赠。河堤还是原始的面貌，矮小的灌木斜斜地横在河面上，枝叶上残留着河水留下的痕迹，枯败和将朽的树枝已是深黑，冲垮的泥湾半悬，野菊花幽暗地开在朝阳的泥坡上。更远一些，是矮小山冈延绵而成的山峦，依稀的村舍隐没在异乡人的乡愁里。

汪家碓是一个窄小的山冈与山冈之间的小村，视野被收紧。往山垄走一华里，站在山冈上，港边河在静静地流淌，看见远处的山冈赭褐，油毛松像一块头皮盖在上面，山冈的陡壁形成斜面的悬崖，在阳光的照射下，形成奔泻的光瀑。转过一个坳口，踔然，阔然，一个不规则的椭圆形田畈，淡然而现人烟三五家。村头古旧的岩石块砌起来的桥，依古樟树拱形的硕大根须而建，断于河堤，作为原始生活记忆的一部分，埋葬在时间深处。桥面上荒落稀疏的草，尚未吐出芽尖，似乎在喻示：春暖中的寒意，远远没有退去，春暖只是一抹浅浅的微笑。事实上，当我看见田畴斜弧形地包抄过来，油毛松毡帽一样戴在山冈上，隐隐可现的村舍点缀在竹林树木间，花神落入了凡间。野桃花比时节来得早了几日，火苗般辣辣地烧，红得发妍白得如玉，在稀疏的叶子间孤傲地微微仰起侧脸。脸是素颜，淡红的唇有几分俏皮。和桃花一起开放的，还有梨花。梨花是个圣僧，一袭白袍。油菜花在田野里，把雨水和阳光挤出一束束的金黄。

阳光是羞赧的女生。在港边河，花神在我毫无防备时降临。

我想起颜梅玖的《山谷》："……冥冥之中，一切都是诸神的安排？/浓密的树林里，风掀动着树叶飒飒作响/我们都知道，树爱过它们/后来它们都飞走了。"花神披深黑的大氅，头发起伏河水的波纹，花冠高耸，使整个田野耀眼着金黄色的反光。这是水边的阿狄丽娜。我也渴望阿佛洛狄忒也能来到港边河边。

小径从河边的山坡弯弯地没入林中。紫地丁一小撮一小撮地撮在野地上。雏菊和艾草，才发出幼苗。更远的山野，奔放的野花怒然。山野把煦暖的阳光堆起来。在严寒的冬天尚留有背影的初春，我很少见到如此浓烈色彩的原野。我想起梵高的《有妇女洗衣服的阿尔勒吊桥》。梵高用颜料大多具有燃烧感，却鲜有和春睦邻的油画。《有妇女洗衣服的阿尔勒吊桥》确是一幅乡村恬美日常生活的热烈场景。黄滕村，我能够听到春日野花发出乌亮的金属弹奏之声。在寂寞的晌午，无声的河水在稀疏浓密相间的树林湾流，油彩呜呜呜响彻。

我始终相信，当我远望或深入恬淡的原野，神会来到身边。我无数次地深入深山，无数次独坐河边，即使是一个人，也不会感到孤独。身边会有一个看不见的神，化作河水和山峦的模样，默默地看我。大地有水沸腾的气息，夹裹着泥土的腥气和树木的青味，进入我们心脏腾出来的空阔地带，让我们浩然。一个人，只有一个人，知道去一个无人的地方，和自己相处，兴味盎然，这个人，他（或她）的心脏，就是一座安静的教堂。

河畔，美人周小群并记之。春天和她一并降临。

野　望

人至中年，该多读杜甫，也该多去无人的旷野走走。旷野，许是这样的地方，暮霭沉沉，江阔云低，也许是卉木萋萋，采繁祁祁。在某一刻，旷野会在一个人的内心，鹰一样盘旋起来。在莲荷曲江义门用过午餐，王国浩兄便带我去了叫驼里岩的陵中旷野。陵是赭褐的岩石，春阳如沸。墨蓝色的山塘在土豆般的丘陵里，有狭长的纵深，远处的油毛松盖在岭上，像毗连的帐篷。春分未至，雨水还没有适时地敲响大地的黄皮鼓，山塘的水无辜地浅着，裸露的塘泥黄赤，像一圈晒干的南瓜。

沿岭中夹坳，斜坡发辫一样垂下来。大片的油毛松在早年被野火烧死，它们死亡的姿势仍然是活着的那副样子，遒劲，听命于自然造化，枝杈在树身上留存着阳光的形状。蕨其微黄地卷曲在低坡，更平坦的坡地上，翻挖出来的条垄覆盖了一层枯死的针耳草。我抬头望一眼天，什么也没有，天是空的，空得容不下一朵云。天也不蓝，银灰色，圆弧形，空空茫茫地罩下来。天那么空，空得像一双容不下泪水的眼睛。我一下子想起海子写的《四姐妹》：荒凉的山冈上站着四姐妹／所有的风只向她们吹／所有的日子都为她们破碎／／……／／到了二月，你是从哪里来的／天上滚过春天的雷，你是从哪里来的／不和陌生人一起来／不和运货马车一起来／不和鸟群一起来……

……一切都在生长／今夜我只有美丽的戈壁 空空／姐姐，今夜我不关心人类，我只想你。这是海子生命最后阶段最为悲伤的一首诗歌。在海子的诗歌里，"荒凉的"修辞十分常见。荒凉的时间带给他生命的消失感，十分强烈。最后一节诗歌和他的名诗《日记》末节相同。《日记》写于德令哈车站。德令哈位于柴达木盆地东北边缘，属青海海西州，气候阴寒，海子诗中写道：姐姐，今夜我在德令哈／这是一座雨中荒凉的城。岭上的驼里岩，在我看起来，就是德令哈的车站。无人的车站。

翻过岭，油毛松继续死。它们是同一天被野火烧死的，但死得有点前仆后继，死得有点视死如归，死得似乎生命没有意义，死得活着和死没有差别，于是选择了相同的告别的形式，和相同的仪式。岭下，有简陋的寺庙，庙前是一个山谷。山谷多毛竹，也有三棵伞盖一样的冬青树。在横峰，我见过很多冬青，挤压在灌木或乔木林里，树皮灰色或淡灰色，有纵沟，小枝淡绿色。水桶粗的冬青，确是第一次在这里见识。立春之后，太阳一日黄过一日，小枝发蕊，米白粟黄，小撮小撮地积，积到发胀，淡的花点缀在绿叶间，细细一瞧，蕊里还有几只细腰蚂蚁。小径上，是发白的砍下来的竹枝，和凌乱的杂草，以及细碎的树叶。水井被水泥石块盖着，石板上是青黄的苔藓，老年斑一样，衰老而颓败。结伴而去的周小群站在岭上，给山野滋生出一份燃烧感，像一支虞美人。

寺庙的善德主持请茶。烧井水，泡手工老茶。茶黄，在水里不洇开，丝丝萦萦，喝一口，也不怎么甘洌。善德主持说，打了很多处井，才打到井水。驼里山，因山岩似驼峰而得名，我想，水井相当于骆驼胃部的水腑，哪那么容易找到呢。善德主持面善，脸阔且厚，遮住了两边半个耳朵。有果鸽在山谷里，咯哥咯哥咯哥。果鸽是灰头灰脸的家伙，哪催情得这么早呢，离谷雨还远着呢。但我还是站在院门外，四处瞧瞧。没看到果鸽，却看到了山谷里有一棵落叶树，苍苍的枝丫像伸开的双臂。

山谷就在竹林下面，撂荒的山垄田和一只遗弃的帆布鞋差不多。岩崖内凹，寺庙依凹处而建。毗邻的，是一处生活遗址。王国浩兄说，在"文革"时期，"四类分子"曾居住在这里。这是一处土垒的废墟。土是黄黏土，垒成土砖，砌墙而起。

废墟里，铺着稻草，干枯的牛屎气息和腐烂的稻草气息，让人一下子有些难以适应。角落里，两个裂缝的土缸，像两具生活影迹的遗骸。我站了几分钟，看看顶岩石，烟熏的黑色是古老铜镜破碎后的影像。土墙，泥浆白水风干后的黄色，给人木讷、沧海已过的感觉。乡人说，曾居住在这里的人，每年，他们的后裔会来看看。看，是为了不忘记。周小群说，让人悲伤。我说，这是一个时代的背影。时代渐行渐远，但背影会镌刻下来。

和煦的风，事实上，前些天已经来到了，田畈里的油菜白菜日夜兼程地开花。它们赶着步伐，赶着开，也是赶着凋谢。竹叶轻摇。居住在这里的人，无论是善德主持，还是谁，内心都是无比孤独的。无比孤独的人，也是无比强大的人。无比强大的人，也需要无比的孤独。前日读《杜甫诗选》，读他《风疾舟中伏枕抒怀三十六韵奉呈湖南亲友》，唏嘘良久。这是他的绝笔诗，卧舟而写，不日死于风舟之中。他写："尚错雄鸣管，犹伤半死心。"濒临死亡，仍然不绝望。不绝望，是因为心中热爱这个世界，即便是破败的世界。

下了驼里岩，塘鹅在水库，嘎嘎嘎嘎，水岸的白羽拍翅。我很想在岩石上或枯死的草地坐一坐，一个人，像被遗弃的人一样，像个无家可归的人一样，随处坐坐。在这个无人的旷野，在这个没有歌谣也没有马车的地方，坐坐，赤裸地看看空芜的天空，看看草木枯荣。人生在世，最终，我们都将是一个人的，面对自己，面对亲爱的人，面对死亡。旷野荒凉，是一种高阔邈远的境界，习习清风会清洗我们污浊的内脏。

赭亭山记

亲爱的人，我们将同船共渡。在深蓝的水波上，我们一起看黑色的水鸟飞过山梁，飞过被春光搂紧的峡谷。如果可能，我们择一棵树，临水，衔来枯枝荒草，筑窝，孵卵，育雏，在湖面上带着雏儿，闲散，觅食。树即使是枯树，光脱脱的枝丫简单地勾勒了时间的图形，我们也会一起望月鸣叫，哦噢，哦噢，哦噢，彼此呼应，在被人遗忘的山野，梳理彼此的羽毛。

"择一人而白头，择一城而终老。"在赭亭湖的游船上，看见水鸟在树梢上，一群一群地飞过，我反复在默咏这句话。船是简易的铁皮船，柴油机突突突冒着黑烟。春风徐徐，天空在漂移，青山在飞翔，水波像异乡人遥望的窗口。这是第一次游湖，却是第四次来赭亭山。第一次知道赭亭山，是在十余年前，苏万能兄几次对我说，去横峰，一定要去赭亭山。颇有不识赭亭山，不识横峰真面目的意味。年前，武华兄也对我说，游赭亭湖会有一番别趣。我便约人，微雨中去赭亭山。车出城，过了信江河岸，一座夹饼模样的山耸立在眼前。友人说，拐过小村子便进山了。冬雨冷瑟，细细密密，绵长不绝。我站在湖边，水面涌起细珠般圆润的水泡，山峦矮矮的，油毛松油绿，几棵野枫树残留的红叶凄凄然地飘摇。我们沿山中石道，登上古城堡。古城堡巍峨，筑在山腰，赭褐色的石墙和冬天苍莽的景象，相互映衬。城门还是千年前遗留下的石框，一层依稀可见的青黝色苔藓，深深塌在石头里，形成时光遗忘的图案。站在城垛上，弥望，烟雨蒙蒙中，山峦和湖泊氤氲在一片水汽里。青黛色，灰白色，油绿色，形成区隔，在冬雨中，仿佛是邈远的记忆。我想起十九世纪俄国风景画家伊凡·伊凡诺维奇·希施金的布面油画《树林雨滴》：阔叶林中，潮湿的空气呈灰白色，斑黄的树叶喻示冬日尚未远去，一对情侣搂抱着，在泥泞的路上打伞并肩而行。幽深的山道在蜿蜒的林中消失，厚重板结的色块把沉重的冬雨搬进了我们的心房。冬雨是一种孤独的雨。海子在《遥远的路程》写道：雨水中出现了平原上的麦子／这些雨水中的景色有些陌生／天已黑了，下着雨／我坐在水上给你写信。//冰冷的雨丝，给山野织了悲伤的面纱。

那时，我暗想，要是雨中游湖，确是胜境。可惜，一直找不到船。春分未至，繁花堆叠。与武华兄、国浩兄、周小群，再次去赭亭山。春阳暖烘烘的，有木炭灰的气息。船夫六十多岁，早早在码头等我们。湖面微凉的水气蔓延开来。阳光奔泻，许多落叶的乔木，抽出鸭黄色，野山茶开起艳艳的白花，白雪一样积压在枝头。湖水是一张旧唱片，吱吱吱地唱着老时光。我们沿右边的湖面，抄山边而行。湖岸边的灌木林，不时有野鸭惊飞，麻黑色。

山峦在游转。山是丹霞地貌的岩石山，赭色的岩体劈立，形态各异。岩石顶上，长着矮小的密林，仿如黛眉。巍然而立的，是赭亭山。赭亭山因东汉车骑将军赭亭侯李恂葬于此山而得名。山因人而名世，人因山而存古。山上有开阔地几百亩，桑麻稻粱各具，阔叶林覆盖其上，可登高望远。李白去桃花潭，喝了汪伦的桃花烧，回马鞍山，过宣城，看看敬亭山和自己一样孤独，写："众鸟高飞尽，孤云独去闲。相看两不厌，只有敬亭山。"孤独得近乎自虐。假如一个人，独自游赭亭湖，我想也是这般的。

船越深入湖中，湖水越发清冽，琥珀一样，幽蓝发亮，亮得像是能把我们眼球吃进去。油毛松渐渐消失，阔叶林蓬勃而出。阔叶林和湖水一样幽蓝。树影也是幽蓝的。山体沉没水中，山冈浮出来，成了孤岛。孤岛与孤岛相衔却不相接。有鹿在孤岛生活该多好，鸣于野，该多好。"呦呦鹿鸣，食野之苹。我有嘉宾，鼓瑟吹笙。"有鸳鸯栖息于湖中该多好，双双戏水，该多好。"四张机，鸳鸯织就欲双飞，可怜未老头先白。春波碧草，晓寒深处，相对沐红衣"。我看看船上身边坐的人，却看见一双水鸟，穿黑绿色晚礼服，在水面滑翔。湖中，见到了很多水鸟，除了野鸭子，其他的，我却辨别不出来。有的体型如喜鹊，有的体型如果鸽，却都是深色羽毛，深黑色，绿黑色，灰褐色。山峦勾勒出鱼脊般的弧线，映山红开了，有炽热的燃烧感，使寂寞的山野有了人世的情欲。

　　山是水的情人，水是山的伴侣。赫亭湖是水鸟的故乡，是情人眼里不曾落下的一滴汪洋。岛如榭台，水如廊阁，曲径通幽，意蕴绵绵。我常常像寻找自己的墓地一样，去看一个被人遗忘的山野，择一箭之地，开荒，劈柴，住在一个土房里，烧水，煮茶，这个世界，再也没一个人值得我写信，再也没一个人值得我点灯。想到这些，我无限悲伤。

葛源盆地记

陌上花开，可缓缓归矣。

站在湖口岭，我听到了曲丹卓玛《在那东山顶上》：

> ……
>
> 在那东山顶上
>
> 升起白白的月亮
>
> 年轻姑娘的面容
>
> 浮现在我的心上
>
> 年轻姑娘的面容
>
> 浮现在我的心上
>
> 啊依呀依呀拉勒
>
> 玛杰阿玛
>
> 啊依呀依呀拉勒
>
> 玛杰阿玛
>
> ……

岭下，是平缓而下的梯田。春日迟迟，桃花凋敝，杜鹃花正艳。在谷雨尚未到来之际，垄田还没灌水，草芽尖尖，还没翻卷出油绿的长叶，野花妍妍。圆桶形的山梁，像一枚核桃的硬果壳。我看到了坚果的内部，三五户人烟的村舍像油黄的果肉，田间小道是纹理，苍老的古驿道是沉眠的胎胚。歌声从一扇旧窗户飘出来，悠扬，渺远，听起来，有疼痛感，也给我长时间的晕眩，和恍惚迷幻——我似乎是到了青藏高原，山岭巍峨，天空高远，溪涧水也像是雪山融化了的雪水，清澈，激越，把涧石当作铁皮鼓，击打得铿锵作响。湖口岭是葛源盆地里的一个自然村落，坐落在山坳的夹沟里。夹沟，是两座山折叠又打开的折痕。原始的乔木林依沟而蓬蓬。坡上，是一垄垄的高山梯田。梯田，是沿等高线方向修筑的条状阶台式或波浪式断面的田地，有水平梯田、坡式梯田、复式梯田。湖口岭的石桥梯田属于复式梯田，放眼望去，气势宏伟，壮丽如虹，与官田梯田相接，延绵十余里。梯田，是山区农耕时代的背影。它总是让我们想起耕牛，不规则的大地图形，夕光下水中映衬的晚霞，毛毯般斑斓的金色水稻，翩翩而至的白鹭，初春如织的花海，浩瀚苍穹下渺小耕作的父亲，庞大木质结构的谷仓。坐在田埂上，我们的眼前会伫立山峰般耸立的稻草垛，形态各异的稻草人，我们的双肩会成为蝴蝶的驿站，我们的瞳孔会化作溶解了四季的湖泊。

可以想见的是，在先民还没迁至湖口岭之前，在山峰还没被命名之前，这里是一座原始森林，阔叶乔木参天，藤萝密布。在古驿道，至今还有古树林。村口有一棵玉兰树，被风腰斩，树身爬满了小叶爬墙虎裹着厚厚的苔藓地衣。枝丫披散，正抽出了嫩白嫩青的幼芽。林中的树木，都是树身青黝色，树叶浓浓的墨绿，它们似乎不是长出来的，没有经过发芽、抽苗、抽枝、发育，而是天然地和山水契合，似乎只有苍老的树，才合乎那个豆荚一样的山沟，才合乎那条岁月浸泡了的古道。树林，大多是由樟树、苦槠、红豆杉、栎树、冬青、木荷组成，藤萝在其间缠绕。也有香榧，唯独的一株香榧，已有一千八百余年，遮天蔽日，粗粝的树皮像干裂的黄羊皮。一棵从未开花结果的雌性香榧，会给我们很多疑惑和猜想。我们的先祖，择地而居，依山而筑，临窗而眠，日出而作，开荒、拉犁、挑石、筑埂，按照自己对生活的理解和山地的美学，世世代代，垦出了满山坡的梯田。当我看到梯田的时候，会不由自主地想起拱桥一样裸露的脊背，日晒雨淋的沉默水牛。箩筐、锄头、砌刀、铁锤，在一双双松树皮一样的手中，缔造了葛源盆地的奇迹，也留存下了一代又一代人的生命遗迹。

我去官田村的时候，村里人正在以古老的农耕方式，给梯田翻耕，剥荒、铲田埂、耕田、灌水，几十人，躬身在田垄间。谷雨即将到来，做田打秧，是农人繁忙的季节。山田是糙糙的，长了许多荒草和紫云英，田埂也长满了开花的地丁和马蔺、结缕草。草径的斜坡上，射干也开了玉白色的花。灌水后的山田，水天相映，峰峦和村舍的倒影给人以水墨画特有的静美和安谧。瓜叶菊般绽放的午后阳光，有些许的夺目，光线散落在水里，有了锦鲤的游动感。设若在晨起，朝霞开始从山梁慢慢涤荡出来，天是鸡蛋清的色彩，梯田的景致会是另一番景象。

几次去葛源，到石桥，到官田，都给我一种山野敞亮的开阔。这种开阔，让人不自觉地眺望，眺望山外，眺望天空，让人想登高，一座山峰一座山峰地去登高，去辨识去伸手扯天边的云彩。当曲丹卓玛《在那东山顶上》环绕我耳畔，我看见梯田绵绵，似乎那不是梯田，而是一种世代农耕人的生活宗教。从这里走出去的人，或回到这里的人，对于乡村的别解，是圣洁的，会获得一种大地赋予人的尊严，即使是一个双手空空的人。

从磨盆山下的葛溪，溯流而上，山峰如玎瑁，野树如门帘，有不规则的椭圆形盆地豁然跳到眼前，集市如流，沃野十里。这就是葛源盆地。也是横峰县北部最大的粮仓和油库。这里盛产大米、茶油、大豆，也盛产竹、木，和葛，是中国葛之乡。也多英雄壮士。

乡民把葛源、葛、葛溪，与一个游方道士撮合在一起。据传，葛洪游历南方，在灵山北部山脚炼丹，连日熬夜，营养不良，口腔疱疹久日不愈，见路边一种藤蔓开紫色小朵鲜花，采摘日食，疱疹不治而愈。葛洪便把这种植物以自己的姓氏命名，曰葛。长满葛的溪流，曰葛溪。先民以葛溪的源头，取地名为葛源。葛洪（公元284—364年）是三国方士葛玄的侄孙。方士就是访仙炼丹以求长生不老的人，信仰神仙学说，擅长祭拜鬼神，炼丹长生，也称法术之士。葛洪卖柴读书，乡人称他抱扑之士，后也自称抱朴子，著丹书《抱朴子》内外篇七十卷。葛洪是东晋时期的道教领袖，化学家、医药家，著有《金匮药方》百卷，《肘后备急方》四卷，对后世中医药学影响深远。事实上，他是个游四方的人，痴迷医药和炼丹，喜欢在深山老林生活，遗世独立，在南方高山筑炉，结草庐隐于山野。在信江流域，在龙虎山、三清山、灵山，他均有焚炉炼丹，著书立说。葛洪多年流连于怀玉山山脉，很可能他也曾踏足葛源。

但葛的命名，其实与葛洪无关。《诗经》是我国最早的诗歌总集，为周宣王的内史大臣尹吉甫（公元前852—前775）采集，孔子编订，是儒家经典，称"诗三百"。《诗经》不但是民歌总集，也是植物名录汇集。《诗经》里写到的植物有荇菜、莼菜、蓼草、飞蓬、萎蒿、水芙蓉、白茅、黍、木槿、萱草、艾蒿、蓝、卷耳、桃、车前子、荆棘、蕨菜、梨、梅、柏树、酸枣树、匏瓜、苦菜、荠菜、茯苓、蒺藜、菟丝子、麦、竹、桐、桑、芄兰、木瓜、蒲草、益母草、李子、檀木、荷花、栗子、茜草、兰草、芍药、杨柳、狗尾草、酸模、榆树、花椒、稻、乌蔹莓、芦苇、栎树、杨树、紫云英、猕猴桃、榛树、薯草、枸杞子、菩提、椿、香椿、野豌豆。也有葛。

比，是《诗经》常用的表现手法，以植物喻人，十分普遍。如"南有樛木，葛藟累之。乐只君子，福履绥之。"（《周南·樛木》）"桃之夭夭，灼灼其华。"（《周南·桃夭》）"南有乔木，不可休思。"（《周南·汉广》）"有杕之杜，其叶湑湑。独行踽踽，岂无他人？"（《魏风·杕杜》）"伐柯如何？匪斧不克。取妻如何？匪媒不得。"（《豳风·伐柯》）孔子给《诗经》的结论语是：凡诗三百篇，一言以蔽之，色而不淫。色即美，淫即低下。《诗经》在写葛这种普通乡间植物的时候，赋予葛以孝敬父母、勤于劳作的妇女形象。录《诗经·周南·葛覃》：

葛之覃兮，施于中谷，维叶萋萋。黄鸟于飞，集于灌木，其鸣喈喈。

葛之覃兮，施于中谷，维叶莫莫。是刈是濩，为絺为▮，服之无斁。

言告师氏，言告言归。薄污我私，薄浣我衣。害浣害否？归宁父母。

看样子，葛的命名，早于葛洪一千余年。北参南葛，葛与参相提并论，可见葛的养生价值。葛，也称甘葛，野葛，被称之为植物野马，意思是，长起来便很疯狂，无遮无挡，随地匍匐，随物攀缘。葛是一种豆科葛属草质藤本植物，七八月开花，九十月结果，有块状根。花萼钟形，紫红色，紫白色，总状花序。豆荚为长椭圆形，扁平，被褐色长硬毛。葛花葛根，可食，是药食植物。葛根碾碎，经沉淀，出淀粉，称葛粉，是泻火滋补的好食材。

葛一般生在低海拔地带，喜欢温暖潮湿的坡地、沟谷，尤喜疏松、腐殖质肥厚的沙地。葛源盆地的山地，是风化的火成岩沙地，植被丰富，日照时间充足，非常适合葛的生长。葛是保持水土很好的植物，但生长过于疯狂，对自己的欲望显得毫无节制。

葛源盆地有四十余平方公里，站在盆地，头一抬，看见一条鲨鱼龇牙咧嘴扑浪而来，浪花澎湃，耸立起来的脊背驮着盛大的天空，日行八千里路。八百年前的辛弃疾骑在鲨鱼上，唱："叠嶂西驰，万马回旋，众山欲东。正惊湍直下，跳珠倒溅；小桥横截，缺月初弓。老合投闲，天教多事，检校长身十万松。吾庐小，在龙蛇影外，风雨声中。 争先见面重重。看爽气、朝来三数峰。似谢家子弟，衣冠磊落；相如庭户，车骑雍容。我觉其间，雄深雅健，如对文章太史公。新堤路，问偃湖何日，烟水濛濛？"

去过多少次葛源，我也记不清了。最早一次，是二十世纪九十年代，最近一次是今年仲春。年前，去新篁的阳山，途径葛源，登顶打鼓岭。到打鼓岭，已是正午，冷雨绵绵，寒风却不呼啸——人站在山岭上，像是被一只手拎起来，拖曳着，又被重重地摔在地上。寒风是一根绳索，拉着人跑。我们一行七八人，远眺葛源盆地，有的欢呼，有的拍照。向西远眺，葛源盆地像是崇山中的一只摇篮，星散的人烟黏结在一个个山窝里。群山在旋转，黛色的天空，冷雨丝丝垂降。山峦一座堆叠一座，海浪般向上推移，叠成浪峰。向南远望，则是灵山山脉主峰，巨船般航行在大海之中。

在打鼓岭远眺了十几分钟，天边的云雾涌入了胸口。灵山西北部的山川，以列队的形式围拢在脚下。山中的林木，已所剩不多，地衣植物和低矮的灌木显得冷涩和萧瑟，麻褐色和青绿色覆盖了山野。雨丝逐渐雾化，湿湿的，一个深呼吸，心肺也变成了青绿色。葛源盆地，我第一次得以窥见它的全貌：屋舍像一粒粒芝麻，斑黄的田畴烤面饼一样摊开。我想起诗人娜夜的诗《在这苍茫的人世》。

世界太大，留给我们的，其实已所剩不多。在山岭遥望的时候，我发现葛源盆地是大山的心脏。四面高台般的群山，假如是一个池塘，那么，葛源盆地是一朵悠然而开的莲花。

走葛源多次之后，我生出些许的悲戚。在公路还没畅通的时代，这里是一个遗世的世界，或许还是一个世外桃源。葛溪依山西流，美丽的夏夜，星光和萤火虫点缀了丝绸般的夜空。夜空，碎冰似的，清冽得和少女的瞳孔差不多。在五里铺，我找到了这样的活体遗迹。每次去葛源，到了五里铺，我都有这样的念头：生活在这里多好。葛溪绕村前留一抹背影远去，野生的洋槐和枫香树沿溪边簇拥，村后是笋一样挺拔的山，竹林和树林把整个村子捂了起来。今年春，我和几个友人去葛源，友人提议去村里看看。我才得知，村子叫五里铺。进村的路边，栽了许多射干和葱兰，路的扶坡挤着密密麻麻的慈竹。地丁都开花了，紫堇和夏至草也开花了，一串串地挂着。深山含笑和广玉兰也开出了相同颜色的花，白玉一样。苍老的苦楮和高山松、香樟，把村里的空阔地变成了原始森林。几个小孩，用锄头在门口竹林里挖笋，提一只竹箕，光着脚板，其中的一个小孩淘到了一棵麻褐色笋衣的大竹笋。几块方田，在路下，与山相连，溪涧在田埂边的水渠里，被野草和灌木遮蔽。我怀疑黄四娘是生活在这里的，不然杜甫写的《江畔独步寻花·其六》："黄四娘家花满蹊，千朵万朵压枝低。留连戏蝶时时舞，自在娇莺恰恰啼。"怎么会与这里如此相像呢？去了好几个村子，再也见不到这样"野旷天低树，江清月近人"的景象了。随着葛源盆地人烟的增多，柴薪用量加大，房子用料倍增，生活资料日渐紧缺，木头成了乡人掠夺的主要对象，山被剃头一样，一座座剃了过去。山体赤裸了，人体也赤裸了。

也是作为生活遗迹——以"中共赣东北（闽浙赣）省委、省政府、省军区"革命旧址之名得以保存下来的枫林村旧民居，把葛源盆地人较为原始的生活形象，以泥土、砖瓦、木料的方式，封存在湮灭的历史记忆里。村里的小巷四通八达，用河里捞上来的卵石，夯实在黄泥土，铺成巷道，独轮车、草鞋、板车、厚实的脚板，和雨雪的浇筑，把卵石基本磨平，在春日雨滴的油润之下，闪闪发亮。苔藓在石缝里，作为岁月的印记，兀自油绿。小巷把村子变成了迷宫，七弯八拐，我们瞬间消失在玄阵般的迷雾里。房子是南方，尤其是赣东北地区尤为常见的黄泥房。黄泥搅拌石灰、碎石屑，用夹板木杵夯实，瓦檐一般为二米四高，前后开门，左右开小门。瓦是柴火焚烧出来的黄瓦，梁柱椽桷是木料。前开的是大门，进门是厅堂，厅堂和后堂用一扇木板墙相隔。厅堂吃饭喝茶待客，后堂起灶炉烧饭。厅堂两边各开侧门，通厢房，以作卧室。卧室横梁铺木板，称楼板，楼上堆箩筐、木桶、火熜、犁耙耕耖、水车、旧木料等杂物。卧室一般有床、四角衣柜、米缸、尿桶、竹椅子、筐箩、木箱、烛台、木桌，除了米缸、尿桶、竹椅子，其他物件都上桐油或清漆，摸起来，有光滑的清凉感。床一般是平头床或架子床，富裕的人家会有花床，贴金漆，富丽堂皇的模样，像新娘头上的凤冠。

房子一般是左右结构，对称，以厅堂中线为中轴线，也前后结构，但不对称，前长后短，中间开一条风弄，风弄的墙上，挂着蓑衣、锄头、刀具等生产用品。和深山人家不同，这里的房子大多没有院子，也没有外楼也就没有了廊檐，窗户是木质的，格局较小，以至于房间过于阴暗。在这样房子里长大的孩子，一般是聪慧、谨慎、细致、沉稳。

"省军区指挥部"旧址是一座大院。说是大院，其实也就是有前、中院子的房子。它的结构不是南方民居，而是西北高坡民居。从门楼进去，是一个院子，再进去是一个大门，两边是厢房，继续进去，是院子，院子以大天井为格局，四边形，最后进去的屋舍算是正房，敞开式的厅堂，各式房间对称地依序布置。葛源盆地普通民居以黄泥、石头、木料为基本元素，冬暖夏凉。离开村子外出谋生的人，会怀念门口的枣树，怀念清凉的草席，怀念木桌上的油灯，怀念谷雨之后再次回到房梁上筑巢育雏的雨燕，怀念小巷里清晨踏踏的脚步声。他们的故人，他们的亲人，在矮小的房子，喝茶，打瞌睡，在油灯下，编草鞋，穿梭织布。葛溪边的水碓房，水车在日夜地咿咿呀呀。那是他们生命的牧歌。他们会暗自念声白居易的《夜雨》：

> 我有所念人，隔在远远乡。
>
> 我有所感事，结在深深肠。
>
> 乡远去不得，无日不瞻望。
>
> 肠深解不得，无夕不思量。
>
> 况此残灯夜，独宿在空堂。
>
> 秋天殊未晓，风雨正苍苍。
>
> 不学头陀法，前心安可忘。

他们在异乡的午夜，会突然痛哭出声。

抓一把黄土，指间会渗出血。

葛源盆地四面高山，是德兴、上饶、弋阳与横峰相交界的地方。我每次进入葛源，都会想起一张照片：英俊刚毅的面容，略显瘦削，浓眉大眼，鼻梁坚挺，耳廓肥大，眼神坚定，头发像山冈上的丛林，穿一件旧棉大衣（在我看来，更像一件被风吹起来的战袍），脚上戴着镣铐，魁梧的身材和他的根据地灵山相似。这是我于一九九七年，在南昌梅岭看到的照片，至今忘不了。照片中人，即先烈方志敏。我从不掩饰对他的敬爱。作为男人，他俊朗，脸上终日晒着阳光，做事果敢，有担当；作为军人，他有谋略，有血性，威武不屈，有号召力；作为作家，没有谁比他更有资格写《清贫》《可爱的中国》；作为一个有信仰的人，他践行了"努力到死，奋斗到死"的誓言，生命的航向始终没有改变；作为世代务农家庭的儿子，他有胸怀天下之志，有兴邦治国之才。他的文章，我们耳熟能详，他的事迹，我们世代口口传诵。方志敏（1899—1935年），原名远镇，乳名正鹄，号慧生。他于1899年8月21日（清光绪二十五年七月十六）出生于江西省弋阳县漆工镇湖塘村一个世代务农的家庭。他八岁入私塾，十二岁便辍学辅助家庭务农，童年在家乡度过。十七岁时在乡亲们的帮助下进入县立高等小学，在校内时接受新文化运动的影响。毕业于江西省立南昌甲种工业学校，能文善武。1935年1月下旬，他在怀玉山不幸被俘，入狱。同年8月6日，方志敏在南昌英勇就义，英年三十六岁。

湖塘村离葛源盆地骑马只需一个时辰。选择葛源盆地作为革命根据地，方志敏具有军事家的战略眼光。这里山梁交错，地形复杂，人口众多，产粮产油，社会矛盾激烈。方志敏把葛源盆地当作实现"无产阶级""苏式国家"的"试验田"去"耕种"，发展棉桑，大力种植粮食，平债分田，各村成立农会，建立农业合作社，开办供销社，发行邮票和股票，通航兴衢，兴建学校医院，扫盲识字，举办运动会，修公园，操兵练武。

在这片土地，流过血的志士有方志敏、汪东兴、粟裕、黄道、邵式平、刘毓标、饶守坤、邱金辉、李如文……很多志士还没娶妻生子，便流尽鲜血，长眠于葛源盆地——黄球，被杀害时，年方二十七岁；邱金辉牺牲时，二十四岁；李穆死于枪口，时年二十九岁；钱壁流尽最后一滴血，十九岁；项春福在正月初九牺牲，时年二十四岁；杨桂花牺牲时十七岁……在革命时期，横峰县的成年男丁，十分之一为信仰奔走，甚至再也没回到家里，直至捐躯。

葛源盆地上的人，把头上的太阳，当作一盏长明灯。这是一个梦想升起的地方，是一个信仰不会泯灭的地方，是一个热血可以点燃火把的地方。

我们行走在葛源的大地上，英烈的亡灵在注视我们。

……

如果不曾相见，

人们就不会相恋。

如果不曾相知，

怎会受这相思的熬煎。

如果不曾相知，

怎会受这相思的熬煎。

啊依呀依呀拉呢……玛杰阿玛……

啊依呀依呀拉呢……玛杰阿玛……

……

在家里，我一遍遍地梳理每一次去葛源所遇见的人与事，回想它的山川地貌，体会它的风土人情，也一遍遍地听曲丹卓玛《在那东山顶上》。我怎么会把一首藏歌和南方一块向日葵般大的盆地联系在一起呢？或许，只有和大地缠绵的人，才会如藏歌那般悱恻，哀婉动人，长绵不绝，气韵如江水。梳理之后，我发觉自己对那片土地是那么陌生，像一只鸢，飞过盆地多少次，却不曾栖息下来。我甚至没有在葛源住宿过，好好地吃一餐饭，睡在木板床上，望着窗外无眠到天亮，看白月亮从枣树上爬上来，看白雪在深夜一团团地扑撒下来。想起几次去石桥，在山沟一户吴姓老汉家喝茶，用蓝花碗泡手工茶，酽酽的，吃他老太婆炸的薯片和豆子。他粗大有力的手，我握过，糙糙的，树皮一样。他的几个小孩都成家了，住在县城。他还守着这栋石砌木屋。他的屋前种了枣树、松树，栽了吊兰、射干，屋后种了梨树、桃树、板栗、李树。菖蒲是不用栽的，屋边水溪有。竹子是不用栽的，崖石缝里，拔节而起。映山红是不用栽的，放眼望去，都是。石墙是要砌好的，片石一块块砌起来，供苔藓和爬墙虎作篱笆。石井是要打的，供鱼孵化一个梦。他守着老房子，像守着他的肉身。

"这是一个好时代。"他说。

"我在等一个更好的时代。"他又说。

"我不知道能不能等得到。"他显然是个比我更乐观的人，继续说，"等得到的。"他的语气不容人质疑，也不容自己质疑。

什么是好时代呢？每个人所描绘的，不一样。盆地是一样的，也是不一样的。不一样，是因为有梦想的人，始终会在盆地上升起长明灯，生生不息。

仲春去葛源，天气晴好，到了晌午，乌云塘泥一般堆在天空。风扯开嗓子哗哗地吹，乌云水沸了似的，一团团地翻滚。和一团马蜂差不多。不一会儿，雨噼噼啪啪，冲泻着大地。树叶，菜叶，被雨打烂在地。道路上，田里，院子里，全是积水，汪汪一片。鸟躲在树窝里，愣头愣脑，羽毛啪啦啦地淌水。河道里，溪水暴涨。茶园，菜园，濛在瀑布里。雨水肆无忌惮地涂写。午餐结束，天又晴朗，色彩明丽的山川又从水中浮了出来。万物生长的声音，再一次咆哮在大地上。

葛源盆地，带来亘古的死亡，也带来永年的生命。

荣华山已晚

露从今夜白

柳叶悬着豌豆般的露水，圆润饱满。霜降之后，晨雾灰蒙蒙，把远远近近的川峦全濛了。泥尘湿湿的。柳树不但没有哀黄凋敝，反而树梢一寸一寸地返青，有了初春的气象。辣椒秆上开了零零星星的花，花白色，细碎，在墙角的边地上，兀自地寂寞。杂草倒伏在地，有的结了乌黑的草籽，有的光着秃秃的草梢。牵牛花卷在枯死的红豆杉苗上，筒形的花朵紫蓝色，一圈圈地包在树干上。

昨天到镇上理发。理发师五十多岁，腿有残疾，走路时，右脚拖着地用力。他看了我一眼，说，你是外地人，坐坐吧。我没坐，在他前后窗户转来转去。窗台上摆了十几钵花，有海棠、吊兰、草莓、葱兰等草本植物，也有山楂、石楠、野樱、茶花等木本植物。街是一条卖锄头粪箕等杂货的老街。夜边了，行人稀散，街坊寥落的灯光增添几分秋后的零落。我说，师傅，你怎么不把花钵搬进来呢？师傅说，植物没吃露水，恹恹的，很容易死。我"哦"了一声，说，露水当然是最好的水，润物无声。师傅说，山区多雾，也多露水，今年少雨水，草木更不能少了雾露。近些天，太阳一般在午间十一点出来，下午四点多就没了。雾，全笼罩了。清晨，我站在窗户，看山雀在苦竹林里叽叽喳喳地嬉闹。雾轻泅脸上，湿湿的，幽凉。雾是乳白色的，弥散在整个视野。在这片山野，还有哪儿不被雾气填满呢？模模糊糊的，树，灯杆，墙垛，山垄，稻田，虚化在白里，各种形体的轮廓以影影显出来。我走到苦竹林，山雀四散飞走。竹枝摇动，露水窸窸窣窣掉落。还有一些露水，黏在竹叶一般，凸起小小的泡泡。我带了一个玻璃瓶，把露水一滴一滴地收集起来。把叶尖对着瓶口，捏紧叶边，露水慢慢滑动，小泡泡和小泡泡融合在一起，成了一滴，溜下来，进了瓶子。视线渐渐明亮，树是树，墙垛是墙垛。喜鹊的嘎嘎声，灰雀的啾啾声，羊的咩咩声，浮在虚光里。头发湿了，衣袖湿了，裤脚湿了。鸟叫声湿了，光线湿了。不远处的山影湿了，砍柴声湿了。桂花的香气湿了。景物一米一米地敞亮出来，墙垛上的鸟儿在愣头愣脑地四处张望，漆树张开圆盖一般的敞篷，三个人在田里种蔬菜，一个清瘦的人拉板车，枯死的野麻站着四只小鸟，山冈的弧线是墨绿色的，一丛竹子默然不动。更远些，被白雾遮蔽了。或者说，被遮蔽了的景物，被一只手移走了，空缺。太阳白白的，薄薄的，像刚刚从河里捞上来。我把露水放在火炉上，煮沸泡茶。

　　太阳出来，没一会儿，树枝上的露水全没了。匍匐在地上的三叶草、马兰、阔叶兰，也变得干燥。露水怎么消失得这么快呢？泡好的茶还没喝完，茶叶散开叶卷，蒸汽白白地萦绕。雏菊鹅黄的唇瓣上，残留着湿湿的吻痕。我不知道，世间消失得最快的事物是什么。一缕细光穿过浓密的黑暗？瞳孔里一个遥远的星座？水井处浮上来的故人面影？熟睡时的呼吸？飘过山梁的歌声？雨粒在河面沉落？露水，或许是消失最快的事物之一。蒿草金色的花还在熟睡，蚯蚓还没从穴窟里醒来，美人蕉正裹着一层一层的香气，露水不见了。有的被叶子翻身时抖落，有的被风刮下，有的化为一缕气无声无息地成了空气的一部分。空气有了植物的青涩味道，沁人心脾。漫漫旷野，矮小的山冈像一滴露珠，黏在上面。澄明，素净，气爽，人也成了一滴露珠。也或许，人在人世间这个无边大的旷野里，和一滴露珠没什么区别。早晨在路边看到几株芷，花有须一样的毛绒，露珠在上面滚来滚去，风一吹，毛绒花带着露珠，一起飞走了，摇摇晃晃，时高时低，一会儿不见影子了。

晚上，雾更大。但看不见雾。院子里有高杆路灯，灯光不是线形的，而是晕晕的一团。光长了绒毛，絮一样，吸在灯罩四周。飞蛾驮着厚厚的絮，飞舞。雾是从哪儿来的呢？溪边涌来的？草木喷出来的？空气积降的？风吹雾涌，绵绵不绝。我老人一样，在四周走来走去。或者说，一片山林之间，又有哪儿可去呢？一个月前，我修建了一个十余平方米的水池，从山上引来涧水，预备养鱼。没适合的鱼可养，一直空着。前五天，一个打鱼人，送了五条大鲤鱼，我一并买了。五条都是活鱼，第二天死了一条，鳃出血。我把鱼捞上来，摁住嘴巴，做人工呼吸，再放进水里。鱼嘴慢慢地翕合，身子下沉，鳍叶也不张动。我对喂食的人说，它活不了啦，捞了吧。其他四条，在池地，悠然而游。每天晚上，我都去看。一个人站在池边，看鱼。雾气在池边凝结了密密麻麻的水珠。我摸摸水珠，凉凉的。四条河里的鲤鱼，困于一方池中，我不知道会不会寂寞。我看到鱼在来来回回地游，鳍优雅地扇动，我说不出一种什么戚然来。雾把我整个脸濛湿了，我才离身。

在山中，我从没见过漆黑的夜，膏脂一样的黑。苍穹有不同层次的蓝，灰蓝，浅蓝，水蓝，深蓝，碧蓝。有雾的时候，是鱼鳞一样脱落的灰蓝，灰灰的黏稠着浅蓝。偶尔有几粒星星爆出，显得苍穹更为旷远和深邃。苍穹是浑圆的，装满了液体一样，膨胀，有下坠感，像是用一根杆子捅一下，天空会裂开，哗哗哗哗，淌下扑面而来的雨水。有一个晚上，我喝了两个小密包酒，晕乎乎的，早早睡了。睡到深夜一点，醒来，再也无法入睡。我喝了一杯水，听到窗外的杨树滴滴答答地有水珠坠落之声。我穿衣下楼，四野寂寂。

咕咕，咕咕，是麂子在叫。在院子四个角落里，我转来转去。雾低低地压在树梢上。我不想回到宿舍里，房间只有一张床、一张桌、一个热水壶、一个茶杯和一台洗衣机。烟灰缸里塞着几个半截的烟头。几本翻看了一半的书，扔在枕头边。四张白色的墙壁和一个阔大的窗户。我常常站在窗前游思。哇，哇，哇，是岩鹰在叫。我把茶桌搬到路灯下，烧水喝茶。山垄和田野里，各种昆虫在叽叽嘎嘎，把山野的幽静从地底下拔出来，长出针刺一样的尖芽。

露珠从柳树滑落，有节奏地吧嗒吧嗒。我的额头，手背上，茶桌上，凝结了很多露珠，瑟瑟抖抖，蝌蚪的唾液一般。不知过了多久，雾散出了缝隙，弯刀月挂山边天空的峭壁上。我仰着头，寻找月迹。月亮照耀故乡，也照耀异乡。我看到的月色，必将荒芜。月光寒凉，丝丝缕缕捶打下来，把露珠打落，把额头打陷。月光也溻进我稀疏的头发。我摸出手机，翻看号码，将近一千个，翻完了，没一个号码适合这时打出去。我又去水池，看鱼。鱼又死了一条，白白黄黄的肚子浮在水面。另外三条，停在水底，翕动鱼鳃。它们知道另一条鱼死了吗？这几天，台阶上，草地上，死了很多百脚虫和蜘蛛。也许是寒露太重，昆虫经受不了。

事实上，四季之中，我偏爱深秋一些。漆树的叶子全部熟红之后，一片片落。杉木更墨绿。河水羸弱下去，石头露出来。芦苇一天比一天枯黄。河边，湖边，山边，袭涌而来的雾，在清晨和傍晚，漫上我们唇际。我现在南浦溪，秋后的田垄种了许多蔬菜。我经常在午后，站在垄埂上，看见大雁呜呜呜呀呀呀呀地鸣叫而过。大雁把川峦分成了南和北。大雁归时，叫声更烈几分。我也几经迁徙，落居山野。秋雾适时，层林多彩，露凝而白。白露，是自然至美，也是人之至寒。我知道，再过些日子，白霜将至。蒙霜的大地会是另一种色彩。霜是晶体的露水。人到了中年，可能才会了悟，露是什么，霜又是什么。

　　站在深夜的院子，举头望月，额头又湿了一层。露在沉降。

　　风无声吹过，我单薄的衣衫在摆动。

南浦裊裊秋

月光光，照四方，四方圆，卖铜钱。

铜钱掉，卖乌豆，乌豆乌，卖香菇。

香菇香，卖生姜，生姜辣，卖鞋拔。

鞋拔节节断，街头卖鹅卵。

鹅卵孵出鹅公仔，拎拎担担送大姊。

大姊留阿嬉，阿无嬉，阿要转去拾苦槠。

苦槠希希苦，阿要转去赶牛牯。

牛牯希希臊，阿要转去蒸碗糕。

碗糕蜜蜜甜，阿要转去学耕田。

田里一蓬草，铲了一个天光早。

田里一蓬葱，拔回去喂鹅公。

    在南浦溪，傍晚，我钓鱼时，听到了这首叫《月光光》的民谣。雾漫上河面，薄薄的。早起的月亮和将沉的夕阳一同浮在薄雾上。岸边的板栗树林里，一个老汉在捡拾板栗，背一个竹篓，用一个竹梢拨开落叶，不时地躬身捡板栗。他反反复复地唱《月光光》：月光光，照四方……有那么一段时间，在黄昏来临之时，我背上渔具，独自去溪边钓鱼。钓上的鱼，大多是一些小鱼，鲫鱼、鲅鱼、翘白鱼之类的，有时还空手而归。在溪边独坐，渐渐变成了一种习惯。我不知道形成这个习惯的根源是什么，甚至不知道为什么选择在南溪边。钓鱼仅仅是一个恰当的由头罢了。

    这是一段比较宽阔的河面，对岸有高大的杨树，树叶略微泛黄。更远一些，是收割后的山坳田畴。田畴一层高一层，错落有致，两边的山峦往中间的高处收拢，形成山尖的叠峰。山边有三户人家，扑在一片桂花林里。灰褐色的瓦屋顶，蛰伏在湍湍的水声之中。幽凉的河风裹在脸上，像是脸的另一层皮肤。敞开的河面，有细碎的波纹掠过。晚归时分，有赶牛的人，有挑木柴的人，有放鸭的人，从水坝上走过。南浦溪，是闽北的一条主河流，是闽江的上游。我是它送走的无数客人中的一个。晚风吹拂的时候，月亮也在吹拂。凉幽幽的月色，和山间的沉寂、水流吐出的破碎感、峰峦相叠的苍莽，彼此交织在一起。咯，咯，咯，咯，在斑竹林里，锦鸡在叫。我似乎浑身长出了浓密的皮毛，匍匐在河滩上，成了一只兽，在草皮上打滚，吸湿漉漉的水气，听叽叽叽叽的斑蝥声。当然，我并不是第一次听《月光光》。在赣东北，我的故地，这是一首流传很广的民谣。在我孩童时代，几乎人口皆熟。只是已三十多年没听过了。

在闽北，我还听过一次。有一次，我去县城的路上，遇见一个骑电瓶三轮车的人，拉一副竹排，竹排上站着十只鸬鹚。我们似乎相识多年，突然在不确定的时候路遇。他是一个五十多岁的老汉，姓季，穿高筒雨靴，满口被烟草熏黄的牙齿。他是一个打鱼人，身上有鱼腥味，厚厚的黄夹克上还黏着几片发亮的鱼鳞。我和他约定了第二天清晨，去南浦溪捕鱼。

在管厝古旧的河埠，我们顺河而下。天有玉质，温润的白。洋槐临河婆娑，野鸭在芦苇丛里噗噗惊飞。鲅鱼一群群在逐水浪游。渔翁老季用长长的竹篙撑竹筏，一篙高一篙低。鸬鹚呼啦啦地跳进水里，散开而去，扎入水里。晨曦在树梢的叶上，有了第一层羞赧的反光，淡淡水红色。溪面的波纹里，镀了荡漾的金色。老季叼着一根烟，问我："你是我这个竹筏上的第一个客人。我打鱼已经有三十八年了。你是不是个有趣的人呢？"我说，和一个渔人做朋友，是一件有趣的事情。我原本想说，认识一条河流，最好的途径就是和打鱼人一起去捕鱼。或者说，鱼是河流精美的果核。鸬鹚嘎嘎嘎嘎地欢叫，当脖子塞满鱼的时候，还欢快地扇动麻黑色的翅膀。肥厚的脚蹼在不停地划动，仰翘起鼓囊囊的脖子，快速地翕动又长又扁的嘴巴，哗哗哗，跳到竹筏上。老季把脖子里的鱼掏出来，鸬鹚啄老季的手，细长刚硬的脚，跳起来。老季塞几只小鱼给鸬鹚吃，用手摸摸它的头和背部，当作一种犒劳。鸬鹚甩着头，吧唧吧唧，又扎入水里。沿着蜿蜒的山峦，南浦溪九曲而行，忽而东忽而南，岸边的菜地和稻田围着零星的三五人家。山上是茂密的杉木林和郁郁葱葱的竹林。山梁斜斜，缓缓向下。山堆叠着另一座山。老季说，十年前，一天能捕五六十斤鱼，经常捕上十几斤重的草鱼、鲤鱼，还捕过七斤多重的甲鱼和五斤多重的鳜鱼，现在一天好的时候能捕二十来斤鱼，最大的草鱼只有四斤来重。我知道，这是所有河流的命运，电瓶、农药、挖沙，鱼已无所藏身。我说，你为什么不选择电瓶电鱼呢？"鸬鹚捕鱼是一种乡野生活的格调，电鱼是渔人的耻辱。"他慢悠悠地撑着竹篙，慢悠悠地说。我很是惊讶他说出这句话。江水，木槿叶汁的颜色。老季从腰上取下老式军用水壶，放到嘴巴里呡了一口薏米酒，亮开嗓子唱：月光光，照四方，四方圆……以前听《月光光》，觉得调子很柔和，舒缓，老少皆朗朗。老季唱得有几分悲凉和凄楚。肯定不是他门牙掉落两颗以至于漏音的缘故，也不因为嗓音沙哑干燥。青山在水中漂移，乌鹊在空中飞翔，水岸的芦苇日渐枯黄，竹筏在飞快划动，回声在盘旋。群山间，我有苍然感。丹桂顺风飘香。老季唱得低缓，音节与音节之间，有滞留感，似南浦溪枯水季节时的流淌。

我客居在荣华山下。南浦溪环绕矮小的山冈，呈 S 形向东南角漫流。山下散落百余户人家。村名殿基。雪梨树在深秋之际，树叶凋敝。杨树黄黄的，一片连着一片。山野之间的河流，有一种潮湿的水腥味四处游荡。所有的植物都能准确地捕捉到这种浸润心肺的水腥味。浆果和坚果因之而饱满，口感清脆味道甘甜。在大地上，河流作为动脉存在。南浦溪，为什么尽可能地蜿蜒曲折，是因为它要把动脉里的每一滴血，尽情地哺育两岸。

九月廿二，我第一次去南浦溪边人家。恰逢他们举行社公拜祭仪式。一年一度的今天，他们举行隆重的仪式，唱社戏吃麻子粿喝米酒会晚餐，以祈福社公庇佑村民安康，庆祝五谷丰登。村里有一个社公庙，庙前有一块晒谷场，仪式放在这里举行。我到的时候，男丁正一个一个地上香，祭拜社公。祭拜的人，神情肃穆，衣着干净清爽，躬身而拜，一而再再而三。祭拜结束，社戏开始。社戏是南剑戏的支脉，原名乱弹。十番锣鼓登场，当当当叭叭叭，飞沙走石般酣畅淋漓。村民安静下来，一边喝酒一边嗑瓜子一边观看。剧目是《龙凤配》《杀西门》。南剑戏相传清末自江西传入南平，吸收民间音乐的地方语言而成。其唱腔以西皮、二黄为主，包含原板、紧板、垛子、倒板等不同板式，由"板洋调""二缓""青板""义和调""南词北调"及民间小调等曲调组成。角色行当分生、小生、外、旦、小旦、夫、净、副、末、丑等，素有"九角头"之称。剧团是民间小剧团，从邻近小镇请来的。酒是米酒，自家酿的，醇厚绵柔，有腻腻的油滑和甜味。在火炉里温热起来喝，让人不知不觉地醺醺然。作为唯一的外乡客，我所受到的欢迎是可想而知的。他们用浦城方言和我交谈。

入夜，黄澄澄的残月贴在天边。不远处的南浦溪卧在芦苇丛里，汩汩流淌。山梁在沉睡。我沿着山垄间的小路，深一脚浅一脚地回到宿舍。山垄有啾啾的山雀在叫。我似乎听到月亮也在叫，像一种低唤声，又像一种摇篮曲。南浦溪在大野之间蠕动。二十二年了，我从没如此安静地生活过，一座山一条河，是我独自放逐的去处。人间在近处，我在更远处。是的，我愿意做一个这样的人，在南浦溪边钓鱼，砍柴，烧炭，开荒种树，摘藤梨吃红薯，坐在屋顶上晒月亮，听百虫鸣叫，看夜鹰游寻。竹林沙沙沙响，我亮开嗓子，唱：月光光，照四方……山野以它古老的沉寂，和我呼应。夜风打在脸上，有冰凉的痛。

山际见来烟

在一个群山包围的高山盆地里，我的生活处于一种柳树自枯自荣的状态。武夷山的余脉，在闽北，拖着白云在奔跑。延绵的、起伏的山梁，黧黑，相互交错。傍晚时分，夕阳有一层熔金的彤红，萦萦白云像一团蒸气。滋滋滋，燃烧的空气，慢慢散去，幽凉的晚风吹来，一直低着头的狗尾巴草，像一群遛街的少女，把裙摆摇动得特别夸张。暑期久旱，草地恹恹的，柳树褪去了绿意，披一件泛黄的外衣，看起来很瘦弱和孤单。每天此时，我都会约上几个人去河边走走。南浦溪在荣华山北坡下，在砂石土公路的尽头。沿途有四个矮小的山冈，一个自来水厂。山冈有两侧弧形的斜坡，斜坡上，有满坡杨梅树，也有婆娑的板栗树，还有调成一垄一垄的野山茶。路边全是肥绿的芭茅，斜长锯齿的叶，花白的茎，在风中会发出哗哗哗哗的磕碰声。米白色的麦穗一样的，是芭茅花，蜻蜓三五一群，追逐，嬉戏，一会儿停在芭茅花上，一会儿停在我们的肩膀上。路是河道石块垫上来的，凹凸，走了十几分钟，脚凹酸痛。南浦溪有四十几米宽，我们坐在石墩上，飞蛾蚊虫在溪面飞舞，忽高忽低，密密麻麻。鲤鱼嘣嘣嘣，跳出水面，把飞蛾吸进嘴里。水面荡起一圈圈漩涡，鲤鱼跃出来，弯曲的弧线快速地变成了一声清脆的落水声，哗哗，水波纹扩散到了岸边。我们赤足浸泡在水里，沙子磨蹭得痒痒的，小虾和小鲅鱼围拢过来，吸食皮肤碎屑。把面包撕碎，一瓣一瓣扔下去，小鲅鱼又逐食，用滚圆的身子相互撞来撞去，张开尖尖扁扁的嘴巴，吞食了面包的小鲅鱼忽地跑啦。水浑浊，黄黄的，水面漂着草根、菜叶、塑料袋，还有几根手腕粗的木枝。上游有人挖沙，污水和清水混合在一起。石堆围起来的水池，清澈透底。有人建议裸泳，我不同意，说，赤条条的，和我们身份不相符。其实，有外来的工人，每天骑电瓶车来裸泳。一男二女，暮霭低垂，从我门口过，突突突，男的骑车，女的抱着衣物。有一次，在水厂门口，车胎爆了，我问："怎么啦？"他不好意思地说："石头太大，又有尖石，车都推不动了。"我遇过几次他们裸泳，三个头露出水面。

那么几天，每到下午四点以后，方圆三华里，有一阵时长半小时的阵雨。云呼呼呼地汇集在荣华山顶，乌黑黑，哗哗哗，雨零星地来了，打在宽大的银杏树叶上，嘟，嘟，嘟，有悠闲的韵脚。三华里外，阳光一片，光线普射，金色。风从荣华山压下来，大雨喷射，草地跳起饱满的雨珠，油亮，吧嗒吧嗒。路面上溅起的灰尘，又被雨打下来。雨后，在两条山垄间，跨起一道彩虹。这是我离彩虹最近的地方看过的彩虹。彩虹从杉树上方弯上去，拱形，像是坡下村庄一扇七彩大门。坡下的村庄，离我居住的房子，抄小路走，不到两华里，但我并没去拜访过。在工作之余，我把很多时间，放在辨认植物和熟悉山路上。山上有茂密的竹林和槠树，门口马路对面，是一片板栗林。板栗枝梢上耸起刺猬一样的果球，坡下是一块稻田。早晨或午饭后，我一个人去田埂上，走走。有一种细藤攀援在灌木上的植物，从八月开始，一直开着夕颜模样的花。比夕颜小朵一些，花色形状都是一样的。叶子却不一样，更尖形一些，形似不规则的五角星。问了好几个农人，都叫不出名字。

有一天，我坐在办公室，听见隆隆隆隆的机器声，在窗外不知疲倦地响，我打开窗户，看见一台收割机在田里割水稻。我扔下手头的事，跑到田里，问师傅："怎么现在就收割稻子了呢？"师傅呵呵呵地笑起来，说，不在秋天收割那会是哪个季节收割呢？

　　怎么就到秋天了呢？记得刚来时，禾苗分蘖，垄上的豆苗还没开花。白鹭在田里觅食。我在火炉里，烤红薯。薯香从草木灰里渗透出来，漫溢了整个厨房间。天黑得特别快，浓密黏稠的黑，天空像是液态的，被墨水一样的东西浸泡着。在圆月之夜，整个小盆地，仿佛被一只巨大的手托举着。满天的星光流泻而下。四周完全寂静，旷野无人。我一个人在草地独坐，要么给远方的朋友电话，要么安静地举头看着永远也看不透的天空。那是一个多么巨大的玻璃缸，储存着星斗，海洋，和无边无际的遐想。我哪儿也不愿去，只想独坐，自己陪伴自己是一件多么美妙的事情。头顶上的天空，是需要时时仰望的。当我仰望的时候，能听到寂静深处传来的细语，像露水凝结在草叶上，像霜铺在头发上，像水在树身里漫游。每当这时，会有一个人在我心里叫唤，那么轻，那么羞涩。

　　山里的冬天有大雪。冬天很快会来。我对司机说，深山产硬木炭，你多买些，也买四十斤薏米酒。母亲怕冷。冬天难熬。窗外，一团黑。风呼呼地扫过，梓树彤红的叶子落满一地。山垄下的村舍，灯火盎然。

碧山暮云遮

荣华山没我想象得那样，高耸云端，延绵数十里，山梁交错，人烟稀落。我来客居第一天，友人对我说："门口的这座山叫荣华山，有时间你可以爬爬山。"我抬头望了一眼，相对海拔不超过两百米，林木竞秀，四支山梁像四只粗壮的脚，像一头卧在溪边的老虎，半是假寐半是觊觎，有一股雄视的气概。

说实话，我对山的高度缺乏兴趣。草丛间的小路，竹林里的鸟，遗忘的野花，灌木林，茶地，一片水田……烧荒，砍柴，打猎，采果，对这些，我却像个小孩，兴致勃勃。种菜，割稻，赶鸟，捕兽，作为"观众"，我保准是最忠实的那一个。也是最热情的一个，发烟，送水，说不定还留人吃饭，只要对方不推迟的话。客居一个多月，我哪儿也没去，既没拜山也没问水，更别说拜访邻居了。去过一次山坳，是查勘泉水。山涧水在坳里，形成一个深潭，幽碧得吸眼。我把毛竹穿洞，一根接一根，把水引到院子里，养鱼、煮茶、洗澡，很是清爽。水嘟嘟嘟地从毛竹管里，流下来，落在水池里，鱼逐着水花，夜晚，水声清脆，有时间的韵律，别是一番情境。离我最近的邻居，约有四华里，在山垄下。中秋节后，村里的捕蛇人老汪，到我这儿，见我用勺子掏罐子里的蜂蜜，问："你常喝蜂蜜？"我说，什么都可以不吃，但不能少了蜂蜜，可惜，十年难买一罐土蜂蜜。他脸黝黑，尖尖的脸庞，说话口吃，他说，山里有个养蜂人，他刮蜜时唤你一声。"哦，买蜂蜜不可以信养蜂人，只要是出售的蜂蜜，都不是真的。"我说。捕蛇人说了很多理由，让我信深山掏好蜜。我是个偏执的人，吃上土蜂蜜需要和养蜂人修三年的情缘。但我还是去了——深山满黄叶，云雾觅人家。不错的。

　　其实也不是深山，绕了三个山坳到了，山路走了一个多小时。山路埋在灌木林里，生人进不了。山雀呜呜地飞，在竹林，在茶地，一群群，百十只一群，起起落落。山上只有一户人家。一户人也就是一个人。养蜂人六十多岁，清瘦，手指长而刚硬。老汪用方言和他交谈。我懂，但我假装不懂。我在房子周围看看。房子是泥墙木构瓦房，墙体乌黑，东墙写有"深挖洞广积粮"的石灰标语。后墙坍塌了一部分，用木头撑着瓦楞。几只鸡在菜地里觅食。我没看到蜂箱。我送了一袋方便面、一包烟卷丝、四双厚棉袜给老人。老人执意不要。我说，要不是你住这儿，我还没理由上山呢，我把这些东西带回去，你可得付工钱给我。老人笑了起来，空空的牙床使得两颊陷进去。屋檐下，码了很多干木柴。他是靠卖柴为生的。他从门后摸出一根木棍，带我去看蜂。蜂在山崖上，一个圆木桶，挂在那儿。老人说，野马蜂收了，养起来的，养了三箱。另外两个挂在油茶林里。我站在崖下，马蜂翘着长尾巴，嗡嗡嗡，在眼前飞来飞去。不惊扰它，蜂不蜇人。木桶用棕叶包着，上面盖着棕布。小时候，我的一个邻居，养了十几箱蜂，摆放在场院里，我常去他家玩，他用一根小筷子，挑起蜂蜜，拉丝，滴到我嘴巴里。他有一个女儿，小我一岁，那时，我就想，长大了娶她，可以天天有蜂蜜吃。缓缓的山坡向下延伸，坡地是南浦溪。南浦溪像一条鳞光闪闪的巨蟒，蜷曲着安睡。枫树和松树，混交在一起，偶尔一丛竹子冒出来。人烟散落在水岸边或山坳里。我始终没和老人提蜂蜜的事，捕蛇人显然有些失望，在回来的路上，不断地说："哎，一个下午全走冤枉路，抵不上捉蛇去。"我也没应和他。怎么说呢？心深处奥妙的丝缕，只有极少数的人可以捕捉到。

差不多有半个多月的时间，我几乎每天去山间，中午或傍晚去。我采集了很多植物的叶子、花朵和昆虫，只要是不一样的，我都收集在标本盒里。我不去探究这些植物叫什么，属于什么科属，当我打开盒子，看见那些枯叶和干燥花，我心满意足。当然，我也尽可能去辨识它们。杨梅树，杨树，黄檀，紫荆，山楂树，桉树，苦槠，石楠，野山茶……斑竹，紫竹，桂竹，毛竹，苦竹……蜀葵、酢浆草、麻、萱草、石兰……在我生活的每一个地方，我都尽极大可能去认识我可以看到的可以闻到的一切。我的一生，没什么宏伟的事情需要我去做，我所有的热情都会付诸周遭的生活，深深地爱人，融于自然。哪怕我领略的自然仅仅是一个小小的山冈，甚至是一个庭院。"山崖那儿，怎么秋分没到，树全枯死了呢？"我问杂工志友。志友是木工，也会泥工，粗壮，对这片山地非常熟。他说，那叫苦树呢，八月全死，树枝树干砍下来可做柴火，实际上没死，到了春天，比其他树都绿得快，树叶筛子一样盖下来。我们走了半个多小时，到了山崖。苦树是阔叶树，叶子肥厚，椭圆形，有锯齿，有一种涩香味。树干多枝杈，树皮灰褐色，会自然脱落。我嚼了一根木枝，甘甜。怎么叫苦树呢？或许是�到八月，面临死亡，多么不堪。可每到春天，又复活，多么受上苍眷顾。山崖上，有许多苔藓，半绿半黄。苔藓有筷子粗的茎，一米多长。我还没见过这样的苔藓呢。志友说，崖下有一个石墓，泥土都是新鲜的，有四米多深，拱形，肯定被人盗了。我下去看了看，墓道有五米多深，里面有一个石室，棺椁烂了，盖板还是整块的。墓穴潮湿，有一股腐木和土腥交杂的刺鼻气味。墓碑也挖走了，碎落的青砖还在。山边有一座寺庙，叫天阴寺。寺庙外，有一片竹林，竹子是方形的。很多人都对我这么讲。志友也这么讲，说，竹子是易种的，可方竹种不活，即使种活了，也成了圆竹。我种过很多竹子，毛竹，紫竹，桂竹，整片地种，竹子是方的，我还是到了荣华山才听说呢。我对志友说，年底，我们种方竹，掏深洞，埋肥泥，填猪粪，盖熟土，种竹鞭，五天浇一次水。

天阴寺下，有一家农庄，我常去。我暗想，"天阴"应该是"天音"的误读误写。问过很多人，都说，一直是这么叫，也一直这样写。去农庄，倒不是那儿有美食，而是有一条溪流在屋舍边。溪流边，有桂圆大的螺蛳吸附在溪石上，密密麻麻。溪流刚没了脚踝。下雨的时候，下游的鲫鱼鲅鱼，成群地游上来。我把溪拦一个坝，在中间掏一个缺口，用饭箕套在缺口处，把上游的鱼往下赶，全进了饭箕里。鱼在饭箕里蹦跳，倒进水池里，又快活起来。

山坳里有雏菊。雏菊贴埂上，金黄色，一盏盏的小灯一样亮着。我已连续看了半个多月了。前天早上，我去看，路过一片板栗林，五只喜鹊飞出来。长长的尾巴，嘻叽叽嘻叽叽。大概还是十五岁，我才看过喜鹊和乌鸦。我住在祖屋里，门口四棵大香樟，喜鹊在树上筑巢，饭窝一样的大巢。每年初夏，巢里会伸出黄喙，毛茸茸的雏鸟在枝丫上跳来跳去。祖父把楼梯靠在树上，扶梯而上，摸鸟给我玩。鸟没摸到，抓出一条蛇。恍然间，祖父已去世十八年。山野秋天枯瘦，萧瑟。荣华山却还是繁木葱茏，更别说在边地上有各色的野花。当然，我比较偏爱芦苇花。芦苇在地头墙角溪边，一蓬蓬地冒出来，油绿油绿，到了秋天，叶边枯涩叶心发黄，叶子裹着一根脆脆的杆，杆头抽出一枝花。花白色，细密，须绒软软。风吹，芦苇摇曳，杆头摆动。山雀，灰雀站在杆头上，迎风舞蹈。我偏爱它，不仅仅是它有植物线条的柔美，它更像是一种言说：又一年的秋天已至。芦苇，亦称荻，又名蒹葭。"蒹葭苍苍，白露为霜。所谓伊人，在水一方。"它给人一种苍莽且永远无法抵达的境界。据说古代有荻笛，能吹出美妙的音乐，人归雁落。在异乡的人听了，马上回家，大雁听了，落下来，不再南飞。沿着南浦溪，有密密的芦苇，斜斜地趴在水面上。现在，它几乎全黄了，芦苇花白白的，白发的那种白，枯瘦，似乎随时会被风折断。如提前到来的暮年。

　　冬青树林在山巅上。有人说，林子里有很多鸟，是候鸟，夜间栖留，早晨飞走。看鸟的话，可以清晨上去。我立马来了兴趣，第二天去了山顶。林子里，有许多白白黑黑混杂的鸟屎，还有一些羽毛。冬青亦称女贞，秋天结籽，是鸟偏爱的食物。无鸟可看，鸟或许早早飞了。山并不高，但整个浦城之南，尽收眼底。南浦溪是大地上的腰带。山峦紧紧交叠着山峦，一直延伸到铜钹山山脉。山下的盆地，呈两个菱形，像蜻蜓的两只翅膀。但看不到，赣东的灵山。灵山北脚，是我的故地。延绵山峦是苍翠的竹海。

山区的黄昏来得早，太阳还没落山，暮云便把荣华山罩住了。投宿的鸟儿，呼啦啦地往林子钻。我把灯掌起来，望望窗外，荣华山已不见，只有暮云沉沉。

飞雪满孤村

前几日还是朗朗的，太阳像绽开的冬菊。灰雀和黄鹂扑啦啦落在院子草地，逐食草籽。十月份垦出的六块菜地，白菜、菠菜、萝卜、蒜苗等秧苗都已经长到脚踝那么高了。一畦一畦，绿洋洋。三日前，晚上东风席卷，桂花树枝折断了好几根，有一棵杨树，齐腰断。我窝在床上，一直未眠。风嘣嘣嘣地拍打后窗。山垄传来呜——呜——呜呜呜——呜——呜呜的风卷树枝之声。这些天，我很难安睡，半夜两点左右，我都醒来，且不再入眠。有几次，我穿上衣服，看着窗外，乌黑黑的院子，大门口昏黄的路灯把整个旷野的寂静带进我眼里。寂静是有重量的，沉积在地面上，空气里，涂上乌黑黑的颜色，被风掀起，灌入窗口。冻雨来了，激烈，但不密集，摔在地上，是颗粒裂开的碎响，啪吵啪吵。后半夜，雪来了。先是雪籽，耐着性子，从筛子一层一层筛下来。树叶上，路上，瓦垄里，水缸盖板上，白白的一片。雪飘来，芦絮一样飞，风把飘下来的雪吹上去又飘下来。树枝没了声息，雪朵像吹起的泡沫，不一会儿，满眼白茫茫。

这几年，山里都没大雪，一年而终，亦只是三两场小雪，飞舞几下，没了。和一群飞蛾路过没区别。可这场雪已经下了一天半，虽然中间有些许的间歇。柳枝上，篱笆上，石头上，菜叶上，墙垛上，瓦楞上，雪积出不同的形状和厚度。川峦间，都是皑皑白雪。树林里，不时传来雪压断枝条的清脆声，叭喳。三只鹧鸪蹲在厨房背后芦苇丛里，差不多有一天了。脖子缩起来，翅膀紧紧裹着身子，眼睑偶尔耷拉下来。芦苇也堆着雪，中间有一个分叉的芦根。鹧鸪栖身在这里。桂花树上，不时传来雀叫，啾啾——啾啾，但看不见。这片山林里，有很多鸟，乌鹊、喜鹊、山鹰、游隼、白鹭、画眉、斑鸠、麻雀、鹧鸪、啄木鸟、黄鹂、猫头鹰，还有很多我辨识不了的鸟儿，四处觅食，嬉戏，求偶。地上积雪两天，鸟儿很难看到了。厨房里，在无人时，鸟儿溜进来，吃米粒饭粒。人来了，它们也不跑，一边吃一边警觉地歪着斜长的头看人。鹧鸪胆子大，我吃饭时，它站在饭桌上，吃饭粒。我手挥一下，它跳几步，又吃，再挥，再跳，再吃。事实上，我也懒得理会它，只要不啄我的手就可以。

晚上，杂工聂大姐对我说，厨房里切好的半斤多肉没了，会是谁拿走了呢？她是个细心人，碗具厨具都是收拾得井井有条的，厨房也从不丢失物件。我说我去看看。东西都完好，案板上纱罩落在地上。一个窗子的纱窗被什么戳了一个洞。我对聂大姐说，可能是老鼠或黄鼠狼跑进来了，天寒，它们饿得受不了，偷吃，老鼠会走下水道，猫不咬纱窗，黄鼠狼可能性大些。我把志友叫来，说，到仓库取一根一米长 110# PVC 水管来。我把水管中间穿一个洞，扣紧一根细铁丝，把一块拳头大的肉挂在铁丝上。志友疑惑地看着我。我说，你到路灯边的斜坡上，挖一个洞，把水管埋下去，水管口和地面平，再回填土，露出管口。黄鼠狼贪吃，尤其在大雪寒冬，它闻到肉香，会扑下身子吃悬在管口的肉，掉进管子里，再也上不来。

第二天早晨，我正喝茶。志友喜滋滋地叫我："黄鼠狼钓到了。"我放下杯子，三步两步跑去看。黄鼠狼在 PVC 水管里，头翘起来，吱吱吱吱惊慌地叫。我用铁笼罩住管口，把管子竖起来，黄鼠狼被关进了笼子。黄鼠狼，即黄鼬。这是一条成年黄鼠狼，身子差不多近一米，尾长，浑身橙黄。志友说，黄鼠狼臊重，有狐臭，但好吃，我把它剥了皮，红烧吃。我斜斜地看了他一眼，说，流口水了吧，但不能吃，我也爱吃，可不能吃野生动物，你想想看，它长这么大多不容易，说不定还带一窝仔仔呢，拎到院子外面的茶地里，把它放了吧，我们看几眼就够了。

雪不但没有融化，第三天晚上，再次来了一场猛雪。北风晚边时吹，呜呜呜地嚎叫。山野和路上，已经两天没影迹了。风刀片一样刮在脸上，痛。我们无事可做，一整天在厨房里，烤炭火，用火炉煨火锅，喝一个月前酿的米酒。厨房有三百多平米，码了很多木柴。木炭填在火盆里，我和几个工友说说笑笑，偶尔靠在椅子上打盹。下雪的时候，我都睡下了。可入睡不了，想起童年时，有一年大雪，把门槛都埋了，出不了门，家里烧的柴火没了。我和我父亲踏雪去山里砍柴。深山去不了，到后山的油茶林里，把油茶树砍了。那时我大概是十三岁。父亲还不到五十岁。厚重的棉袄裹着他，他显得那样笨重，佝偻着身子，背着生柴火，脚步踉跄。父亲并不强大，比我认识的父亲更衰老。事实上，从小至今，我和父亲少于言辞，几乎不交流，我对他知之甚少。可这个雪夜，能带上儿女和我所爱的人，陪父亲喝一碗温热的米酒，该有多好。这是从未有过的感触。我穿衣下床，端起一把锄头，到楼下的菜地里，把雪一铲一铲堆在畦洼里。雪厚，会把蔬菜压坏。路灯是高杆路灯，雪被一架风车扇出来，从光线里喷射而下。从天空锤击出来的大雪，飞扬的石屑一般，击打在脸上，嵌入进去。

坐在门口，毛毯盖在身上，我翻看《圣经》。年轻时，熟读它，随身带了三年，现在都不记得了。在旅途上，在历经挫折时，在难以自抑时，我打开它。我一下子安静下来。我至少买了十本，全送人了，手上的这本是上海友人送我的。雪堆满山梁，四野一片银白，窸窸窣窣的雪落之声似时光的沙漏声。我掩卷抱住自己的身子。白茫茫的视线里，我看见一条午夜的大街，积雪遍地。在街头，在一把伞下，有两个人像两条河流交织在一起。我疲倦地闭上了眼睛。我已经老了。我吹了吹雪，雪还是飘落在脸上，一会儿便融化了，滢滢的水淌入嘴唇。我几乎听到了雪在脸颊上嗤嗤嗤嗤地融化。一生之中，我们究竟可以经历几场大雪呢？一场难忘的大雪，足以把人掩埋在记忆里。

一点。两点。三点

黑色是病

红是血

梅。驿外断桥边正是雪的意境

——汪峰《梅》

梅花映在了眼前。怎么忽略了梅花呢？在围墙外，有一棵梅树，有碗口粗，弯弯扭扭，斜斜地往坡口长，腰身有一个大树瘤。志友几次想砍了它当柴火烧。我不肯。丑树也是树，更何况它是梅树呢？我拿起铁锹，往梅树走。梅树的叶子落光，细细小小的枝梢上，全是一朵朵妍妍的红花。花朵小小，完全绽开了，卷卷的花蕊吐出来。我用铁锹敲树身，积雪沙沙沙，几朵小花也随之落了。我捡拾了几朵，要把它夹在书页里。在山中，在雪地里绚烂盛开的花朵，并不多，梅花是一种，茶梅也是一种。相较而言，我甚喜梅。梅开，悄无声息，羞涩，奔放，迎雪而歌。坡下是一畈稻田，积雪像一层泡沫。更远处，村舍浮在一片白色里。几只山鸡在田畴里，跳来跳去，彩色的羽毛甚是夺眼。

这个冬天略显漫长一些。我似乎比以前更怕冷，穿了厚厚的长披风，脚上套着一双棉皮鞋。去年是不需要这些的。两年前，毛衣还没穿过。我把手抄进衣袖里，衣领竖起来——我多么像我父亲，躬身，吸着鼻子，抱着一个火熜，轻轻地干咳，在火熜里煨两个红薯，熟了，带皮一起吃。再过几天，雪将化尽，无声无息地渗入大地，化为来年的春水。我买了一只羊来。我把羊切成巴掌大的方块，把羊排剔出来，其他部位和萝卜一起放到锅里煮。一个萝卜切两块，旺火煮半小时，把羊肉捞上来，余下的萝卜和水倒掉。再而三。去了膻味的羊肉，倾进土瓮里，用啤酒作水，放花椒、食盐、生姜、干辣椒，用泥封了瓮口，放在木炭火堆里慢慢焖。两个小时后，整个房间里都是羊肉香。冬笋早早埋在沙窖里，粉丝挂在梁上。香菇和冬枣干从来都不缺。羊肉要吃的时候，从土瓮里捞一块上来。过几天，大寒到了。我预备在大寒之日吃。大寒之后即是除夕。一年已尽。而我返家的日子始终定不下来。看着满地的雪，我靠在门框上，沉默下来。

深山晚钟

特意从外地来探望我的徐銮、祖明，中午返程了。我一时无所适从，在房间里坐一会儿，又去院子走走，没走几步，又去房间小坐，喝着凉冰冰的冷开水，不知把自己安放在哪儿，才可以安静下来。围墙外，有一坡茶树，前半月开满了白花，大山雀叽叽叽叽，很是闹人。我看看天色，暮日将沉，向西蜿蜒的山梁有一抹霞绯，殿基村的人烟淡淡升起。我拿了一根木棍，向茶地走去。

到茶地有五十余米，在右边山道的右坡上。初来这里时，有一天傍晚，我散步，遇见一个在坡上砍杂木作柴火的人，五十多岁，尖尖的下巴，穿一件破旧的黄衣服，刀吃入木头的声音，哒，哒，哒。我问："这片山是你家的吗？"他说是呀，有五十多亩呢。我说，山上有茶地、竹林、李子树、杉树，你栽种这么多，不容易。"茶地两年没垦了，草多，茶树有一人多高了，茶也采不了。你要采的话，你可以直接来采。"他说。事实上，我们并不认识。或许他知道我是谁，因为我是唯一在此客居的外地人。就这样，我拥有了这片茶地。我差不多，每天散步，都会到坡上，看看，看一眼，心里有一种无由的欣喜。茶地右边，是一条可以开农用车的山道。但我从没再弯过去，看看。

这里的山道特别多，在山坳与山坳之间，在林子与林子之间，山道相互串连，有的仅容一人侧身走，有的可通车辆，有的铺设石头台阶，有的刚刚被锄头挖出来（村民为了砍一片野生苦竹林）。浦溪河边的山道或草间小径，我在半个月内几乎走遍了，一个人，在夕阳西下时，漫无目的地走，走到天全黑了，返回。鞋子上全是草屑和灰尘，裤脚上黏着草籽和野蓟。有几次还遇见蛇，乌黑黑的一条，忽地从脚踝游过，惊吓出一身冷汗。在我所见识的动物中，最怕蛇和狗，也或许，我无从见识更加凶狠的动物，如野猪、豺狼、云豹、黑熊。茶地有七八亩，枝头满是花苞，白白的圆圆的，把香气裹成一团，在某一个夜间，嘣地炸开。有一部分，完全开放了，中间撑起金黄的花蕊，蜜蜂嗡嗡嗡，蛰在花蕊里，翘起尾巴，闪动翅膀，吸一会儿，飞走，又在另一朵花上，吸一会儿，再飞走。茶地右边，有一条山道，一直伸向深山，我一次也没走过。虽然离我宿舍那么近。山道有两条深深的车辙，泥土路。车痕凹纹宽而深。车痕之间，长着酢浆草、牛筋草等杂草。路两边是密密麻麻的细苦竹和灌木。拐过一个弯，是一个岔路，左边的山道去往一个山坳，坳下有一片收割后的稻田，坳口是茂密的板栗林，如今空留光秃秃的枝丫和满地黄黄的落叶，过了山坳会是什么呢？不得而知。右边的山道，往更深的山坳转，只看见满山坳的树枝，坳下是空空的山谷。我往右边走。苦竹往路中间挤压，人像在窝棚里走。

溪涧在山谷里，淙淙有声，从灌木和芭茅混杂的密林里传出来，清脆，悦耳，有滋人的沐浴感。但看不见溪涧。树叶在唰唰唰，像一只手在飞速地翻阅什么。啊啊啊啊，我放开嗓子叫了几声，声音消失得无影无息。山谷空出了巨大的空间，由空寂填满。苦竹林里，大山雀三五只，唧唧喳喳地跳来跳去。两只斑鸠站在冬青树上，像一对小沙弥。黄鹂浮在芭茅杆上，啾啾啾啾，音译起来：去去——就来，去去——就来。鸟声使山谷的空寂有了重量感：沉沉下坠，向低处滑下去。几棵高大的枫树，在山腰，红红的叶子在摇动，似乎空气都是红彤彤的。阳光斜斜落下来，有一层厚厚的光泽。转过山坳，山油茶在灌木林窜出来，白白的花夹在绿绿的枝条里，一撮没有融化的雪。隐隐传来木杵撞击黄钟的声音，咚——咚——咚——咚——咚——咚——浑厚，绵长，不绝于耳。咚——咚——咚——我的心肺也随之震动。浦溪河，一群白鹭飞向中天。有多少年没听过这样的钟声呢？不记得了。也许，从未听过。这是一个远离人烟的山野，这个即将到来的薄暮时分，说不定我是唯一造访的人。山道顺着山势，弯着山梁往山坳转。在一棵枫树下，我坐了下来。我怕我的脚步声惊扰了钟声。一丛丛的灌木在山谷里，沉静。蟋蟀在脚边，嘻嘻，嘻嘻。我用干树枝拨了拨草丛，想把蟋蟀找出来。一棵草一棵草地拨，却找不到。蟋蟀怎么这么早叫呢？咚——咚——咚——咚——咚——咚——我站在山梁的一块岩石上，眺望钟声传来的地方，除了遍野的树木，什么也没有。

在从未来过的山野，没有听到高山流水的琴声，能听到钟声，也是有福的。咚——咚——一只有力的手，粗壮。一张慈祥的脸，圆润。咚——咚——把所有的声音盖住了，使静寂有了金属感，可触摸。我懊悔，来山中客居这么长时间，都没来这条山道走走。也暗自庆幸，终于来了，就像和一个心仪的人相遇，相遇了，就永远不会晚。山梁上，有许多树，有的飘零有的葱茏。

漆树紫红紫红，似乎它有流不尽的血浆，在深秋时，全部贡献了出来。这种脆脆的落叶乔木，在儿时玩耍的墙埂上，和泡桐在一起，旺旺地肥长。我是漆树过敏症者，讨厌死了它。虽常见，但我不知它是落叶的，以为和野山茶一样，青青翠翠，四季油油。它开颗粒状的米黄色花，结紫黑浆果。灰雀趴在枝上，翘起灰色的尾巴，吃得忘乎所以。浆果是从一根黄芯上抽出来，饱满，看起来和一只花斑昆虫差不多。我肯定看过它落叶，或者说，看过它落叶之前喷发血浆的情境，但提取不了记忆的汁液。现在，我数了三次，数出来了，在前面山坳的一块坡地上，有七棵漆树。它让人血脉贲张的紫红色，和绵绵消散的钟声，在这个寂寞的山野里，融合在一起，使这个秋天，有一种醇厚、拙朴、延绵的质地。它吸尽了春天的雨水，吸尽了夏天的阳光，积聚了全身的血浆，在晚秋，它喷发了，它落下，腐烂，成了秋天的骨灰。我坐在岩石上，写《大钟高悬》：

> 所有人必须低下头，大钟高悬
> 万物匍匐下身子，紧贴地面
> 若有悲伤，那么我们一起来唱：
> "离离原上草，一岁一枯荣"
>
> 大钟高悬，树枝摆动
> 巨大的阴影犹如铺天的乌云
> 灌满肺部。目睹的寂静是滔滔
> 泥浆扑打而来，一层盖一层

在高处，始终保持缄默

大钟高悬在无人知晓之处

隐隐钟声传来

我的到来和离去，无人知晓

　　应该是这样的。钟声响了三遍，漆树叶落了三次，乌鹊绕树三匝，我撕了三页纸，山谷却始终静默如初。晚风游进胸膛，脸盖了一层冰凉的阳光（从稀疏的树叶里漏下来，是那么的远古和苍老），我折回身，沿山谷下浦溪河。似乎整个山谷里，有钟声在荡漾（假如这个山野化为一个巨大的湖，钟声就是湖水）。我想象那个敲钟人，会是什么模样。在一个苍山如海的幽闭之处，有一处庙宇，在日暮时分，敲钟人爬上木楼，咚——咚——咚——他可能是一个半百的人，穿灰白色的百衲衣，他的神色和铜钟一样，有厚重的金属气质，木讷，静穆。他敲钟有多少年了呢？钟声带给他什么呢？在无人的山野，我是第一次听见钟声。钟声被风送来，又被风送走。摇动的树枝依然在摇动。

　　夕阳最终落下山梁，像一枚果核，被天空吞没。我泡了一杯秋茶，涩涩的，苦苦的，粗粝的。秋茶是茶地上自己雇人采摘的。茶叶在簸箩上晒了两个太阳，在火灶锅里烘焙，手炒，晾晒三天，装进茶叶罐里，自己喝。每次喝茶时，手上仿佛都留有茶叶烘焙后的温热与馨香。我是个不喝茶叶的人，但这个茶，我喝。早上起床，第一件事，泡茶，喝到五脏巨热，身体有通透感，我才开始吃早餐。一片无人照料的茶地，我每天去看它。它几乎成了我散步时最重要的一段路程。我只是看看，何时抽芽，何时开花，鸟雀翻飞。作为客居者，这是我十分珍爱的。在一个将晚时分，我出于对陌生的探究，弯过了茶地，进入一个弯弯的山道，意外地听到了模糊又清晰的钟声。我不知道意味着什么，或者什么也不意味。只是偶遇而已。深秋的苍凉是一种境界，只有少数人可以深知其味。我也无法深知。但在钟声传入耳际的瞬间，这种境界似乎与我贴得那么近，几乎是从我心肺里发出的，使我不由自主地举目四望，而山谷更空，苍山更远。

简单的一天

什么事也不想，什么事也不做，安安静静地独坐，阅读，散步，瞌睡，最好电话也不要有一个。或者一个人去干一件不打扰别人也不惊扰自己的事，是很惬意的。从七月份开始，我一直期盼有这么一天。哪有这样的好日子呢？我一直崇尚简朴单纯的生活，但每天总有不同的人来拜访或拜访不同的人，杂七杂八的事情雨后的春笋一样，在意想不到的时候，破土而出。我初到这里时，谋划着把院子再布局一下，对现在院子呈现出来的模样，我有很多的不满意：柳树种得太多，樱桃有四棵，全死了，四棵红豆杉也没一棵是活的，乱石东一个西一个，在大门口处居然有一丛丛芭茅和艾草，棕树和桂花从没修剪过，牵牛花的藤缠在柳树枝上，电线管裸露在地面，给人破败荒落的感觉。我早上起床，决定手机也不带，把院子再次布局。

西面围墙下，有一亩多沙地，因含沙量高，不储水，杂草不长，蛇常有出没，从边上的芭茅丛里窜出来，趴在沙地上捕麻雀。我拉起卷尺，以四米的间距，做好标记，预备种梨树。杂工志友跟着我，在定好的位置上插竹签。志友说，沙地长不了树，荒废时间，以前种桂花，没一棵活下来。我说，只要是地，都可以种树，沙地种梨树种板栗树，都可以。我把穴位划成一米乘一米的方块，对志友说，挖一米五深的洞，填两粪箕的肥土，填五斤油菜饼肥，再填两粪箕肥土，倒两大桶水泡半个月，深冬时种梨树，五天浇一次水，每次浇三大桶，浇一个月，到了七八九这几个月，三天浇一次水，梨树会活下来。他嘿嘿地笑，低声说，种一棵树要这么受累。我数了数，一共可以种四十二棵梨树。"桃李不言，下自成蹊。"有了梨树，没桃树是不行的。芭茅地有一亩多，把芭茅铲了，也按同样的间距，挖穴，可以种桃树。沙地和芭茅地的夹角，有一块三亩多地，长条形。我按五米的行距，挖成条沟。志友有些抱怨，嘟囔起来，说，挖洞打条沟，起码得干一个月。我说，一个月干不完可以两个月干，两个月干不完可以三个月干，但开春时必须干完，我们的事情必须我们自己干，早干一年树早成林一年。我又说，干事情相当于还债，自己的债务自己还，晚些还不如早些还，晚还了会有利息，不还会被人清算和唾骂，债务是想赖也赖不掉的。

院子里有很多石头，是当年建房时，从河滩拉来垫山垄的。这里原先是一片有两个山垄合围的茶地和竹林，平地时，填土不够，拉了大量的砂石来垫底。这给绿化带来很大隐患，挖穴深不了，种树不储水，酢浆草艾草芭茅牵牛芦苇满地长。我对志友说，把拳头以上大的石头，全部捡起来，堆在厨房后面的水池旁，可以和水池相连，修建一个假山，养几尾红鲤鱼。志友四十多岁，敦实憨厚，穿一双大解放鞋，五块钱一包的纸烟不离手。我发烟给他，他马上掏出烟给我，说，你抽你抽。他是二婚，头婚两个儿子，老大在浙江温州修车，二十二岁，四年没回过家了，老二也在浙江，至于浙江哪儿，干什么，他不知道，十八岁，也有两年没回家了。前妻在福州，一年会来三五次电话，叫志友寄钱或叫志友去福州，打她现任丈夫，说丈夫常打她，好赌，不干活。志友每次和我说的时候，都嘿嘿地笑，说，我才不呢，又不是我老婆。他的笑，有对现任妻子的满意和爱。现任妻子也是杂工，长他四岁，我们都叫她小林。

志友封砖砌墙，她提水泥桶。志友修剪花枝，她拔草。志友挖洞，她取土。志友抽烟，她也抽。志友喝酒，她倒酒，也给自己倒。志友一餐喝一瓶半啤酒，啤酒兑白酒喝。另一瓶半啤酒，小林喝。志友到镇上去买物什，要不了十分钟，小林来电话："干什么事呀，去这么久？"晚饭后散步，两个人一起去，有时我叫上他，刚出大门，小林电话来了："要不要带两瓶啤酒去房间，想吃点夜宵。"我对志友说，肯定是你老婆追求你的。"你怎么知道的？"志友转过头，问我。我也嘿嘿地笑。我说，肯定小林追求你的第二天，你们就在一起了。志友又问："你怎么知道的？"我哈哈笑起来。小林爱穿水红色的裤子，戴一顶靛青布质太阳帽，帽檐朝后，志友则穿一条肥大的绿裤子，远远看去，他们简直就是一对山谷里的大山雀。

有一块荒地在南面围墙下，长了很多茅草，细细长长。我把荒地分成两块，一块种油竹一块种野山茶。油竹和野山茶漫山遍野都是。油竹四季青青，密密匝匝，长长的厚叶下，会有麻雀窝。麻雀，山雀，画眉，都爱在油竹里筑巢，叽叽嘎嘎。油竹一般有四米多高，乌青青地窝在一堆。在竹子的系列种类里，我偏爱桂竹和油竹一些。毛竹高大，粗壮，有些笨手笨脚。桂竹不一样，笔直，幽清，柔软又刚硬，有极好的弹性，在五月之后，开始长笋，刀柄一般粗，在极贫瘠的岩石地里，能盘根错节，旺盛生育。像我们的父辈。油竹脆一些，体型和甘蔗差不多，四季叶子不转黄，油油绿绿，根系发达，储水和固沙都是非常好的。野山茶长得慢，十年也长不到手腕粗，是硬木，但十分耐寒耐旱，一副苦大仇深的样子，在秋冬交替之际，满树白妍妍的花，花序状，花瓣小圆形，花蕊米黄色，花期长。在万物凋零时，野山茶花开得夺目，放浪。它有一种不被注目的美，在芭茅地在灌木林，在河边乱石滩在菜地埂墙上，寂寞开无主。我把荒地用石灰画成方块，条沟也用石灰画出来。看着石灰线，我眼里冒出了竹笋和野山茶花，渐渐摇曳了起来，蜜蜂和山雀，成群飞来。

在大门口，我要把左右两边的芭茅彻底解决，用锄头把兜挖了上来。我对志友说，这里种两棵冬青。冬青四季常青，也称常青树，亦称女贞树，叶厚阔绿，在深冬时，枝梢上抽一根黄黄的绒须出来，绒须上全是黍米一般大小色泽的花，黑鸫和画眉来了，贴着地面蹿入树丫，觅食花籽，欢快地跳来跳去，像一群野孩子。冬青吃肥，长得特别快，主杆笔挺，一个大圆盖，一副英武的做派。

把院子布局了的地方，画了石灰线，一个上午过去了。吃过午饭，我换了一双球鞋，拿了一把柴刀，叫上志友，说，我们到山上找冬青树去。南方，冬青是一种常见植物，和紫荆香樟一样普遍。出门即是深山。我沿板栗林的山道走，一丛丛茅苏间杂梓树山楂树，苍凉地哀黄。梓树是落叶乔木，叶子红黄相杂，像一张饱经风霜的脸。但没结梓子。记得小时候，我家的菜地边上，有一棵梓树，深秋时结满树的梓子，从一个个黑壳里爆出白白的子，落在地上像一粒粒鸟屎。有一种长尾巴的和喜鹊相仿的鸟，很爱吃梓子，落满枝头。梓子可以榨油，叫梓油，可做清洁剂，也可做燃烧剂。我们用竹叉，固定一把弯刀，把梓树桠挂下来，用箩筐挑回家，晚上在洋油灯下，用手掌把梓子搓下来，卖给供销社，买一些食盐、肥皂、布料回来。

　　站在开阔地带，满山冈望一眼，满树翠绿的，极有可能是冬青。可看了几个山冈，都没有看见。都是松树和杉树。在几个山谷里，我看见有几棵冬青模样的树，走近处看，却不是，不是苦槠就是山毛榉。我自言自语又像是对志友说，方圆七八里范围，都没冬青树，可能是因为这片山，都被垦荒过，种了茶树、毛竹、板栗、杉木，杂木都砍伐光了。志友说，可能是，不过我不认识冬青，看见了也不知道。我放弃了在山上找冬青的念头，到山谷的田埂上找。找了几个山谷，都一无所获。我说，不找了，太阳都快下山了。在攀爬一垛田埂时，却意外地看见一支油绿绿的树苗，在杂草丛。树苗只有筷子粗，木质化的杆灰白色，尚未木质化的枝梢浅紫色。我哦了一声，说，找到了，可惜苗太小。

　　到路口，遇见一个砍柴的乡民，六十多岁，右耳有一块巴掌大的黑色胎记，胎记上长有一撮白毛。他脸尖尖的，戴一顶黑圆帽。他把地上的柴火往手扶拖拉机上堆，费力地把木柴抱上去。柴火是板栗木和桃木，还有几根杨梅主杆。我帮他一起堆柴火，说，老哥，这样的树砍了作柴火，可惜了，你真是奢侈呀。在山区，每次看人砍树，我都很心疼，笃，笃，笃，一刀刀吃进树身的砍伐声，会把脏腑震动起来。老哥说，这片山林以后都不存在了，开发区已经征地结束了。我不作声。他问："你哪儿的？不是本地人。"我说，住隔壁的，想找几棵冬青树种种，找不到。"冬青？不知道。我家里有几棵树，你要你去挖，种在大门口，房子要改建了，砍了舍不得。"他说。他说他有一棵桂花，有十六公分粗，一米高分枝，还有两棵六公分粗的树，新芽嫩红色，艳艳的水红，真是美，叫不出名字。"那是红叶石楠。"我说。我说，过一个月，冬雨来了，我就去挖，那时最适合种树。我们互道了姓名电话。他说，你把桂花种了，我每年初秋会去看看，看它开红花，它的香气一里之外都能闻到呢！我说，你是踏遍周围深山的人，看见冬青树叫我去。我带他指认了冬青树。他说，哦，我们叫满山骷，对面山上很多，碗口粗，适合种，我帮你挖来，你外地人去挖，不方便。我再一次道谢。

到了住地，天全黑了。我扒了一碗饭，到办公室喝茶。邮购的书来了，叠在桌子上，分别是《飞羽瞬间：中国野生鸟类精彩图片选第二卷》《中国湿地植物图志》《中国鸟类分类与分布名录》《南方药用植物》，全是彩图版，还有美国作家约翰·巴勒斯的《自然之门》《醒来的森林》《清新的原野》和前苏联作家普里什文的《普里什文散文》，以及庞培的散文集《五种回忆》。《清新的原野》是我朋友、诗人川美翻译的。《五种回忆》是我第二次购买，第一本书在四年前送给了安徽的一位好友。庞培是我好友，江阴人氏，好游长江，一年之中有四分之三时间在外旅行，白天走路晚上写作。他高大结实，看起来像个练家子的人，说话却温雅，有南方人的细腻和敏感。这种气质，使他的诗歌和散文里，有了阴郁的成分。《五种回忆》我读了五遍，是当代作家作品中，我读得最多最深的一篇。我把这些书抱在膝盖上，一遍一遍地抚摸，但我并没打开它们。手机扔在桌面上，有三十多个未接电话。我也不看是谁的来电——今天给我打电话的人，我没有一丝兴趣去知道是谁。点了一根烟，但我并不吸，搁在玻璃烟灰缸上，烧着烧着，烟头掉入烟灰缸里，哧哧哧哧，一股烟气冒出来。过上简单的一天，是一件奢侈的事情。我晚上只想静静地坐，直到水月亮挂上我简陋的窗口。

抱向空山

四条山梁向上收缩，形成一个山尖。像一个杨桃。这是一座普通的山，在秋阳下有一股米黄色的气流在回旋，沉降，汇聚在山坳的田畈里，扑在脸颊上有洗涤的清爽感。假如一个鲜来山中的人，置身于此，抬头仰望，满山的枯涩茅草和肃穆墨绿的灌木相杂，偶尔一只或两只蛇雕掠过山脊，啾——啾啾——啾，山毛榉林里，鸐鹈喳喳喳喳，会误以为这是他的恍惚梦境。在南方，尤其在武夷山山脉重重叠叠的余脉之中，大地起伏，像一群鲨鱼在海洋里搏游，不时地跃出水面，溅起浪花。山一个叠一个，山川相连。每一座山都是一个四肢发达粗壮的支架，撑起另一个高塔。它宛如一个古老保存完好的巨大建筑：从山梁上斜斜上升的太阳，给墙体抹上古铜色的油漆；大片大片的松树林和杉木木林是墙体壁画部分凝结的黑绿色块，由山毛榉、苦槠、漆树、冬青、紫荆、山油茶、杨树、乌桕、桉、栎等混杂的杂木林，在山坡的斜面上，板结在壁画的最下部，和最上部的岩石、云雾、飞鹰，形成反衬，隐去的部分是四季，漫流的溪涧，野菊不忍诉说的昨夜凋零，黑斑鸫跳跃时枯枝的瑟瑟响声；闽江是几滴虚墨，飘忽；高耸的尖峰远远看上去，仿佛是僻壤之处清寂的教堂，静穆，庄严，山雀白头雀纷飞，绕着塔檐，唧唧喳喳；高山盆地是别院的古朴院落，墙垛延绵，溪流弯弯。倘若深冬时节，有一场漫天大雪，铺盖而来，更是磅礴巨制。让人想起俄罗斯森林画家伊凡·伊凡诺维奇·希施金(1832—1898年)笔下的《松树林之晨》《林边的小花》《第一场雪》《森林的远方》。

推开一扇窗，山以窃窃鸟语问候。每天清晨，我都会凭窗远眺。两条山梁像两条手臂，环抱而来。在很长的一段时间里，我在午后和傍晚时分，沿门前的山道去采集植物标本，同时观看鸟巢。我对鸟巢有一种近似病态的入迷。芭茅丛，灌木林，枫树上，竹梢间，山毛榉的三角权中，野山茶的枝窝里，芦苇的密叶下，野地的草窝上，丛生的刺竹林，香樟的树洞里，废弃的墙洞里，有各种鸟窝。编织鸟窝有的用草丝，有的用芦苇叶，有的用枯树枝，有的用树叶，有的用芭茅秆，有的用菖蒲。鸟窝有漏斗状的，袋囊式的，碗形的，吊袋式的，有的干脆把枯草扒成一堆，身子扑下去形成一个凹状。我脖子上挂一个望远镜，一手拿柴刀一手拿木棍，在深山里乱走。有时一走就是整个下午。山垄里有一个废弃的山塘，水浅浅的，长满睡莲鱼腥草，山塘的坝堤全是芦苇。尾莺把枯苇叶啄断，衔在嘴巴上，飞到塘尾的芦苇丛里，筑巢。尾莺站在苇叶顶端，啄几口，哗噜哗噜地叫，溜到芦苇根部，嬉戏，发出窸窸窣窣的响动，又溜回去，啄几口。尾莺身上黄褐色，翅膀之间有黑色的纵斑。它是一种非常胆怯羞涩的鸟，惧怕人或其他体型较大的动物。尾莺的鸟窝是十分难得看到的。我坐在一枝板栗树横出来的枝丫上，像个窥癖症患者一样，看了一个中午。有一次，在杨梅林里，看见一条花蛇绕着树身，悄悄地溜进一个碗大的鸟窝里。一只鸟跳起来，扑棱棱地啄花蛇，蛇吞进鸟头，鸟翅膀拍打了两下，整个身子进去了。花蛇蠕了蠕腹部，又滑溜溜下来了。我看清了，那是一只小鲛䴔，眼睛周围有一圈白色，背部灰褐色，下面没有斑纹。它的天堂在海拔一千米以下的阔叶林地带，开阔，阳光充足，喜爱捕捉飞动的昆虫，躲在树枝上，看见昆

127

虫突然飞起，把昆虫含进口中，然后返回树枝。它可以称得上是突袭大师。而蛇是个潜伏袭击大师。母鸟不见，蛇惊动了雏鸟，黄黄的喙伸出巢穴，啾啾啾啾地惊叫。花蛇有一条黑白相间的带状斑纹缠在黄鳞上，三角形的头，昂起来，嘶嘶嘶嘶，吐信子，给人冰冷刺骨的邪恶感。赣北和闽北，有一种常见的乌梢蛇，全身乌青黑，和红薯叶颜色差不多，常在菜地、水池边、山脚矮墙上、阔叶林地带，幽灵一样出没，捕食老鼠、小鸟、青蛙、蜥蜴。它是捕食小鸟的猎手，甚至吃鸟蛋。大乌梢蛇把鸟蛋吃完了，盘踞在鸟窝里，缩在里面，母鸟飞来，它张开巨大的尖尖的嘴巴，一口吞进去。它盘踞在窝里，像一根乌黑黑的稻草绳。它盘踞在菜地上，像一堆牛屎，整天懒洋洋，一副谁踩牛屎谁倒霉的样子。小时候，我们上树摸鸟蛋，手伸进去，摸到冰凉冰凉的蠕动的滑溜溜的，多半是乌梢蛇。山猫和黄鼬，亦是捕鸟大师，长于山地突袭，匍匐在躲藏之处，鸟在窝里瞌睡，成了它们的夜宵美食。

鸟窝，这是一个令人神往的大自然的教堂（它让我勾连起家园、母亲、孩子、夜晚）。人类的任何手工艺品都不如鸟窝更具美感。我们的屋宇也不如鸟窝温暖（鸟窝的温暖来自于鸟自身的体温，像母亲穿在身上破旧的棉袄，紧紧地裹着年少的我们）。它看起来破败，粗陋，但结实。可以和鸟窝相媲美的是蜂窝和蚁巢。在北山，我看过一个马蜂窝，筑在一棵珍珠油山茶树上，有扁篓那般大。马蜂也称蚂蜂或黄蜂，体大身长毒性也大，有长长的螯针，受到惊扰，会群起攻击，蛰液有毒。一九九九年我在乡间工作时，一个上山砍柴的中学生，用刀砍马蜂窝，被马蜂攻击，身上蛰得冬瓜一样臃肿，当晚中毒疼痛而死。马蜂通常用浸软的似纸浆般的木浆造巢。巢红褐色或黑褐色，蜂孔比黄豆大些，巢壁和草纸差不多，柔软有弹性。马蜂不惧怕人，也常筑巢在屋檐或窗角。北山的马蜂窝，是我见过的最大蜂窝。有一种蜂，叫沙蜂，在河滩沙地，把沙子掏空，筑蜂窝在里面。很少有人见过这种沙蜂窝，沙地上，有一个一个小孔，蜂飞进去飞出来，像个隐居者。在我所能品尝到的蜂蜜之中，沙蜂蜜亦是最好的蜂蜜，甘泉般清澈，有一股青草味，勺子舀起来，黏稠，透亮，有橄榄油的色泽。喝上一口，滑而不黏，甜而不腻，气脉顺畅，肺脏俱润。

　　山民知道我喜欢观鸟，有几个捕鸟人把一些叫不来名字的鸟送到我这儿来，叫我辨认。他们只知道麻雀，鹰，猫头鹰，其他的都统称鸟。一次，一个捕鸟人捉来一只奇怪的鸟，像猫头鹰，麻色羽毛，尾短，眼球有一圈金黄色球体和乌黑黑球体组成，眉角上方各有一根翘起的羽毛，像猫耳朵，爪弯钩一样，刚硬细长，趾甲尖利。我说是雕鸮，筑巢在树洞和岩石缝隙，夜间捕食，贴着地面飞行，捕食老鼠、蛙、蜥蜴、山鸡、山兔。捕鸟人说，这种鸟炖天麻医治偏头疼，贵着呢，六十块钱一只。我说，我收了，放到山里去吧，这是国家二级保护动物，一九九六年在《中国濒危动物红皮书》（鸟类）中被列为稀有种。山里，雀类、画眉类、莺类、斑鸠类、鸫类的鸟，特别多，在芦苇丛，在茶地，在竹林，在杉木林，在板栗林，在杨梅林，成群结队地飞，三只五只，十只八只，甚至上百只，掠过眼际，尤其在黄昏降临时，像一群放学回家的小学生。之后，黑夜冗长，沉寂冗长，哇——哇——哇——深夜时分，山鹰来了，用沙哑阴森的叫声把厚厚的黑夜擦亮，随后，咕咯——咕咯——咕——咯，松鸡在松林愉快地过上一夫多妻的生活。

大概在我来此客居一个月后，溽热的夏天略显枯燥。我选择在浦溪河边漫步或游走。河风吹来稻田的泥腥味和稻花香。尤其在傍晚，暑气消散，河水中浮上来的幽凉气息，很是爽人。我采集了很多植物标本，也捡拾了两麻袋形态各异的鹅卵石。我是这样的一个人，对即将或已经来临的陌生之地的生活，都充满了热爱。我选择属于自己的生活方式，因为我知道，生活的情趣是自己寻找的，也是我等普通人存活的意义之一。我也常告诫自己，不要把生活过得过于枯燥乏味，也不要把工作视作唯一的人生"圣经"。

也是在夏天即将结束时，一天早晨，志友喜滋滋地站在我办公室，露出折叠起来的衣角，问，鸟蛋怎么处理呢。衣角兜起来的是五个鸟蛋。他说是修围墙下的护坡时，挖芭茅，发现了一个鸟巢。我说放回鸟窝呀，说不定母鸟在唧唧找得很焦急呢。志友说，鸟窝在茅苏丛里，修护坡茅苏已经挖了。鸟蛋麻壳，比鹌鹑蛋大一些，比土鸡蛋小些，蛋壳麻斑少，我也看不出是什么鸟蛋。我说，鸟巢是怎样的呢？"在芭茅丛里，乱扑扑的一堆，是稻草和芭茅叶。"有说实话，看鸟蛋，我还真不知是什么鸟下的——鸟蛋见识太少，无从辨识下蛋的鸟。鸟蛋怎么处理呢？这倒是难题，吃吗，太少，扔了也可惜。志友怔怔地看我，我把鸟蛋揣在裤兜里，说，你先忙去吧。

有好几个人听说我有鸟蛋，都来看，有人说是斑鸠蛋，有人说是山雀蛋，有人说是黄鹂蛋。"肯定是布谷蛋，我看过的，有很多蛋黄，不信你敲一个看看。"一个工友摸摸蛋，语气很是自信。我猜想是松鸡或山鸡蛋，但肯定不是小鸟类的。我没说。我愉快地笑笑。我走到厨房火灶下，有一堆温热的柴灰，我把五个蛋埋在柴灰里。我对烧灶膛的师傅聂大姐说："你每天早中晚换三次柴灰，盖在蛋上，不能太热，手摸起来有温热感就可以，也不能冷。"聂大姐说，世上的事见多了，没见过用柴灰孵鸟蛋的，一定成不了。我说试试看吧，反正是举手之劳，不需花力气去做，也只有做了才知道行不行。隔了十一天，聂大姐慌慌张张地对我说，有一个蛋破壳了，毛茸茸脑袋露出来了，再怎么孵出来呢？我快步走到厨房，把破壳的蛋单独放，用柴灰盖在四周，让毛茸茸的脑袋露在外面。当天下午，一只小鸟破壳而出。我把小鸟抱到鸟笼里，把青菜虫一条条地夹进食罐里。小鸟有黄黄的喙，坚硬，全身都是黄黄的毛，看起来，一团金黄。这是什么鸟呢？大家都在猜。大灰雀，鸫鸟，麻雀，布谷，猜了十几种。可没人能说出一个众人信服的答案。陆陆续续的几天，又孵化了两只小鸟。大家问我，这是什么鸟，我说，鸟的羽毛还没长，现在的毛要全换了，毛色和毛羽出来了，才能确定是什么鸟。雏鸟放在地上，小脚叭叭叭，跑得比人快。它吃米粒，吃饭粒，吃稻谷，吃菜虫，吃蚯蚓。能吃能拉，白白的黄黄的鸟屎。我在鸟脖子上各套了一个矿泉水瓶口的小圆圈。到了第八天，聂大姐说，小鸟跑了两只，不见了。我说，怎么会呢？关在笼子里好好的，哪会不见呢？聂大姐说，看见小鸟关在笼子里，咯咯咯，叫得好可怜，昨夜放出来，在地面上过夜了。我也不好多说，不见就不见了，可能是被老鼠或猫咪吃了。聂大姐说，不可能，地上都没鸟毛，也没听到鸟叫。我说，这只鸟要有人看守时，才放出来活动，不然成了猫咪的下酒菜。

约两个月，幼毛全褪，背部有了麻褐色，前胸草绿，翅膀白黄相染，尾部长长的毛羽黑黄相间，耳垂冠红红的。我对聂大姐说，我们养的是一只野鸡。野鸡即雉鸡，羽毛华丽，生活在丘陵地带的矮木丛、河边和低海拔灌木林里。我把它拎到茶地里，放了。它咯咯咯咯，蹦跳着，钻进茶林，不见了。我还傻傻地站在那里。

我已经养成了这样的习惯，每天去山地里走走，看看。诗人瓦西多·罗扎诺夫说："我曾以为，一切都是死的。所以我歌唱。而今我知道，一切都有终结，于是歌声止息了。"一座空无一人的深山，一个无处可去的异乡人，意外地相逢，把手言欢。当我看到满地金色的野菊花，一直伸向远处，呱呱鸣叫的大雁南飞，山下的人烟在松树林的细缝里若隐若现，晚风一阵凉过一阵，路边的蛇床花白灿灿，我想起泰戈尔的话：来到岸上的人，都是客人。

山峰高耸，像一座古朴的神庙。

盒子里的野谷

霜重。稻草屑上，枯死的茅草上，弯下来的树枝上，路边牛屎壳上，矮墙的石坯上，都是白白的霜。一个月前，霜来了，空气有火苗噗噗燃烧后的干燥。晚间天空越澄明，露气越阴寒，翌日晨早，霜越凝重。在野谷，芭茅叶，荒地边绒草尖，落在沟渠的板栗树叶，也是白白的一片。我吃过早餐，拿了一本庞培的《乡村肖像》，沿山边草径，无意之中到了这个野谷。我原本是想找一处石埂，坐坐，看看书，晒晒太阳，或者静默地独处一会儿，度过一个虚妄的上午。事实上，是鸟把我引到这里来的——在山道的岔路口，有一蓬山毛榉，叶子干涩地黄（像血吸虫病患者的脸），树枝杂乱地开叉，有五只，哦，七只，黄鹡鸰，从山毛榉飞出，先是五只，越过杜英树，栖落在山茶树上，另两只呼呼，在茅草地上空留下两条弧线，不见了。黄鹡鸰有棕黄色的腹部，黑褐色的翅膀，黑斑头，喙硬硬的尖尖的像一枚铁钉。它喜欢在冬季河边的光光树枝上落脚，十只八只，逐食昆虫。我太喜欢它的叫声了：啾叽，啾叽，啾叽。边飞边叫，尖尖细细的声音显得它特别愉快，似乎吃穿不愁，没什么事情值得烦心。我轻手轻脚地走到山茶树下，它们又飞了，啾叽啾叽，像躲过捉迷藏的胜利者。这时，我看见了一只短耳鸮，在高高的枫树上，蜷缩着身子，耷拉着脑袋，在一根横斜的枝干上瞌睡。短耳鸮，是我第一次见到的——以前只在彩图本上抚摸过它麻灰色身子——比拳头大一些，全身麻灰色，弯弯的喙钩和黑骨质的爪随时预备刺入老鼠青蛙的脑壳。我走到枫树下，它拍了拍翅膀，哇啊尖叫，破空远去。正在对面斜坡觅食的黑头果鸽，从板栗林里，扑棱棱地四散，嘎啦啦，惊恐无比。黑头果鸽差不多有三十多只，贴着树梢飞。我小跑到板栗林，不见了。板栗林稀稀寥寥，只有二十几株板栗树，地上铺了一层破败的黄树叶，板栗壳裂开，棕黄色。我站在树林边，四周望望，只看见山梁上有一丛毛竹和一棵冠盖如屋的松树。树林有一条斜坡路通往山梁，在我穿过树林时，又有几只黑头果鸽突兀而飞，我毫无防备，在树叶下竟然窝藏了它们，我不免惊吓了小一会儿。黑头果鸽脖子有暗红的光泽，头乌黑，全身羽毛浅棕黑，身形体态和鸽子无异。它是一种极其机敏的鸟，善隐藏，在阔叶林地带生活，发出呜呜呜的呼伴声。山梁的另一边，是一个巨大的野山谷。

几乎是连滚带爬到了野山谷的——没有路，我从杨梅林下去，把油竹分两边掰开，弯过芭茅丛的谷边，才到了一片枯草茂密的湿地。我刚换上的裤子裂开了口子，皮鞋也划了几道痕。一直握在手上的书，遗落在哪儿，也不知道。山雀和麻雀，一直在我前面飞——我每拨弄一片油竹或芭茅时，它们都惊慌失措，喳喳喳喳，沿水波浪一样的弧线飞。说是湿地，不如说是一畈无人耕种的山垄田。山垄田分成一级级，顺着山谷往下延伸，杂草匍匐在地，灰白色，有几处露出白亮亮的积水，远远看去，水汪汪的一片。杂草上全是白霜。山谷约有四华里深，宽的地方有半华里，最窄处仅仅几十米，像一个葫芦。我之前从没来过这里，其实它离我非常近，走路不足半小时——或者说，我来过这里，路过它，去了另一个山谷，忽略了它；又或者说，它没有哪一样品相引起我注意，以至于它成了某种形式上的审美空缺。也许吧。事实上，作为一个野山谷，它从不需要任何人注意或瞩目，更何况是我这样一个漫不经心去生活的异乡人呢？

从七月中旬来此客居，荣华山下四处的山谷、山梁，我几乎都徒步走完了。我把群山分成东南西北四个区域走。一般是在午后或傍晚，一个人漫无目的地走。走到哪儿算哪儿，不走重复的路，沿溪边，沿山腰，沿土公路，我拿一根木棍，有时是一把柴刀，走走停停，歇歇看看。有时心烦气躁，我去山里转上一圈，人就完全平静下来。有时心里会特别想一个人，想说很多琐碎又动人的话，坐也不是站也不是，我不如去一个无人的山谷站半个下午，望望在头顶上盘旋叫嚣的山鹰，心里只有那一片天空中积淀下来的蓝了。在早晨去深山，我完全是因为一本好书要到有露水的地方去读。没有露水，有霜也是好的。

在一道石埂上，我放眼四望，堆叠两华里之外的山峦，山腰上的灌木大片大片枯黄，山尖上是墨绿葱油的冷杉和松树，右边山冈是一片分成条垄的茶地，左边山冈是杨梅林芭茅地油竹，山谷的低处沿着山形弯曲，一直弯到南浦溪，几丛阔叶乔木从地面喷出来，像几股绿色凝固的浓烟。溪边有一条机耕道，常常有拉沙的货车哏唻咯唧通过。我记起来了，我走过三次这条机耕道，河石垫的路基，铺了粗粝的砂石。有一天傍晚，我走机耕道，看见好几条被车子压死的花蛇。花蛇有黑斑黄斑白斑三道纹，螺旋形缠绕，头黑黑的。压死的蛇，弯弯曲曲，成了壳，扁扁的吸附在路上。走不了五十米，有一条死蛇。有一次，我居然看见一只山鹰叼着蛇飞走，蛇扭曲着身子，尾巴晃动。机耕道两边有很多芦苇，一蓬蓬，根兜有箩筐那般大。人走过去，苇莺吧啦吧啦，在苇叶间蹿来蹿去，不停地啄食，啄几下，把黄麻色脑袋转过来，眼睛溜溜，跳到另一根啄。前几天，我在院子里挖树洞，有一处竟然挖出泉水。泉水不是冒出来的，而是渗出来，渗了一天才渗了半个树洞。有水的地种什么树适合呢？种香樟梨树杜英桃树杨树茶花都会死，烂根而死。杂工志友说，种柳树，柳树砍一根枝，往地里一插，保准明春散枝开叶。我说，啥树也不种，种一丛芦苇。志友取笑我说，哪有种芦苇的。我说芦苇有山雀苇莺来筑巢，我们种不了梧桐引不来凤凰，有芦苇可会来苇莺呀，苇莺叫得多悦耳，唵唵唵，像情人前来约会时吹的口哨呢。

太阳完全挂出来了，像一块柿子饼。霜转眼消失了，成了剔透晶亮的露水。我默诵了《圣经·创世纪》神与挪亚立约的一段："神说：'我与你们并你们这里的各样活物所立的永约是有记号的。我把虹放在云彩中，这就可作我与地立约的记号了。我使云彩盖地的时候，必有虹现在云彩中，我便纪念与你们和各样有血肉的活物所立的约，水就再不泛滥一切有血肉的物了。虹必现在云彩中，我看见，就要纪念我地上各样有血肉的活物所立的约。'"我多无知，之前一直认为，彩虹是出现在雨后的云彩之中，其实在清晨露水之中，也有虹的闪现。草叶上的露珠，是虹的显示液。虹的闪现极美只是过于短暂。

沿着山谷的纵深处走，我被一种鸟叫声迷住了：喊喊嘚，喊喊嘚。有两只鸟，在相互叫，在山谷边的芦苇地里。音译起来是：亲亲的，亲亲的。声音特别细，清脆，像是从芦苇笛里吹出来的。我听得出，这是黄眉苇鹀在叫。这是一种习惯生活在有水的芦苇丛里的鸟，吃昆虫也吃草籽。在十月份，枫树叶开始泛浅红时，丹桂一夜红满枝头，黄眉苇鹀就来到这片山林了。一天，捕鸟人带了五只鸟来，用一个布兜兜起来。捕鸟人说，这几只麻雀不一样，很会啄人，手被啄破皮了。我放进鸟笼里，见它样子确实像麻雀，可腹部略黄，喙略粗一些，眼眉淡黄，也不像麻雀。它闭嘴时上嘴边缘和下嘴边缘合不拢，喙坚硬，睡觉时把头掖在翅膀下。它不怕人，不像其他鸟在笼子里蹿来蹿去，它们相互啄头或翅膀，抢占笼子中间的一根横档。晚饭后，我一直站在鸟笼边，把灯拉黑，只有窗外路灯的虚光照到它。喊喊喁，喊喊喁。到了晚上九点多，我听到它们的叫声。这就是黄眉苇鹀。第二天早晨，我去看它们，全死了。撒开翅膀，头扒拉着，羽毛零乱。这是一种很刚烈的鸟，要么绝食而死，要么撞头而死，要么互啄而死。我异常懊悔，我不应该养它们，白白地枉送生命。我无知，不知道鸟儿也会像烈士，为了自由，可以牺牲肉体。山谷转暖，湿地冒起白腾腾的蒸汽。油竹林，芭茅地，竹林，灌木林，转眼喧闹起来。像幼儿园，早晨入学，原本寂寂的，大门打开，孩童涌进来，闹得人心里喜滋滋。

在一个弯道的石埂上，我捡到一块干粪。干粪有两颗，各有土鸡蛋大，黑黑的，很结实。我喜出望外。干粪有许多尚未消化的草茎，这是野生食草动物或杂食动物的粪便——这里无人放羊，更不会有家畜来——这是什么动物呢？山兔？刺猬？我不得而知。据村里人说，山上有很多野猪，常在红薯地、玉米地出没，但我走了这么多的山谷，一次也没看见过，哪怕是粪便，野猪脚印倒是看过很多，在山田里，蹄印一行行的，有的玉米地被拱得稀巴烂。我见过山猫。一次，司机小汪神秘地在我办公室对我说："昨晚在路上捡到一只猫，但比猫大多了，不知是什么东西。"我说，死了没有。小汪说，差不多快死了。我扔下手上的活，去杂货间看。我说，这是山猫，怎么会伤成这样呢？小汪说，一个过路车撞的。山猫有七八斤重，前肢断了，嘴巴裂开，整个身子全是干了的血。我说，把吕医生叫来。吕医生来了，说，我看不来动物的，开不出药，怎么治疗呢。我说，病理相通，你把青霉素溶化在水里，灌下去给它喝，隔半小时给它喝葡萄糖冲剂，消炎和补充营养同时进行。山猫到了晚上，能走路了，喵喵喵，叫得人心里很凉，很悲酸。第三天，它死了，嘴巴破裂无法进食。它的体毛翻出来，乱扎扎，我颓然坐在凳子上，对小汪说，拖走吧。看见树被砍，动物死，我都会异常难过。树也是一生，动物也是一生，人也是一生。生命的消失都是同样悲凉的。对动物残忍的人，我想象不出这个人的人性会美好成怎样。我把干粪用塑料袋装好，揣进裤兜。

整个荒废的田畈，在初冬清晨，是空寂的。山边的杂木树叶有的深黄有的墨绿有的泛红，间杂起来，看一眼，我就想做一个深呼吸——山峦，无论在哪个季节，它都会铺展淋漓尽致的野性之美。像老虎的斑纹。现在，枯木哀哀，岩石赭赭，竹林幽幽，野花夭夭，无论从哪个角度看，它都是肆意奔流的柯罗（法国画家，1796—1875 年）笔下的《枫丹白露的树林》。山谷里，有各色的鸟音浮荡过来。我也辨别不出是哪些鸟欢叫。在各个隐秘之处，鸟音间杂着树枝或芦苇芭茅杆相互磕碰的声响，沙沙沙，还有翅膀在树叶苇叶下拍打和振翅的声响。天空不时有鸟飞过，一只两只三只，有的成群掠过，扇形，向一棵大树围拢过去。

空落的山谷，夹了一片荒撂的山垅田，成了我这个冬季最初见识到的原始圣殿：荒芜是因为要把最重要的一部分空出来，留给将至的人；空落是因为我们的内心需要被一种不着痕迹的东西灌满。大地就是这样，在我们不留意时，把珍藏的秘不示人的魔盒，端到我们面前，我们无意间打开它，看见微小的彩虹，牛背一样隆起的山脊，孤独高大的树耸立在高岗，所有的色彩在一片林子里浓缩……在这一刻，打开魔盒的人，会有短暂的晕眩，不知所措。

墓　畔

山道到了乔木林，断了，被三个坟墓断了去往更远的地方。拖拉机在山道拉木柴，噗，噗，噗。我徒步到了乔木林，也无路可去了，哪怕草径也没一条。最初几次，我并没留意墓地，四周看看。两边是山谷，田畈一直往低处伸延，灌木丛生。山上鲜见墓地，大多是垦荒后种植的果树林、竹林、桂花林和杉木林。没垦荒的地方，长满了灌木、油竹、芭茅、白茅。整个山地是茂密、芜杂，却井然。山不高，山梁且长，无论身处山间何处，看起来山势舒缓，气韵悠远，假如是站在半山腰，还可领略崇山空落出来的肥沃盆地，和散落的人烟。有一次，我看到了一棵树根，我一下子注意到了这片墓地。这是一棵枸骨树的树根，有钵头粗，根上发了一丛小苗，最粗的苗有酒杯粗。这是我见过的最粗的枸骨树根了。枸骨树含咖啡碱、皂甙、鞣质，祛风，可治腰痛、跌打损伤，汁液可避孕，根、皮、果实均可入药，叶可制茶，名苦丁茶，果实可泡酒，甚于当归。枸骨树属于常绿乔木，通常呈灌木状，树皮灰白色，平滑，单叶互生，硬革质，长椭圆状直方形，核果椭圆形，鲜红色。在南方，枸骨树常见于篱笆墙、墓地、菜地埂、油茶树林、涧水溪边，因之木质坚硬，二十年也长不了直径十公分，但成不了木，略大一些，被采药人砍伐了。我见过最粗的枸骨树，是老家邻居兴佬从山上移栽在院子里的，也只有碗口粗。

枸骨树长在坟碑前，和两株冬青树间杂在一起。坟墓是土堆起来的，坟圈用河石砌上来，坟尖塌陷，在坟腰处，还有一个黑窟窿，可能是山鼠的洞穴。茅草和小灌木把坟都盖了——古老（时间抹去）、颓败（深处幽暗）、沉默（被人遗忘）

——一个肉身的归处：我说的是坟墓，它并不相当于我们在另一个世界的躯壳。在三个坟墓的碑前，我看了看，也没看到碑记之类的文字，年代无从考究，但从枸骨树根判断，坟墓至少有百年。事实上，我是一个胆子非常小的人，从不去墓地玩。墓地给人阴森恐怖的感觉。我害怕的一件事，是万一有一个人一样的东西，从墓穴里爬出来，或者，是一个影子，和我说话，拉着我不让我走，我怎么办呢？当然这是一个滑稽可笑的念头，怎么可能会发生这样的事情呢？但我还是害怕。四年前，我女儿八岁，有一天晚上，忘记说起什么事了，说到了死亡，我对女儿说，骢骢，有一天爸爸不在了，你要学会自己生活，照顾好妈妈。我女儿连连摆手，止住我，说："我最怕这件事了。你不可以再说。"我第一次有死亡意识，是在九岁。我去上学时，被一只疯狗咬伤。一个早上，疯狗咬伤了七个人。我们去注射了狂犬病疫苗。我的大腿被咬烂，血肉模糊。我妈妈抱着我。邻居水花说，狂犬病感染上会死人的，发作起来，手把自己全身抓烂，怕风怕水怕光，邓兴仁的女儿就是得狂犬病死的，用头撞墙，额头都撞烂了，死的时候，指甲里全是抠出的肉。我妈妈不停地念叨："我儿子怎么办呢？怎么办呢？"抱着我，往诊所跑。我也十分害怕，觉得身子沉沉的，眼睛被什么漆黑的黏液涂抹了。医生说，尽快去市里打疫苗，没事。我第一次觉得，我再也看不见我妈妈了，再也去不了河里游泳，再也吃不到酥软的米糖，我号啕大哭。我家里有两块红薯地，一块是在屋后山坳，满是油茶树，坳里有很多坟墓，另一块在四华里外的水库边，栽种红薯时，我宁愿走远一些，去水库。霜降后，

• 143 •

去山里捡拾油茶，我不得不去坟地。坟头尖尖的，坟身有的长茅草有的长油茶树有的长枸骨树，还有的全空了，里面黑咕隆咚。据说，蟒蛇很喜欢在坟穴里藏身，神不知鬼不觉地把挖地的人卷进坟穴，吃了。有的坟还挂着纸幡，插在坟头，红黄白绿，几个花圈斜倒在墓前，新泥将腐的气息加深了我的恐惧。和我一起放牛的金炎，胆子却特别大，他躺在坟上睡觉，把手伸进坟穴窟窿摸蛇。只是从坟上起身，他的身上爬满蚂蚁。蚂蚁黑黑的，头大螯粗，模样像一辆手扶拖拉机。这种大头蚂蚁能制服蜻蜓，把螯刺入蜻蜓头部，噬咬脖子，要不了几秒钟，蜻蜓的头部和身子分开。

坟地和鬼是相关的。在乡间，鬼故事是层出不穷的，并不逊色于《聊斋》。有一则这样的鬼故事，是我十岁时听来的。我的一个邻居叫油瓶，是个油漆匠，常年在外做油漆，也是一个三十岁的单身汉。年冬，他回到村子里，晚上玩牌回家，都已经后半夜了。他走到弄堂路口，看见杀猪佬汽水。汽水叫油瓶："我家里还有一盆狗肉，焐在火炉里，我们一起把它吃了。"油瓶到了汽水家，叫上汽水儿子疤癞，三人你一杯我一杯地喝起来，坐在火炉边，暖烘烘的，狗肉辣辣的，放了很多冬笋和豆腐，越吃越有滋味，直到把整大盆的狗肉吃完。三人说起一年的收成，在村里的相好，做人的苦与难。放鸭子的老竹，天麻麻亮去河里放鸭，看见油瓶一个人坐在河滩上吃茅草，一把把地往嘴巴里塞。老竹叫他他也不理睬。老竹拉开裤裆，一把尿射到他脸上。他惊醒了过来。油瓶说起了夜晚发生的事情。老竹说，汽水父子中秋前在煤矿做事，煤矿塌方压死了。油瓶

· 144 ·

惊恐得抽搐起来，半边瘫痪。现在他还活着，用木匠做的四轮车代步，整个身子缩在车身里，像一只挂在铁丝钩上的蛤蟆。坟地是鬼出没的地方，有人还听过鬼叫呢，啊，啊，啊，悲惨冤屈。

世间哪有鬼呢？至少我是不会相信的。坟地倒是每个村落都有——有人居住的地方都会有坟地。我是这样理解的，鬼是坟墓的另一种形式，是死亡的无影图像化——人对鬼的想象丰富且意蕴深长，是源于对内心世界的深度勘探，也是人对死亡的敬畏、恐惧和无知。我客居之地，僻壤于山野，稀有人烟，我见到的坟墓也很少，多在山坡最低处。在山腰之间，我还是第一次见到。这片乔木林，有枫树、苦楮树、乌桕树，还有几棵零散的柏树、冷杉，在一块陡峭的岩石下，约有一百多亩地，远远看过来，尤其在深秋，更是美不自言——当我在中午或傍晚过来溜达，看见乌鸫和雀眉欢呼雀跃地飞来飞去，枫叶自林间飘落，落在肩上，我也是美不自言的。而三个坟墓处于林子的入口之处。林里并没有路，断落的树枝横七竖八地挂在各处，落叶铺在地上，走上去软绵绵的，发出窸窸窣窣的声音。有时我会在林子里转悠半个下午。空空的林子，树叶飘下来，飘下来，盘旋着，透着稀薄的光。鸟声也盘旋着，一圈圈水波浪一样扩散。每次，我都无意识地在墓前驻足一会儿。它像是一个人的旧居，门庭寥落，荒草杂生，门前早栽的树也只留下一个根兜——曾经的主人被时间的风刮走，如一阵青烟。

有一次，我心情很是沮丧，一个人徒步来到这儿。我坐在坟前一根横木上。横木是一棵苦楮，可能死了有一年多了，树皮松垮垮，手一抓，脱落下来。蛾蚁在树皮里面，噬食了斑斑点点的小洞。坐了一个多小时，我心情完全平静了——当一个人有悲伤感或沮丧时，坟地确实是一个极佳的去处——只要多看一眼坟墓，再多看一眼自己，我们不免有恍若隔世之感。

前半个月，我回到上饶，请几个故友吃饭。笛飞对我说，你是我见过的，唯一一个按自己原则和想法去活的人，这样做，需要舍得放弃很多东西。我不知道这是褒是贬。但我还是开怀畅笑。我说，我是一个按自己轨道运行的人，这样的人十分偏执，我不是舍得放弃，而是不在乎得到一些东西。不知怎么的，我一下子想到坟墓。我们的一生……我想在墓前多站一会儿。假如我们的墓园，像欧洲墓园一样，修建成公园，落在郊外，草地碧茵，古木婆娑，鲜花盛开，可以坐在墓前看书，恋爱，晒太阳，做游戏，多令人神往。当然，这是美学的修辞。还有另一种修辞。二〇〇七年九月下旬，我在新疆，去布尔津的路上，看到了两个墓群，一个在乌尔禾，一个在北屯。千里荒漠，渺无人迹，墓群撂在荒滩上，坟墓是石头堆叠起来的，圆锥形。当时给我近似于昏厥的震撼。荒漠漫漫，千年的风沙吹拂，墓群像一张生命的凭证，紧紧攥在大地的手上。

午后的墓地，寂寥——墓地，寂寥是永恒的，黑色的——我吃过午饭去乔木林观鸟，落叶将腐的气息和寒冬肃杀的满目荒凉混杂在一起，坟上的茅草全黄了，蓬乱，枸骨树墨绿得那么孤独。密密的树林，空荡荡，风来来回回地跑。

……

大雾飘过墓地般的葡萄园

而风在吹着，嗜血的枭鸟

围绕着葡萄园纵情歌唱

歌唱人类失传的安魂曲

……

　　　　　　　　——西川《月光十四行》

　　坟墓，是一扇通往别处的门，进去的人把属于他人的一切都留下，属于自己的全带走，留不下带不走的，将慢慢腐烂，和石灰腥泥朽木溶解在一起。《圣经·创世纪》中说："你必汗流满面才得糊口，直到你归了土，因为你是从土而出的。你本是尘土，仍要归于尘土。"我想，假如明天我将离开人世，我眷顾的是什么？无法释怀的是什么？还欠下什么？所要留下的遗言是什么？我要带上我最爱的女人，到这片墓地来走走，拉着她的手，沿坟墓走上三圈，然后抱住她，紧紧不放，像第一次拥抱她一样。我要左手拉着儿子右手拉着女儿，告诉他们，人生无非是把每一天的路走好，每一天的饭吃好，每一天的觉睡好，每一天的事做好，宽宥他人善待自己，布道自然。

第一场冬雨

哈——哈——哈——轮胎激烈地摩擦路面。卟——卟——卟——发动机在加速时增大功力。呼——呼——呼——大货车快速行驶把空气撕裂开。三种声音混合在一起，成了呜——呜——呜——的高音量变声。从晚上八点开始，门前的高速路上，大货车一辆接一辆地飞速奔驰，空气撕裂时迸发门窗震动的力量，一直持续到天亮。当然，我说的是北风，源源不绝地刮过，从山尖越过门前的土路来到我院子里，咆哮怒吼而来，像滔天的洪水掀起巨浪，摧枯拉朽，势不可当。到了深夜三点多，雨噼噼啪啪，循风迹而至：先来了一个小脚的妇人，在院子里踱来踱去，手上似乎还拿了笤帚，轻轻地扫了落叶，扫了一个多小时，干净了，再来了一个擦地板的人，更年轻一些，擦得很用力，用竹板刷，唰唰唰，摩擦声均匀，有舒缓的节奏，擦地人还喘着粗气。最后来的是敲钹的人，吧，吧，吧，吧，吧，一直站在我窗前敲——我起夜，拉开窗帘，看清了这个不舍离去的人，他全身披着水珠串缀的幕帘，油亮，跃动一种荧光，隔着玻璃，我感觉到他脸上噗噗直冒的阴冷之气。雨来了，叮叮当当。我怎么也入睡不了。这场冬雨，仿佛是我一个失散多年的恋人，我既不敢贸然开门迎接，也不敢和她尽情拥抱，但那种气息——突然而至的，柔和的，熟悉又不免冷漠的，瞬间进入我心里；还有那种眼神，受了多年的委屈又无处说的眼神，表面上冷冰冰实际上又热切矜持的眼神，让我有些手足无措；尤其是她那副模样，瘪起嘴巴，摆弄衣角，内心鲜花怒放却视我为陌路人的模样，怨恨和爱交织。所以，我和她，隔了一块玻璃，都沉默地站着，怔怔地望着对方，欲言又止，欲热还冷，欲迎却拒，我们用眼神交谈，用气息捕捉往日时光沉淀下来的混合物。在和她相对之前，我做了一个梦：一个幽深向上攀爬的山洞，在顶部住着我深爱的女人，我要见到她，必须要路过一个悬崖，两具尸体，一堆人体排泄物，一段铁钉铺起来的岩石路，当我和她见面时，洞顶泻下瀑布，水珠打在我头上，叮叮当当……

早早起床了，我端一把雨伞，往前些日子挖好的树洞察看。树洞以标准的一个立方米方块挖，挖了三处，共五十七个地穴。泥地含沙量高，储水能力弱，我一直盼望来一场雨，看看哪些树洞能蓄水。整个院子里只有我一个人，天濛濛的，地上流溢晶亮的水，一层清新略寒的气流浮在上面，让我兴奋。水珠一颗颗，摔落下来，碎裂，形成几粒更细的水珠，溅起来，枯黄的草全恹伏了，浸泡在水里。桂花树上枝的水滴，滑落到下枝，再滑落到更下枝，吧嗒吧嗒，几百粒水珠说好了似的，一起吧嗒吧嗒，有一种巴山夜雨涨秋池的意境。两棵枯涩的柳树被风呼呼地刮弯了腰身，树梢趴下地面。天空是深蓝灰色，明亮一些空落部分是浅蓝、浅绿，稠稠稀稀的涂料调和在一起，溢流苍穹。风不是从哪儿刮来的，而是鼓风机落下来的。像极了让·巴蒂斯特·卡米耶·柯罗（1796—1875，法国画家）笔下的《大风》。这位大自然的圣徒，一生致力于描绘大自然，他摒弃神迹发生的地方，细致勾勒普通的乡野之地，把人性之美和自然之美融合在一起。此刻，幽静的雨水和猛烈的山风在我伞布上汇合。我花了半小时，把树洞一个一个地看了一遍，只有七个穴蓄水。能蓄水的，是泥质富含有机营养的，我用竹签作了标记。

我又转到屋舍右边的菜地去看。菜地有七畦，两块种大蒜，一块种香葱，一块种莴苣，两块种白菜，空了一块还没想好种什么。大蒜地铺了一层稻草，一寸长的蒜苗叶小辫子一样抽出来，雨打在叶子上，叶子就塌一下又弹回来。白菜和莴苣也是刚露秧苗，菜叶两个手指宽，油油绿绿，叶背全是水溅上来的泥尘。我驻足了十几分钟，雨水唰唰唰地往地沟里淌，黄黄的。菜地两边是空地块，左边堆了几担砂石，右边是黄茅草。地边种了一排红叶石楠。我蹲下身子，摸摸菜叶，湿湿滑滑，冰冰凉凉。

饭后，我把工友志友叫来，说，等天晴了，前些日子运来的肥料土填到树洞里，一个树洞两担，再填牛粪，一个树洞一担，泡三桶水，隔天再填肥料土两担，过半个月，我们要种树了。志友边应承边问："种什么树呢？"种香樟、杜英、含笑、茶花，也种几株竹子，梨树和桃树过了年栽种。为种这些树，我早早作了准备。树洞挖了，肥料备足发酵了，树苗前天去一个苗圃看好了。就等这场雨，冬雨一来，植物将进入休眠状态，土质开始松软，土层湿度提高，树栽种下去，成活率高不说，更主要的是明春就发芽，提前了一年的时间成长。

来此客居已近半年，还没下过一场透地湿的雨。八月份，三天两天有阵雨，地面湿了雨也停了。山区多阵雨，我是知道的，只是这样的阵雨太像阵雨了。是一种过山雨，风吹来又吹走。有几次我很是恼火，雨来了，我连忙去收晾晒的衣服，衣服还没进房间，雨没了，毒毒的太阳把地上的水汽蒸发上来，更是燥热。阵雨一直在我院子为原点的方圆三华里之内下，像一只留鸟，再也不去别的地方。四华里外的小镇一次也没下。

我问过几个当地人，都说不知道是什么原因。一次气象部门到我这里收避雷的检测费，我问了。来客说，这是崇山叠峦间的空阔地带，有溪流，植被和森林覆盖率很高，容易形成积雨云，在午后和傍晚前这个时间段，易下阵雨。九月下旬后，阵雨也没下一场，草地干燥得枯卷起来，南浦溪羸弱下去，河床裸露——我很是沮丧的，生活在溪边，看不到款款溪水奔流，不能不说是一件难堪的事。我叫上志友，说，一起去溪边看看。

沿土公路往西三华里，下一个斜坡，正是南浦溪拐弯之处。斜坡下是桂花苗圃，呈扇形往河边摊开。还没看到溪流，隆隆水声从一片杉树林传来，嘭隆嘭隆，感觉到是水花高高跃起狠狠摔下，又跃起又摔下。上游河坝泻下的水流，撞击水面和河石的声音，哗啦哗啦。到了河边，河滩上原来一丛丛茂盛的芦苇，全淹没了，几片叶子在水面晃荡晃荡，小灌木浮出几枝梢头，绿绿的黄褐色的。黄黄的水流翻卷着奔流，扑打起高高白浪花，河风从河面卷来，似乎要把人浮起来。南浦溪从一个山口转过来，形成一个半圆弧，直扑而去。这个弯口，我来过很多次，沿河滩徒步，往上游或下游，都徒步过几公里。两岸的河滩河沿，有成片成片的芦苇，山楂树、荆条等灌木和蕨类植物密密匝匝地生在一起，山毛榉、洋槐、柳树、樟树，间杂在里面，往河面斜斜生长。我看过，树蓬里有很多鸟巢，有的挂在山毛榉树丫间，有的隐藏在芦苇里，现在，溪水把灌木丛盖住了，鸟巢说不定也被水冲走。几只黑鹳，栖落在溪面上斜出的樟木树梢上，树梢摇动，黑鹳拍打着翅膀。深冬来临，黑鹳、苍鹭、绿头鸭，从遥远的北方来到南浦溪栖息。黑鹳在茅草丛里筑巢，苍鹭在高高的乔木上安家，绿头鸭在溪边的灌木里搭窝，在来年春天孵育。霜降后，在溪边，常常能见到绿头鸭，三五成群，浮游在水面，绿绿的冠头机敏地四处探望，钻进水里，觅食鱼虾。在南方，绿头鸭和苍鹭、白鹭，在冬季，是很常见的候鸟。尤其是绿头鸭，爱栖于山野溪水湖泊水库，穿灰褐色的羽衣，戴浅绿棕泽的帽子，一派悠然自得丰衣足食的乡村贤士的模样。我之前在安徽工作，门口有一块约五亩大的池塘，绿头鸭十月后来了，有七八只，在洋槐下的野茶树底筑巢，到了四月，池塘上多出十来只小鸭，褐黄色的雏羽毛，叫起来，嘎唧唧嘎唧唧，每天傍晚，我饭后散步，都要去看看，五月后，再也没了它们影踪。那是很美妙的时光，站在池塘边，看它们撇着脚丫练飞，扑棱棱飞起来落下水面，又飞起来，谁曾想，一个月后，它们要飞跃千纵山呢？我在南浦溪还没过上春天，我想我也会看到一群又一群的绿头鸭凫趋雀跃。溪面上，山林里，全是嘣哒嘣哒的雨声。我静静地站在溪边，蜿蜒绵绵的川峦模糊在雨线里。我内心变得空旷渺远——生活于我而言，可以洗尽铅华，如冬雨之中的大地，简单，静穆，赤裸，明快。

　　回到院子，我才发现自己的鞋子裤脚湿透了，沾满黄黄的泥巴。我换了一身衣服，坐在火炉边烤火。木炭在炉子里红红旺旺地烧，暗红的焰火漾上来，一阵阵。我收到了一个短信：山中尤寒，勿忘添衣。雨一直下，细细的水珠飘进窗口，纱窗布上濛了一层细珠，像悬挂的露水。几只山雀躲在房梁上，缩着身子，甩着羽毛，唧唉唧唉，偶尔飞到灶石板上取暖。雨停后，我要做的第一件事是把油枯饼撒到菜地里，施肥，饼肥随雨水渗透到泥层里，菜发疯地长。还有三担木炭灰，均匀地铺到大蒜地上。我看着窗外，雨透亮透亮，黏稠得成了线状，扑簌簌而下，天空是一个巨大的纺锤，飞速摇动，把雨线垂放下来。冬雨之后，将是重霜，冰冻季即将到来，山上的崖壁一定会挂满了冰凌，树叶尖的露水不再滑落，变成透明的薄冰。岩鹆不会再出来，三五只，紧挨着，缩在岩洞里。鹰和鸮也会饿上三天，山鼠已经藏了几天的粮食。苇莺也躲在灌木腋下的暖巢里，过上几天难得的慵懒日子，饿了，吱吱吱，轻叫几声。冬雨是一年之中最后几场雨，凛冽，激荡，把大地彻底清洗几次，让枯枝败叶尽快腐烂，让逃过秋霜的虫蛾临刑灭杀，把土层浇透泡软——我们要感谢它如此残忍，它是让需要发芽的尽快发芽，要抽枝开叶的尽快抽枝开叶——一年将尽，冬雨把春夏秋冬这辆从不停歇的独轮车，推到了悬崖边。季节再次轮回，草木又一次枯荣，而时光不复返。午后，雨歇。荣华山顶笼了一圈淡淡的雾霭，冷杉青碧，油竹林更葱油一些，田畴里的稻茬完全白了，几只山麻雀在围墙上跳来跳去，空气有一股惺忪的草木味，院子到处淌流汩汩的雨水。我摸出手机，想给一个友人打电话，说几句一直暖在心里的话，号码摁好了，又把手机掖进衣兜里——最暖人的话，是不可以说的，一个中年人，尤其在一个冬雨到来之际，应该明白这个道理。我抬头看看湛蓝的天空，一行大雁南飞，呱呱呱呱。冬雨已落满南山，遗落的梅花不会说出曾观赏它的人。在院子里，我一个人一直在散步，散步，直至夜幕四合，孤灯高悬。

椅子上的荒滩

"看起来，是个人间仙境。你去过那里吗？"第一次来看我的友人，看见山梁下，有一团白雾萦绕在一片树林里，对我说。我说，我还没去过，过几天雨歇了，去看看。这些天，一直在下雨，细细的，濛下来，没有雨声也没有雨滴。我和友人一直在一条小溪流边散步，头发卷起了许多水珠。溪流弯弯曲曲，在一片田畴间，油菜苗和青白菜在地里，油油的。这是深冬，但我并没看到树木凋零，草木枯黄。溪边的樟树伞篷一样撑开，墨绿墨绿。田埂和菜地矮墙上，长满了青绿的野葱，和吐芽的紫云英。我没觉得冷涩和肃穆——在一个无人的山野，即使在深冬，它也不是全部由死亡和腐烂构成，它更像是一种酣睡，等待暖阳把它唤醒。

来这儿几个月了。我把周围的山地河滩，来来回回走了好几次，但更远一些的地方——十里之外的川峦，我还没徒步去过。不是因为远，而是我以为，认识一片山野，和结交友人差不多，要慢慢来，逐一去认识，认知。每一片山野，都有自己的气质、脾性、气味。客居之地，有很多的山谷、河滩，还有一些洼地，都是无人踏足的，原来有种了的茶叶地，芝麻地，都全部荒废了，生了一蓬蓬的芭茅和碗粗的泡桐。有几块荒地，我发现了黄鼬的巢穴，草蓬里，也有兔子的窝。

开春两个多月了，一次我沿溪边的村舍，逐溪流而上，一个人慢慢徒步。油菜花凋谢了，青青的秆子结了密密麻麻的荚。溪流里有泥鳅在游来游去，不多的小鱼儿浮游在水面。溪边的芦苇还没完全抽绿起来，黄黄的旧衣披挂在身上。芦芽淡黄淡绿，一节节吐出来，像个魔术师，从嘴巴里，扯出青绿的带子。

村舍只有四五户人烟，户户白墙黑瓦，围个小院子。村舍在樟树林里，远远看去，像隐没在远古的时光里。走了两个多小时，到了山梁下。

山梁由一座座小山堆叠上去，山脊线斜斜长长。梁下，溪流依势而过，形成一个半圆形的荒滩。山坳地和荒滩，分成了高低两层。荒滩有二十几个足球场那么大，我数了数，有四十七株水桶粗的乔木，有黄连木、樟树、糙叶树、朴树、苦槠树、木荷、香椿、杨梅树，树与树各自散开，没有形成连片的林子。在溪边的六株苦槠树，树桠上爬满了葡萄茎的藤，藤上开满了黄花。每一朵有八瓣，和绒须一样的花须，形成一个圆形，花香幽淡清雅。这是金银花。准确地说，是忍冬花，是一种忍冬科多年生半常绿缠绕木质藤本植物开的花，初期白色，后期黄色。金银，属于重金属，有鲜亮的色泽和脆脆的金属声。花改变了金银的属性，柔柔的，温婉的，有遗世独立之美。金银花在这里兀自开兀自谢，无人知晓。在山野，我看过很多野生百合花，尤其在荒废了的番薯地，在暮春初夏，一株两株，从杂草里抽出来，几片肥厚的长绿叶托举着花，白白的或黄黄的或红红的或粉紫的，很是抢眼。百合，有一个很土气的名字，叫蒜脑薯。李时珍在《本草纲目》说：百合之根，以众瓣合成也。或云专治百合病故名，亦通。其根如大蒜，其味如山薯，故俗称蒜脑薯。我很是讨厌这种花。像个深山里的尼姑，打扮出宫廷女子的样子。在荒滩连接坳地的一块斜坡上，我看到几株粉紫色的野百合花，间杂在一片金盏菊里。我想起小时候，在栽种番薯时，我去挖百合根，小蒜子一样的根块放在咸肉里炖，又香又绵，确是山珍美味。想想，已有三十多年没吃过了。

荒滩有几条便道，从山边通往溪边。整个荒滩，是杂乱的，有巨大石灰石块竖起来的石堆，有芭茅丛，有小灌木林，有荒杂的草皮滩，有浅水潭。便道被杂草遮掩了，杂草里，有菟丝藤蔓绕来绕去。高大的乔木挡住了视野，绿绿的冠盖喷涌一团团的凝结色块。

在我居住之地，远远眺望，山梁下，在清早或黄昏，有一圈圈白白的雾气，萦萦不散。我晚饭后，在溪边散步。尤其在夕阳将沉时，一抹晚霞映衬着白雾，红驼色和乳白色在山边交织，形成一层光圈，七彩斑斓。夏天的时候，我和几个工友，也偶尔去山梁下的溪流里游泳。溪流在荒滩前，有一个潭，潭有一个篮球场那么大。潭底是一块完整的石灰石，有一米多深。溪水从一块岩石泻下来，泛起白白的水花。我们从一条山边水渠的渠堤走下去，过一节小木桥，便到了。潭像一张床，摆放在两座山之间的坳地里。潭里有许多石斑鱼，鲅鱼。鱼身两个手指宽，在水里闪烁鱼鳞红蓝相间的鳞光。我们用衣服拉起四个角，当作渔网，每次能捞十几条鱼。也多水蛇，我跳下水，水蛇扭动腰身，噗噗噗，消失在潭边的茅草丛里。荒滩上的乔木，把黑夜提前带来，从树缝开始黑，从芭茅蓬开始黑。黑像墨水，滴在水里，水也慢慢全黑了。天边，霞色消失，瓦蓝瓦蓝的水色灌满了苍穹，几粒星星爆出了银亮的光。一次，我在游泳返回的路上，看见一个骑摩托的人，背一把土铳，摩托车后座挂了一个蛇皮袋。蛇皮袋碰到车架，当当当。我估计是捕捉动物的笼子或夹子之类的铁器。我叫住了骑摩托车的人。他有些慌慌张张。我说，你打猎的吗？他说是呀，在溪边的滩地上，有很多兔子和獾，也有很多野鸡，在秋天的时候，野猪也会成群来找吃的。我说，我跟去玩吧，打猎很有意思。他说，你没戴头灯，看不见路，也看不见动物，下次再去吧。

过了两天，他找到我，说带我去玩，还给我准备了一副头灯。但我还是没去。山区有一些以打猎为生的人，当然是非法捕猎。我认识好几个这样的人，有的还架电网捕猎。这个猎人我还不认识，也不知道是哪个村子里的，满脸的胡楂，一双眼睛悬在外面，样子有些恐怖。我说，等你不忙的时候，带我去你家玩。我很喜欢去猎人家玩，可以见识很多捕猎的器具，也可以见识他们的日常生活。他哦哦地应和了几句，走了。前些天，我听说，在附近的毛家村，两兄弟上山打野猪，一前一后，围捕一头野猪，弟弟看见毛草地有莹莹的光，以为是山猫，嘣嘣一枪。应声倒下的，是他哥哥，当场死亡。也常有猎人在下午，骑摩托车，突突突，转到我门口，叫卖：兔子三十块钱一斤，野鸡三十五块钱一斤，野猪肚三百块钱一个。野鸡和兔子挂在摩托车两边，耷拉着脑袋。有一阵子，我老胃酸上涌，吃饭一点胃口也没有，睡觉也不自在。厨房的阿姨从毛家村买来动物的肚子，对我说，这个吃了养胃。我一看，比巴掌大一些，鼓鼓的。我说，是獾还是豪猪的肚子呢？阿姨说，是豪猪，豪猪是素食的动物，肚子吃得很养胃。我说，我吃些中药养养胃，野生动物不吃为好，你们拿去吃吧。阿姨有些不好意思，说，买来了就吃吧，下次不买了。在水池里，阿姨拿起剪刀，剖肚子。她剖开，啊的一声惊叫，把剪刀都扔了。我翻开看，原来肚子连着子宫，子宫有一条已经成型的豪猪胎。我看过很多次别人宰杀动物，也包括野生动物，每次看我都很难受。动物的一生，比人的一生还不容易。但这次是我最难受的。我第一次看见胎活活憋死在亡母兽身上。

秋后，田畴收割了，板栗收了。在潭边，我看见好几张鸟网。网是丝网，拉直绷紧，悬挂在两根毛竹秆之间。鸟逆光时，或黄昏时，欢快地飞，啾啾啾地叫，一不小心，撞到网上，羽毛黏住了丝，越扑闪黏得越紧。我看见好几只苇莺黏在上面，其中有一只，脑壳被别的鸟啄空了，羽毛凌乱地散在网上。司机小汪对我说，早上能在网上捡到猫头鹰，他已经捡到两次了。我说，不会是猫头鹰，鸟是什么样子的？他说，和猫头鹰一样，只是眉梢上各竖起两瓣羽毛。我说，那是鱼鹰。小汪说，这个鸟网已经挂了十几天啦。我说，傍晚的时候，我们把它拔了，丝网烧了去。

不徒步去荒滩的话，开车子只需要五六分钟。一条机耕道从山边拐过去，过一个废弃的砂石厂，便到了。我很多时候选择徒步，从山脚下，往溪边，穿过一片开阔的田野。有时，我清早就去，待上一个上午。尤其在秋天，田野毛茸茸的绒毛草出来了，浅浅的鹅黄，矢车菊贴着田埂盛开。茅荪矮黄下去，泡桐日渐枯涩。而荒滩还是一片盛绿。尽管黄连木树叶抽尽了叶绿素，泛黄泛红，妍妍嫣嫣，给我秋风吹彻之感；尽管糙叶树吹落的叶子哗哗哗飞向大地，我似乎仍然可以听到它春天细白小花唱起的民歌式小调；尽管溪水羸弱，瘦得像一个即将被遗忘的影子，但整个荒滩变得更多彩。我去荒滩的次数，反而比春夏之际更多一些。老鸦蒜突兀出一根杆子，卷起了女人发梢一样的粉红花枝，这是一种悲伤色彩浓郁的花，容颜老去思念更浓。睡莲在水洼地里，浮起灯盏一样的花骨朵，在梦游者的世界里，它蓝紫色的花是一座水上的教堂。葱兰在阴湿的树下，一朵一朵寂寞地粉白。一次，我在一棵樟树下躲雨，我看见了几只獾在沙地上拱土，尖尖的嘴巴全是黄沙浆。我吼了一声，它们回头看看，继续拱土。这是我第二次，在野外看见獾。第一次是在武夷山北麓，在黄冈山巅的草甸，如注暴雨中，一只母獾带领几只小獾，在草丛里乱蹿。在荒滩，待上一个上午或一个下午，事实上，是一件十分美好的事情。看看树上或芦苇丛里的鸟巢，看看地里的蚁穴，看看树叶间漏下来的光，听听脚下的声响，听听蝉鸣，听听溪水咕咕咕，我便不会再想荒滩之外的事了。一个人，当他完完全全拥有自己的时候，也是他充盈的时候。

　　据说，一个荒滩，因了溪流而自然形成，至少需要一万年。我是幸运的，遇上了它。自然界就是这样，任何时候，都有生长也有死亡，任何时候，都有花开也有凋谢，枯荣是不分季节的。自然界有自己的伦理和秩序，我们是它可以忽略的部分，这种伦理和秩序，是神从不赐予我们的。

老人合源婺

源头村

一个"口"字形的鱼池，用圆河石砌了三条边，另一条边在一排红叶石楠矮丛下，被青石板砌成了一个向下的台阶，成了一个可以舀水做饭的埠头。事实上，这里是一个供人观鱼或洗手的落脚之处——池子里，有二十七条红鲤鱼，在蹿游，以及十几条小鲅鱼在水面穿来穿去。池子在一个茶楼的右侧。茶楼是木质的，圆柱结构，是开放式的，上下两层，一楼摆了九张八仙桌，圆柱之间有靠背长凳相连，形成一个两条边相互对应的小回廊。木板楼梯"之"字样，通往二楼。在二楼，一个木栅栏上了栓。我站在木栅栏前，短暂晕眩了几分钟——在众人坐上茶桌之际，我看见了这个楼梯，我预想，楼上是一个适合一个人独坐的地方，这几年，尤其是近两年，我特别喜欢一个人坐，一整天不说一句话，可能有那么一天，我会渐渐失语。我也是如此愿望的。面对一个人，面对一个世界，我不知道自己要说一些什么，或者说，还有什么值得说呢？当我一张开口，我脸马上憋红，眼睛怔怔地看人，手足不自然。——看见楼梯，我咚咚咚地跑了上去，像一个捉迷藏的小孩，想尽快地躲起来。二楼是空荡荡的，只有两张八仙桌，两个吊扇，和四只白炽灯。从濛濛细雨中遗漏下来的光线，和楼堂木质漆黑的色泽，相互交混，和了一个昨夜凋落的梦境，如灰尘覆盖了灰尘。

　　从上午十点至下午三点，我一直坐在鱼池边，用香蕉、熟鸡蛋、馒头、苹果喂鱼。我找来牙签，把香蕉一点一点地削下来，落在水里，咕咚，鱼散开，摆着红褐色的鱼鳍，又汇聚过来。看得出，池子里的鱼很少被喂养，胆小，还不知道追食。

圆片的香蕉浮在水面，粒状的香蕉沉下水底。鱼在水底一张一翕那圆圆的嘴巴，吞噬香蕉。我坐在圆凳子上，斜靠着茶楼的圆柱。茶楼坐了五十多位客人，他们正在朗诵诗歌。有几个来来往往的人也站在廊沿外，听——也可能是躲雨，也可能是在倾听雨声。雨声其实是无法谛听的。雨是濛下来的，像不知不觉而来的睡眠。翌日就是乙未年谷雨。春天是随油菜一起长出来的，在河滩，沿村舍边角地，一枝一节地长，长着长着就油绿了，开花了，疲倦了，再也不走了，结荚状的壳——谷雨作为春季最末的一支，摘下头上的花冠，赤足走到田畴里，噼噼啪啪地结籽。"天雨谷，鬼夜哭"。仓颉在这一天，造了汉字。在茶楼里，他们正喝着明前茶，把汉字当作了音乐，当作了从胸中喷涌出来的水花，噗噗噗，洒到了溪流里。我把煮熟的鸡蛋，剥壳，把蛋壳捏碎，撒进鱼池里。蛋壳飘飘摇摇，翻动，晃下去。蛋壳折射着水面上的光，赭色，摇摇摇，红鲤伸直腰身，圆圆的嘴巴像一个无法预知的梦魇，蛋壳滑进去，两个水泡咕咕咕冒出来。

茶楼是源头村歇脚的地方，和一个长廊相连。黑色的瓦和飞翘的屋檐，使整个山坳的天空低矮下来。茶楼的左侧是一条小溪流。溪流从一个夹坳弯转过来，到一个水坝时，有了湍湍水声。咕嘟嘟——咕嘟嘟。不是水声，是一个老人坐在一个石墩上，唱《十送郎》：

一送郎，送到枕头边。拍拍枕头睡睡添。
二送郎，送到床前面。拍拍床梃坐坐添。

三送郎，送到槛阀边。开开槛阀看青天；

有风有雨快快落，留我郎哥歇夜添。

四送郎，送到房门边。反手摸门闩，顺手摸门闩，摸不着门闩哪一边。

五送郎，送到阁桥头。双手搭栏杆，眼泪在那流；

撩起罗裙擦眼泪，放下罗裙凑地拖。

六送郎，送到厅堂上。先帮哥哥撑雨伞，再帮哥哥拔门闩。

七送郎，送到后门头。开开后门一颗好石榴。

摘个石榴郎哥吃，吃着味道好回头。

八送郎，送到荷花塘。摘些荷叶拼张床；

生男叫个荷花宝，生女就叫宝荷花。

九送郎，送到灯笼店。哥哥尔不要学灯笼千个眼，要学蜡烛一条心。

十送郎，送到渡船头。叫一声撑船哥，摇橹哥，帮我家哥哥撑得稳掇掇。

（船工唱）：我撑船撑得多，不曾看着尔嗯个嫂娘屁哩屁哩嗦——

湍流下石坝的水，分成了十几股细流，细流追逐着细流，白白的水花像一条扭动的水蛇，汇到水渠里。水渠积满了将腐的树叶。一群指长的勾嘴鱼和十几条红鲤在腐叶里，悠游。如果有月色，红鲤会是一枚蜕变的映月。我扶着栏杆，雨在头发上织网。来自甘南的诗人阿信在朗读《致友人书》：

现在我可以说说这些羊。它们

与你熟悉的海洋生物具有相似性：

被上帝眷顾，不断繁殖，长着

一张老人或孩子的脸。

现在它们回到山坡，挤成一团，互相取暖。

现在它们身上覆着一层薄薄的寒霜，和山坡一样白。

头顶的星空簇拥无数星座：

北方的熊、南方的一株榕树、阿拉伯圣水瓶、

南美大河……古老又新鲜。

我的帐篷就在它们旁边。

我梦见的和它们一样多。安慰也一样多。

黎明抖擞潮湿的皮毛奔向山下的草地，

像满帆的船队驶往不可测的海洋。

而我将重新回到城市，那里

有等着我的命运和生活。

这是南方婺源的一个古镇赋春。赋春里的一个古村胡家村源头自然村。古村里的几个古人。

他们的头上戴着荷叶。他们没有羽扇也没有纶巾。他们不会骑马，也不会编织草鞋，更不会磨墨。他们在黑墨里看见了逝去的人，那些人现在隐身在黑瓦白墙里，像光线返回到天空里。毛笔在案头打瞌睡。宣纸有更长的空白，和更长的空旷，那是一个足迹稀寥的田畴，迎春花刚刚萎谢，野蔷薇正不合时

宜地开放，白天是嫣红的，晚上是浓黑的，是他们遗落的铜铃。当当当。循声而去，暮春的潮寒涌来。

溪流娟秀。山峦苍莽。纵横河汉中的一支。荷叶是一叶轻舟。朗诵诗歌的人，乘舟而去，邈远。我扶栏抬头，看不见山峦，山是一道绿色屏风。

游人在村舍里转来转去。在农家厅堂里，买樟木片，买糯米蒸糕，买竹筒谷酒，买手钏。餐馆的白墙上，用毛笔刷了"农家乐宣言"：菜是自己种的，猪是自己养的，鱼是自己捞的，油是自己榨的，蛋是自己生的……游人附和："老婆是自己睡的，姑娘是自己长的……"我站在村口的石拱桥上，看鸢萝在一棵老樟树上缠来绕去。樟树长满了油绿的苔藓，鸢萝开出白白的花，和嫩绿青灰的树叶簇拥在一起。源头村只有二十几户人家，在山梁和水溪的条缝间，这里原是一个废弃的林场，了无人迹。一家旅游公司花费不多的资金，修了一条石板路和几个凉亭，在河里投放了几百条红鲤鱼，迁回几户村民，对外开放了，和鸳鸯湖串起来，算是赋春乡村游的精品线。在一九五八年，赋春在大塘坞修建了一座中型水库，鸳鸯来此越冬，繁衍，逐年渐多。一九八六年，大塘坞水库改名鸳鸯湖。鸳鸯在中国，是忠贞鸟，是古老爱情的象征。冠蓝鸦、小斑几维鸟、欧洲椋鸟、雪雁、斑背大尾莺、比翼鸟、鹦鹉、鹈鹕等许多鸭科、鸦科、雁科、雀科、鹭科鸟，都是实行一夫一妻制的，有的是终身一夫一妻制。事实上，鸳鸯并非终身一夫一妻制，丧偶后，仍然会另寻配偶。《诗经·周南·关雎》："关关雎鸠，在河之洲。窈窕淑女，君子好逑。"当然，我向往的境界是雎鸠，在河洲，觅食孵卵，双宿双飞。在很多年前的冬天，我去过大塘坞水库，在一个山坳里，山峦浮绿，杂木尽染，这种宫廷贵族打扮的鸟，在水里嬉戏。后来虽多次来赋春，我都不再去看鸳鸯。我固执地以为，它是一种属于逃亡的鸟，从深宫里逃出来，既非痴男怨女，亦非饮食男女，而是天涯之徒，没有故国没有家园，是纯粹的寻欢作乐，即使结庐山野，也不放弃纵情欢爱，是个享乐主义者。

村里的乡邻，沿石板街，开商品店，卖旅游产品和地方土特产，也有的开饭馆、茶楼。客人也并没有期许的那般热闹。一些农人，受聘于旅游公司上班，种菜、养鱼、打理花木，月资一千五。在村口的一张木凳上，我坐了一个多小时。雨纱丝一样。我看到了两株古树，是我之前未曾认识的。一株是青冈栎一株是白栎，叶子肥厚，树皮坚硬，新叶枝展开来，有一股涩涩的青味。这是我在婺源，在一个村口，见过最多古树的地方，还有野含笑、钩栲、糙叶树、红楠、木荷、枫香、豹皮樟、桂花、冬青、女贞、苦槠、红豆杉，参天的蓬勃，支撑起来的树冠，把整个村口遮蔽了。苦槠和野含笑，开了黄白色的花，和新叶簇拥在一起，花瓣沿树叶垂下来。山腰上的泡桐树，叶子还没长出来，油油的大骨朵的花，格外抢眼——它开得多么不合时宜，一片宁静的山野，因为它，多出了喧哗，像不着调的男高音。

黄昏将近，山野越发模糊，雾岚飘忽。村舍，人，都在一片静虚里。游客散尽。村舍属于自己，而原本的踪迹不复。红鲤是溪流中悠游的梦境。石板上的水珠开始滑落，缀在草尖上。

垦出的菜地有荒凉泥地的假寐。我们将回到旅馆，喝酒、争吵、彻夜长谈，而后各奔天涯。而更多的人，坐着旅行车，来到源头村，来到中国乡愁小镇。他们和所有人一样，看到红鲤，看到废弃的林场，看到颜色更替的山峦，看到田畴间蜿蜒的溪流。但看不到乡愁。乡愁是一种奢侈的故园情感，质朴高贵，有亡人的温度，有脚踏过的印迹，有火炉灰飞散起来的黄昏，有古老的吆喝声，有深夜低低的母语和长长的檐水声。源头村曾真切地复活了这一切，在我们没到来之前。一个村舍，和我们建立不了有温度的关系。无黏性。事实上，我们都是多余的人。过客，是一个贴切的称谓。这和我们在人世间，是一样的。我们不可以有过多的眷恋之情——从哪里来，回哪里去，这是肉身的法则。

廊桥黄昏

拉锯声从隔壁的一个木材场传来，咕——咕——咕——木材唝咚，断裂。我一个人正在一个小餐馆里吃饭。一会儿，手扶拖拉机嘣嗵嘣嗵碾过砂子，拉着一车木材从场院里出来——像一个蚱蜢。我放下碗，去木材场。

场里堆了一码一码的木头和竹子。木头全刨了皮，裸着光溜溜的赤黄色。院墙是旧砖块黄泥砌起来的，黄泥上长了许多苔藓和蕨类地衣，幽蓝幽绿。几个工人坐在简陋的工棚车间里抽烟。将沉的斜阳炽热地焚烧。大鄣山的余脉缓慢地奔跑。新鲜的木香从空气里扩散，有太阳的烘烤味，和深山泥土的惺忪气息。这是南方初秋的傍晚，乡民还没晚归。斜阳把山脊的投影拉长，放大，水一样漫过来，最后将盖过整个田野，和小镇。也盖过一个漫游者的沉睡。我站在场院里，斜阳刚刚挂在屋顶的翘角，屋顶有了一层闪闪的麻灰色，弥散的光晕给这个小镇笼罩了薄薄的晚霞，让小镇有了几分恬淡。地上翻晒了很多木屑，细细的颗粒木屑把自己珍藏多年的体香，贡献了出来，坦诚，无辜，相亲相爱般美好。隔壁巷道里，有一个酒厂，陈旧的厂房有些晦暗。酒糟味扑降下来。那是老酒厂，出产当地酒。铁门半开着，片状的铁锈显得过于沉默。我上午去过。一个老旧的院子，蒸汽在蒸房里翻滚。更远一些，是一条从密林里淌流出来的河流。河流呈半椭圆，绕过小镇。密林沿河岸生长，有洋槐、香樟、柳树，还有一些灌木和芦苇。芦苇叶油绿，压在低低的风里，哗哗哗，和寂寞的水流声交织。芦苇在深秋会开一支穗状的花，白白的，坚韧而孤独，独自摆着眉梢。——给人暗喻，衰老是不可避免的。在还没抽穗之前，我看到了光滑柔和的叶片上，残留着还没消失的阳光，和我自己部分的阴影。鸟从对岸汇集而来，是一些山雀和莺，叽叽喳喳。

在木材场转了一圈。我准备搭最后一趟班车返城。我听到了二胡声。我怔怔地站在场院门口，分辨二胡声来自哪里。二胡声是游过来的，慢慢游。我辨不出那是什么调，轻快，明亮，悠扬。我循声而去，到了彩虹桥。拉二胡的人坐在桥下的石埠上，穿一件灰白色的短袖，低着头。我看不清他的面容，也判别不了他的年龄。夜色完全降了下来，水面涌上滑溜溜的清爽。

埠头从一块菜地边一直伸到河里。河石的台阶和青石板的洗衣埠，掩藏在一棵树下。小镇稀稀拉拉地亮起了白炽灯，从窗户，从半掩的木门里漏出来，斜斜的，轻轻的，以至于这个夜晚没有重量。菜蔬和熟稻露出淡淡的疏影，临近的山峦有模糊浓黑的弧线。埠头下，有一条石头堆起来的水坝，矮矮的，水可以漫上去，有了白色的水花和叮叮咚咚的水声。水坝下，是一块小小的河滩，疏淡的柳树和几丛枯瘦的芦苇，在水花的映照下，有别样的幽伤感，假如河滩站一个人，衣衫单薄，秋风吹奏，月色朦胧，会是怎样呢？屋舍有稀稀寥寥的人声，有小孩在啼哭，有辣椒呛起来的喷嚏声，有划拳声。不时有鸟掠过，呗呗，呗呗，孤单柔和的嗓音，并不急促，仿佛常年适应了形单影只的生活。在闽北、赣东北、皖南，有一种黑头鹊，就是这样叫的。黑头白羽尾长，喜欢在屋檐、菜地、河边啄食昆虫和蚯蚓，从不成群结队，巢筑在灌木枝丫间，是一种投宿很晚的鸟。

廊桥上，只有我一个人。我坐在廊里的长木凳上，斜靠着。

水生昆虫嗡嗡嗡，在四周飞舞。偶尔有路过的人，提着篮子或端一把锄头，穿走路会响的凉鞋。弄堂里，有自行车铃铛叮叮叮响起。有人在石埠上洗脸洗手，用手掬水，吸一口，咕噜噜，潜出来，散散的线状，落在水面。拉二胡的人始终坐在石埠上，略躬起身子。他已经拉了好几个曲调了，但似乎没有要走的意思。我也没有要离开的意思。廊桥是木质的，宽阔的桥顶落下厚重的黑影。河水从不远的弯口转来，沉静了下来。它再也不想走了。它要安歇一下一直在路途上的身子，安歇一下最终会无影无踪的身子。现在，它是一条堰卧的蟒蛇，在夜晚清晰的天光里，吐出长长的信子，油滑的鳞片发出荧荧的蓝光。廊桥把整个投影沉入了水里，在水的荡漾里，露出了远古的前生。

月亮出来了，杜若花的颜色，野蔷薇的形状。

我不知道，拉二胡的人为什么会出现在这个夜晚，为什么会出现在河边。现在，他拉起了《二泉映月》。我站了起来。月光重重落下来。我似乎看见了深冬的南方小镇，下起了淅淅沥沥的冻雨，在幽暗逼仄的巷道里，脚步声有长长的回声。屋檐挂着冰凌，冰凌滴着水滴，水滴在下落的过程中，变大变圆，下降的速度越来越快，啪，碎在地面上。蒲公英一样的雪花来了，旋转着，飘下来。从街角转来一个拉二胡的人，破旧的短袄积满了碎碎的雪花，他一边走一边拉着二胡，雪花在他的两根弦上，融化，雪水滴满他的衣襟……我想起无名氏作的一首《二泉映月》词：

……

人生多苦重，莫若死之轻。

心痛如湖水，痛也似斯平。

人眼皆上翻，哪见蚯之弓。

为此作六曲，曲曲心中鸣。

闻之路人哭，听之鸟无声。

一曲道路难，难于上天青。

二曲言情苦，苦似莲心蓬。

三曲问世人，迷惘如蚁哄？

四曲愈心冷，暖风吹不融。

五曲忆离苦，月下乡无影。

六曲无所事，随处随起声。

　　……

　　当然，伤感是难免的，但我并不独自悲伤。我倒头在长凳上小睡一会儿。我合上眼，听到了月光落在水里，落在瓦楞上，落在草叶上，落在石埠上，落在路人头发上，叮叮当当的银铃脆响。星江静默的流淌声渐渐悠远而去。拉二胡的人何时离去，我无从知晓。

　　"清溪萦绕，华照增辉"是一个多么动人的夜晚。我去过很多次清华镇。第一次是在一九九五年暑期。古朴的街道，有肉铺，有谷酒铺，有竹器铺。在街口圆角的拐弯处，有布匹店，旧式青砖的门，石灰把纯白色褪去，浅黄浅黑的岁月酱色渗出来，店堂里有两根木圆柱，明瓦透出稀薄的光。小镇安静，黄狗在巷道里摇着尾巴，走来走去。屋舍墙根底下，有浅浅的排水槽，青苔暗长上来。雨季的雨水从屋檐冲泻下来，哗哗哗，路面一下子涨满了油亮亮的天水。门槛是青石条，契在两个青石墩之间，厚重的木大门有两个铁环，风拍打的时候，呛呛呛，清脆邈远地响彻整条巷子，像是外出的人，经年不归，突然而至，叩击门环，吧，吧，吧，夹带着沿途的灰尘和心跳，似乎只有这扇门，被叩响，他才得以安歇。若是大雪之夜，他身上大氅还有积雪，夜归的人会独自恸哭一晚。远远亮起来的暗黄色的灯，从窄小的窗户透出来，映照着留有多年前体温的弄堂，那个窗户，就是不曾忘记的眼睛，默默地注视，默默地等待，默默地祈愿，夜归的人一下子鼻子发酸，脚步缓下来，手抚摸门，再抚摸，一次又一次，摁住门环，把脸贴在门上。他的脸涌起河流的波浪，山峦开阔，野花昨夜已凋零。

清华镇是唐开元年间婺源建制县时，县府所在地，隶属歙州，被残月形的星江所包围。镇南，有狭长的山坳地带，肥沃的田畴以梯形和扇形的方式分布。彩虹桥跨江而起，取意于《秋登宣城谢朓北楼》："江城如画里，山晓望晴空。两水夹明镜，双桥落彩虹。人烟寒桔柚，秋色老梧桐。谁念北楼上，临风怀谢公。"彩虹桥始建于南宋，桥长一百四十米，宽六米五，是古徽州最古老、最长的廊桥，有条石垒成的四个巨大桥墩，桥墩上建亭，桥墩与桥墩间以廊相连，形成六亭五廊的格局。一九九六年初秋，我从思口、秋口到清华、鄣公山，孤身旅行了四天。在未成婚之前，我常常毫无准备地外出，去各个乡野游玩。去德兴，去铅山，去婺源。有时一天，有时一个星期，有时三个月。包里带一本软皮抄一本书，在乡野的小旅馆或乡民家里留宿。

我对寞然的乡野，怀有一种敬畏，走进一片原野，能听到万物在生长，也能触碰到万物在死亡。人世间，大的境界在乡野里：茫茫的雪，从山梁拉扯过来的滂沱雨势，深秋大地上耸起来的芽霄，黑夜中山道上独行人的手提松油灯，墙缝里一枝抽叶的菖蒲……牛背上的牧童，厅堂里突然响起来的唢呐声。在清华镇，在黄昏与夜晚合拢之时，我与一个拉二胡的人不期而遇，虽然未曾谋面。在弓与弦之间，雏菊绽放了，夜莺沉默了，星江缓缓流过他的指尖，时而奔腾时而凝滞，如泣如诉，如歌如吟，时而嘈嘈时而切切，和田野里的虫鸣互为应和，夹杂在水流里，湍湍，潺潺。对岸的水磨房，水车在兀自转动，咿咿呀呀，像一年又一年的歌声在传唱，一年又一年的秋风在刮过。

油菜花

油菜，亦称油白菜，是白菜的一个变种，十字花科、芸薹属植物，喜雨。在南方，它是一种普通的一年生草本植物，和荷、荸荠、番茄一样，在田间、河塘边、山坳里，十分常见。在三月初至三月底，开出黄色的花，从初开期、盛开期到凋谢期，足足一个月。

在十五年前，婺源并没有那么多油菜花。

一九九八年初春，我去婺源，从县城徒步去武口，看见油菜花星星点点地在田畴里盛开。我停了下来。星江在河心形成了一个沙洲，似半残的月牙，沙洲上的柳树刚刚抽出新绿，晨雾疏淡地织在树枝上，织在远处的屋舍，几个打鱼人坐在竹筏上，把网抛向江心，初孵的太阳还没爬上山梁，晕散的阳光沉沉地浸透了露水。金黄的油菜花星散在沙洲上，和部分裸露的褐色泥地、青翠的灌木、轻轻摆动的柳树、浮起一层薄光的江水，在这个早晨，不再怒吼，也不再沉睡，蕴含着青草味的曙光，给我阵雨降临后的感觉，我把这美妙的感觉一直保留到星宿渐渐隐去。星江围拢了一片斑斓的田畴，白墙黑瓦的屋舍退回到远古的记忆里，墨绿的山冈有一条弧线，和江水交叉。

多年之后，我才知道这里叫月亮湾。

二〇一二年三月，我从安庆返回上饶，在思口一个自然村吃午饭。村里只有三户人家，在一个桥头。桥下是星江。村子对面的山腰有一座古寺，古寺深藏在几棵巨大的苦槠树和樟树里。村子并无外人往来，妇人在烧菜，男人在院子锯木头，准备在一块空地里搭一座茶楼。房子依河而建，屋后是几块菜地，种了莴苣、葱、生菜、大蒜、莜麦菜、春包菜，辣椒、茄子、丝瓜、南瓜、番茄还是小苗。河边是茂密的灌木和芦苇。东家的儿子坐在桥底下钓鱼。水有十余米深，幽蓝。下游是一片油菜地。我穿过一条一百余米长的石埂路，到了油菜地。这是一块山地，沿山势垦出条沟，一畦一畦，一垄一垄。花势正旺，花瓣饱满。蜜蜂在花地里，嗡嗡嗡。细腰蜂在阳光下扑闪着透明的羽翼，似乎不知疲倦，它翩翩起舞，直到死亡。我想起东荡子的诗句：给你，或另一个你一样的人／仿佛很早以前我就来过，在这里有过生活／原野上的蔷薇回味着风的秘密与滋润／可它也有过分离、哭泣和爱情的死亡。

　　花和叶交叠在一起，金黄与灰绿间染在一起，一根枝干抽上来，手指一般粗，丫枝一节一节散开。空气里漂浮着似有似无的绒毛，河面偶尔有断裂的树枝浮浮沉沉。阳光照在粗粝黑质的瓦楞上，旧年的桂竹冒出尖尖的笋芽。油菜是快速生长的植物，也是快速死亡和腐烂的植物。年前下种育苗，元宵后，春雨来了，从山梁从江边，像雁群一样围拢而来。天是阴暗的，雨抽一根一根的丝，柔柔软软，湿纸一般濛在地里，濛在水面，濛在树梢，继而，淅淅沥沥，噼噼啪啪，压下来，地面溅起泥浆泡，鲤鱼在水里翻跳，树木也吹翻了的油布伞一般。油菜仿佛是一根喷水枪，把水饱饱地吸进去，灌满枝干，喷到枝丫喷到叶子上。叶子肥肥的，厚厚的，肉乎乎，筋脉充血似的肿胀。紫玉兰开了。桃花开了，在屋角，开得喊喊喊地叫。蔷薇开了，在田野的矮墙上，红的一丛，白的一丛，黄的一丛，花朵一簇簇，从藤蔓上翻盖下来，一蓬蓬。油菜花吐出金色的蕊，花瓣羞赧地伏在枝梢上，安扎一个营寨。桃花初谢，油菜花完全盛开，像一群蝴蝶聚集在一起。杜鹃花开，山野热闹了起来。油菜花一天接一天地赶路，赶路到一个转弯角，不见了，先是三五朵消失，接着是一群一群地消失，一个暖夜后，全消失。它们消失的时间，和来的时间是同样快。油菜结成了条形的长角果，一串串，枝杆弯下了身子，进入了暮年。长角果发黄，枝杆发黑，收了油菜籽，晾晒几日，烘焙，木榨里散发浓浓的菜油香，金亮的菜油汩汩从槽里流出，夏天也到了。油菜杆砍断，泡在水田里，秧苗抽穗时，油菜杆全烂了，成了泥浆的养分。

　　我坐在农人的家里，和他谈起了星江，谈起了油菜花。他的儿子把钓上来的一条草鱼，烧了一碗葱油鱼。鱼有两斤多重，切块，红辣椒丝和葱丝搭配起来，甚是好看。星江上游，河床狭窄，山上的植被腐烂物冲刷下来，把野生鱼养得肥肥的。油菜花和屋舍之间，隔了一片芭茅地，芭茅疯狂地长，尖尖的青蓝色的叶子使油菜花看起来有些恍惚。油菜花是最具人间烟火气息的一种植物，它和屋舍、河水、灶膛、油香，粘连在一起，组成了我们的家园。它是我们身上长出来的植物，和白菜一样，与我们相依为命。自小见多了油菜花，在饶北河两岸，铺展而开。春天踏在它的小腰姿上，曼曼而舞，甩开金黄色的短袖，耸起青黛色的冠峨，迎风翩翩。只觉得油菜花是春天大地油画中，色彩极其厚重的一笔，黄色的颜料不是涂抹而是堆叠上去的。油画是一个立体的色盘，山川是浓眉的青翠，河流是浅蓝，油菜花则是日出初照的迷眼炫目，是春天至美的一极。可是到了思口，才觉得，之前我对油菜花的认识，是极其浅薄的。它不只是一种花，更是我们对故园情思的培育和绽放，是一个生根发芽、年复一年轮回的故园符号。

不知从哪一年起，大概是二〇〇三年，婺源县开始大规模种植油菜花，对农户实行现金补贴，把油菜花作为一个春季旅游的核心产品，销往全国。每年年初，我都会接到外地朋友的电话，说婺源的油菜花是如何如何，要来看看。婺源的宾馆，无论在县城还是在乡村，被游客挤得爆棚，一个沙发位子还可以卖两百块一夜，乡下连停车的空地也挪不出来。把油菜花作为旅游商品炒热到极致的是江岭。二〇一一年春，我带了三十多个朋友去江岭，这也是我唯一一次去江岭。江岭从晓起进去，二十来分钟便到了，落在一个两山相夹一溪中流的山坳里。这是一个缺地少田的山区地带，当地人沿山边，剥下地衣灌木茅草，把山地垦出来，形成梯田，面积并不大，站在村口，一眼把梯田收尽眼底。在未旅游开发之前，这里适合种小麦、一季稻、高粱，和豌豆、蚕豆、苦瓜一类的菜蔬，地褐黄色，并不肥沃。如今，一梯一梯的油菜花在葱油的山峦下，显得香艳，招摇，肆无忌惮地展露自己原本娇羞的野性。村里的妇人在沿路摆起小摊位，卖梅干菜、山蕨、黄豆、春笋、茶叶，卖自家酿的谷酒、小鱼干，也有卖假字画、旧木窗。我的客人从车里下来，完全兴奋起来，啊啊啊地疯叫，手机照相机咔嚓咔嚓，留此存照。我似乎有些无动于衷，甚至心里一下子难过起来。这个社会，无论是城里人还是山里人，无论是富裕还是贫穷，我们都活得非常可怜，滋养我们内心的东西，在日渐丧失，我们的内心日渐匮乏，贫瘠。在这个时代里，我们在遭罪，同时也是罪人。我的客人是来自安庆的，其实长江东南岸的东至，从大渡口到经公桥，有非常壮观的油菜花，开车至少要一个小时，才能穿越油菜花地。在江西，在贵州，在浙江，在福建，在安徽，东至的油菜花是我见过连片种植面积最大的，估摸至少在五万亩以上。我每半个月，会在安庆与上饶之间往返一次，途径东至。大渡口和东流，是平原和丘陵相间的地带，油菜花一望无际，在春日下，我们能听到它们优美的合唱，它们像一群小学生，无忧无虑，矜持地唱儿歌。落叶的乔木还没完全长出叶子，孤单单地兀立在平原上，有时是一丛。有小杨树，有柳树，更多的树我叫不出名字。在小村前，一般有竹林或苦竹林，尧渡河贯穿东西。这里是舜的躬耕之地，尧在此渡河访舜。平原开阔，油菜花汪洋肆意，人迹稀渺，古意浓郁。

可能我再也不会在三月去婺源，当油菜花铺满山野，金黄的毛毯一样缝补在河流两岸，而我们所要寻找的东西已无影无踪。它已不是家园的一部分，也不是油画中灿烂的部分。我想起多年前，一个人来婺源，去乡间，坐在小中巴上，脸贴着玻璃。油菜花和蔬菜、小麦、豆苗间杂地种在一起，黄黄绿绿，疏疏密密，渔人在星江上收网，一顶斗笠一袭蓑衣出没烟雨。油菜花与我紧挨得那么近，几乎脸颊贴着脸颊，它的芳香有少女的体温，它薄薄的脸充满了迷人的汁液。它拉起袖珍式的小提琴，哆哆啦啦嗦嗦，民歌响彻，整个大地有了回声。

群　山

山峦在群山的皱褶里起伏，像大海里的一群群鲸鲨，在瓦蓝的深处潜泳，一层层的波浪在阳光下翻卷，——哗——哗——哗，鲸鲨偶尔跃起，喷出十丈高的海浪，落下来，哗啷——哗啷——哗啷，海鸥盘旋而下，钻入水里。鲣鸟、海燕、信天翁，遮天蔽日，扎入海里。现在大海恢复了平静，海平面倾斜，大氅一般披在黄山山脉。婺源的群山是黄山山脉南部最低的部分，以耸立的方式凝固了奔涌的波涛。群山奔跑，一路向南，继续向南，万马奔驰。哒哒、哒哒的蹄声夹带着大地的震动，绵绵的雨季，千里而来的灰尘，河流在背后呼啸，嘶嘶嘶嘶，马扬起了鬃毛，马头上的铜铃叮叮当当，沿途响起。抽马扬鞭的人朗诵起西川的诗句：

……

因为我在道路的尽头发现：

你是唯一可以走近的人。

我为你的羊群祝福：把他们赶下大海。

我们相识在这一带荒凉的海岸。

星宿时隐时现，高高的枫香树在山腰瞭望着星江。匀散的雾气在树叶在草叶上，凝结，有了露水，滚圆滚圆，透亮，是黑夜不可言说的秘密。我一次一次走进婺源，在大鄣山，在秋口，在镇头，在梅林，留宿乡野，我每次都感觉到山峦在寂寞地奔跑，在大海深处拱起浑圆绵长的脊背。山峦像海洋巨大的生物，光滑油腻的肌肤，青葱色，腹腔有曲折的蜿蜒，空旷的嘴巴可以居住一个村庄，长长的鱼鳍摆动，卷起山地雨林的季节风。它的眼睛是我们不由自主仰望的星宿。

高高昂起来的马头是大鄣山。从大鄣山俯瞰而下，竖起来的鬃毛是绵密的树林。婺源的树林，以野生灌木和香樟、苦槠、栲树、枫树、野紫荆、青冈栎、栎树、泡桐、木荷、冬青、女贞、松、山樱树、野桃树、杉树、水杉树、洋槐、柳树、柏树、白杨、栾树等乔木为主要种类，也有银杏、红豆杉、檀、红楠等珍贵种类，人工种植的树林以杉树和松树为多，也种植大片的竹林。和树林共生的则是藤萝。在涧水边，在阴湿的山崖下，有一种木质藤本的野葡萄，一丛丛地繁殖，盘满了树梢或芭茅叶。在四五月份，开米白的花，绒毛一样，细细长长，坠在一个蕊里。到了九月，浆果绯红发黑，熟透了。野葡萄圆圆的，两倍黄豆大，汁液酸酸甜甜，是酿酒的好材料。还有一种紫藤，搭在苦槠或栲树上，垂挂下来，在三月，开紫里透白的花，形成花瀑。无论哪一座山，在婺源，夏季前，山上都挂满了藤萝花，与树木的新叶搭配在一起，会让一个突然而至的人，怦然心动，让人误以为，又一次美好的邂逅即将降临。

当地人酿酒多为谷酒，泡上杨梅或猕猴桃，我没见过野葡萄酿酒或泡酒，这是一件令人遗憾的事情。野葡萄是十分好的药材，对妇科病有非常好的疗效。当然野生猕猴桃也是弥足珍贵的，长在潮湿微酸性的山谷地里，通常和芭茅、荆条木、山楂长在一起，初夏开花，白花如梨花，黄花如黄梅花，淡紫花如红樱花，浆果在九十月成熟，其形如梨，其色如桃，其皮褐色，叶圆有毛，猕猴喜食，霜降之后，其味甘美，是水果之王，含丰富的维生素，也是小孩降铅最好的药材。婺源多山，山多阴湿，雨量充沛，猕猴桃适宜生长，采摘也容易，当地人喜食猕猴桃酒也是情理之中的。当然事情也会有例外。例外，就是珍贵的际遇。二〇〇五年初冬，我去安徽，往婺源江湾走休宁山道，到了婺源县城，已是掌灯时分。同行的人提议到了休宁再吃晚饭，行至江湾往西十公里，进入坡道，道路夹在山缝里。我饿得不行了，说还是找一户人家吃饭吧。吃饭的人家在公路下的一个凹地里，门前有一条山涧，山涧被茂盛的灌木遮盖着。几棵高大的钩栲树垂下圆盘一样的华盖。山垄里只住了几户人家，粉了白石灰的泥墙瓦屋，院子里种了木槿、月季。东家是一对老人，他提着瓷酒壶，给我们斟酒，酒酡红色，漾在酒杯里，给人羞赧感。老人说，这是自家酿的野生葡萄酒。我是个不喝酒的人，但还是要了一小杯，我不想辜负这美酒。我端着酒杯，眼前似乎出现了一片郁郁葱葱的山野，黄昏有浓浓的不散的白雾，阵雨从山巅扑降而下，一条山路穿过密林弯向山腰，山鹰在盘旋，树鹊在午后一阵嘁嘁嗦嗦地欢叫。酒味醇和，柔绵，微酸，淡甜。屋舍对面的山上，全是老松树。我一下子震惊了。在婺源，整座山林都是老松树是极其少见的。两座山形成了深长的山垄，两边满是老松树。我吃完饭，站在院子里，浩瀚的苍穹落下银色的清辉，像厚厚的白霜。山垄里阴寒的风湍泻而来。我问东家，怎么不住到小镇里去呢，生活可以方便一些。东家说，小镇哪有山坞好呢，星星都要圆一些。"不足为外人道也"的美好，是有发达根系的，根系被厚厚的泥土包裹着，人在一个地方生活久了，也成了那儿的一棵树。再进入山垄，公路弯弯扭扭地爬坡，到了高海拔山区。人烟寥寥，犬吠寥寥，猫头鹰呜哇呜哇惊悚地叫。

生命周期最短的生物是蜉蝣，出生、成长、繁殖、死亡，雌性两天，雄性五天。这个时间，不足以让一棵树的种子发芽。生命存续期最长的生物，据说是一种在积淀物中生存的微生物，叫玛士撒拉虫，迄今两亿六千万年，恐龙没灭亡之前，它就活着。动物肯定不如植物耐活，肉体含水量太高。非洲的索科特拉岛有一种神奇的树，平均寿命可达八千年；澳大利亚桉树可活六千年；有一株加州云杉，已活五千年，还精力旺盛着呢。我见过的寿命最长的树是德兴海口的古樟树，已有一千九百多年，栽于东汉时期，现树已空心，里面可以摆麻将桌打麻将。婺源已发现寿命最长的树在严田，有一千五百多年，五胡十六国时期，某人栽下一棵香樟，便一直活了下来。严田古樟在一座老石拱桥头，需十五人合围，树胸围十四米，树冠幅达三亩地。人寿则辱，树老则沧桑。我至少去过七次严田，每次去，古樟就像一个饱经风霜的人，阅尽人间，默然漠然地守望在村口。它就像一部象形的古籍。石拱桥是麻条石砌的，缠绕着爬墙虎，桥的另一头是一畈稻田。溪流有鱼，肥者达二十余斤。树参天而长，叶繁枝茂，也有粗枝伏地而生，竟有腰粗。当地人用钢索把粗枝拉架起来，免于断枝而死。

婺源的古树多不胜数。去秋口的公路边，有一个自然村，有密密麻麻的古樟树。这样的村庄太多，车子随意停靠，便能看见。我去婺源，是看小村庄，也是看树。树就是人。树的形态也是人的形态。古树多的地方，人心不恶毒。我一直以为，婆源绚烂的季节，初冬更胜一些。石城，长溪，延村，溪头，簧岭，鸳鸯湖，大理坑，游山村，汪口，都是人间至美的胜境。枫树，枫香树，梓树，漆树，榸树，针叶杉，完全抽干了绿汁，嫣红妍黄，冬日暖阳透射下来，光线变色，有了植物的原色。晨雾和傍晚的雾气，在山腰一带飘荡，和炊烟相融，鸟鸣四起。村舍沿河而筑，依山呈梯形而卧，石步道游园似的环绕，如进入远古的迷宫。徽州人特有的晒秋，给村色增了一份迷离。在屋顶，在瓦檐，在二楼推开的窗户木质外阳台，相邻把红辣椒，和苞谷、皇菊、干豆角、梅干菜、茶叶、笋干、小河鱼、黄豆、苦楮坚果、花生、香菇木耳、大蒜、薯片、黄南瓜、芋头干、冬瓜片、萝卜丝、糯米、葛粉、番薯片、绿豆、黑芝麻、番薯粉，放在圆团箕或挂在竹竿上翻晒，各色的食物有了赤橙黄绿青蓝紫，有了白和黑，与白墙黑瓦、丹枫白露、雾岚炊烟，映衬在墨绿的山梁之下，成了我们未曾见识的神往中的伊甸园。

树多鸟便多。大鄣山卧龙谷在开发伊始，我去过一次。那时还没游客，还是一条大峡谷。沿着峡谷步行，鸟在树上跳来跳去。鹰在山巅久久盘旋。鸟鸣荡漾。只可惜，那时我对鸟的认识近似于无知。据说，每年都有来自世界各地的鸟类学家在婆源观鸟，有时长达几个月。一九九七年，鸟类学家在婆源的太白镇、秋口镇，发现了极其珍贵的画眉科鸟——黄喉噪鹛。黄喉噪鹛顶冠蓝灰色，上体褐色，尾端黑色而具白色边缘，腹部及尾下覆羽皮黄色而渐变成白色，隐匿于亚热带常绿林和浓密灌丛，于地面杂物中取食，喜食昆虫，也吃些蚯蚓、野生草莓、野杉树树籽等，特征为具有黑色的眼罩和鲜黄色的喉（这点小知识来自百度）。我对自己最大的不满是对动植物认识认知太浅薄。给我们恩赐的上帝，我们常常熟视无睹。这两年，我读约翰·巴勒斯，越发感到自己无知，对自然的认知浅薄，其实是非常可耻的——作为弥补，我只有更好地热爱自然，栽树栽树再栽树，尽可能不吃肉类。

这次去婺源，听金宇迅和客人聊天。金说，婺源有熊有豺有豹。我不同意这个说法。赣东北在二十年内，无人看过云豹；在二十年前，豺狼已灭绝；一九九八年大茅山有发现黑熊，被一个猎人用铁套子打伤了前肢。铜钹山、灵山、大茅山，有猕猴。婺源也应该有猕猴。穿山甲近乎灭绝。二十年前，穿山甲常常出没我家菜地。娃娃鱼在上饶市多个山区有发现。在二〇〇六年，我去万年县，途径盘岭，看见一条纯白毛的狐狸，对视了至少五分钟。麝，又名香獐子，近乎灭绝。多麂，多野猪，多兔子，多野鸡，多黄鼬，多獾。鲜有野山羊。鲜有野生甲鱼。鲜有乌鸦喜鹊。

有些动物，已一去不复返，哪怕树林再茂密，森林覆盖率再高。虎豹豺狼，我们世世代代诅咒的动物，已彻底离开了我们。没有它们，我们的森林是多么空荡荡，是多么寂寞。每次离开婺源，我回望板结的大海一样的山峦，心中的失望远远多于流连，涌起莫名的哀伤。

我们一无所有。

我们两手空空。

四　季

初春的婺源多雨。雨不是滂沱而来，而像是棉丝，一阵一阵棉织下来。雨浮在淡白的雾气里。泡桐花也开在雾气里。一层层的野花，追逐着河滩，田埂，山边。这里是亚热带季风性湿润气候。桃花凋谢，日日暴雨如注。山间沟壑，田头村尾水沟，汀汀汤汤，水终日不歇，汇到了山塘水库，门口小溪。

有村舍必有溪流，有重峦叠嶂必有山塘。鱼潜伏在水草下，孵卵，要不了一个月，水里游浮着针大的小鱼儿，成百上千，看起来，和糠虾差不多。水洼里，有黑黑的一团团的黏液，晒几个太阳，黏液散了，蝌蚪出来了，滚圆着肚子，好奇地摆着鱼鳍一样的尾巴。青绿色地衣植物长满了空地、水沟边、矮墙，也长在废弃屋舍的屋顶和泥墙，尚未垦荒的田里有了蓼、野菊、紫地丁、蒲公英、紫云英、苍耳、绒毛草、马兰头、野荠菜。撂在山里的野地，野草比人还高，芭茅、蒿草、野荞麦，不留缝隙，几株矮冬青上，有几个鸟巢。在山边，葛藤、灯芯草、屯栗，覆盖了不近人迹的山道，草径再也找不了。绿绿的，青青的，开着花，谢着花，有的已经结出青果果。山塘水库里，芦苇发了尖白的芽苗，棕树也发了斑黄斑白的叶芽，水边的水浮莲下，鲫鱼在梦游，青蛙坐在莲叶上，气囊鼓起又瘪下去，实在憋不住了，叫几声，哇，哇，哇。菜地边，墙底下，田垄里，各种舌草开金黄或淡蓝或淡紫或粉白的花，把暖暖的春天托出地面十五公分。莲藕适时地张开了托盘一样的圆叶，草鱼肥了，黄麻鸭刚刚孵出的小野鸭在游，三两只，毛色还是灰黑的。

婺源春短。秋也短，霜季只有一个半月。农历十一月初，霜来了。夜里的雾凝结，早上便白白一片。自然界，最美妙的东西，我以为便是霜了。和露水一样，说消失就消失了，短暂，像我们的一生。瓦楞上，草叶上，收割后的稻草上，刚刚绽开叶子的白菜上，霜均匀地撒在上面。梓树、香榧、枫树，再也不生成叶绿素，树叶变黄，变红，变紫。草枯萎，藤蔓也落叶。杂色的荒芜。池塘边或水沟边的芦苇，抽出一支支的穗，绒毛一样的花随风飘荡。芦苇和白露，都是悲秋之物，也是人的中年之物，亦是背井者的怀乡之物。露之为物，瞬息消亡。芦苇飘摇，零落于野。

《蒹葭》是《诗经》中我最喜爱的一首。人生最美好最艰涩的境界，无非如此。回环往复，给人无限喟叹，嘘唏不已。蒹葭，就是芦苇，亦称荻苇，是一种多年生或一年生的禾本植物，剥开空空的荻心，有薄薄透明的膜，可制笛膜。在深秋的黄昏，临江吹笛，恰好笛声和江水一起呜咽，我想，人是很难经受如此颠荡的。唐朝诗人颜粲写《白露为霜》：

> 悲秋将岁晚，繁露已成霜。遍渚芦先白，沾篱菊自黄。
> 应钟鸣远寺，拥雁度三湘。气逼襦衣薄，寒侵宵梦长。
> 满庭添月色，拂水敛荷香。独念蓬门下，穷年在一方。

只有人未老头先白的人，才会写出这样的诗。婺源多芦苇，沿着星江、乐安河，两岸全是芦苇。婺源多山，溪流山涧，纵横交叉，山塘水库也呈网状密布。在去汪口的路上，稀少人烟，公路沿河绕行，两边都是密密麻麻的芦苇。

十二月初，霜冻来了。黏湿的水田，屋檐下的烂泥，尚未晒干的泥浆，长出白白尖尖的芽霄，像倒竖的冰凌，把水分抽了出来。芽霄里，有昆虫，有蚯蚓，有草籽，混合着泥浆的颜色。霄尖是白白的，太阳出来了，从上直下，慢慢溶解，芽霄轻轻一碰，吧嚓吧嚓地断。溶解完了，水浮出泥，一层水一层泥。

最长的是夏天，有四个半月。但婺源的夏天并不十分炎热。在早晨或傍晚，田野里，河边，村舍前的木桥上，坐了很多年轻人。他们是来写生的，背着画夹和颜料包、色板、画笔匣，穿白汗衫或短裙，戴太阳帽。一九九七年，我去延村和汪口，第一次看见成群写生的人，问了，才得知是来自辽宁、吉林、山东等地大学的美术生，来野外实地写生，租住在村里。据说，现在每年来婺源写生的美术生，过千人。他们对婺源美的发现和传播，是无可取代的。在午后，黄昏来临之前，夏天多阵雨。雨从山梁跑下来，白亮亮，闪着光色。树叶哗啦哗啦地响。地上的灰尘，被溅了起来，一颗大大的雨滴溻在地面上，裂开，珠粒四散，灰尘噗地瞬间爆开。干活的人赶着回家，收拾晾晒的衣服、稻谷，和干货。云在翻滚，雷声呼隆隆，由远及近。等物什收好了，雨也停了。这是过山雨。但水沟满了，黄黄的泥浆夹带着山间的腐积物，泥鳅和小鱼逐浪斗水，吧唧吧唧打着小尾巴。阵雨来得没任何征兆，像一个突然而至的客人。大阵雨也是如此。一块厚厚的乌云盖过来，狂风啪啪啪吹打树枝，掀翻瓦片，晒在墙上的笸箩被吹飞起来，颗粒一般的雨滴稀稀拉拉的，扑降。树叶草叶在浑身抖动，不一会儿，雨滴密密麻麻，像急骤的擂鼓声。把小睡的人，吵醒。

很是遗憾，去了几十次婺源，我没看过婺源下雪，无论是冬雪还是春雪。婺源冬季有两个半月，加个后缀春寒，寒冷的季节差不多近四个月。多河多雾多森林，也多阴湿。婺源的寒冷是湿冷，棉裤也裹不住针扎的冷——冷像潮水，慢慢漫上来，从脚板，到脚踝，自膝盖，慢慢上涌，淹没全身。近二十年，南方少雪。在我八岁那年，我见过迄今为止最大的雪。雪一直高过了门槛，大人穿高筒靴鞋走路，小孩窝在家里，屋檐挂着长长的冰凌。我用竹篙把冰凌敲下来，当冰棍吃。门口的田畴，白皑皑。鸟饿了三天，饿不住，钻到厨房厅堂里觅食。我大哥在晒场摊了一张竹席，撒了几把谷粒，谷粒上支起筛子，用一根麻线拽着，鸟进去吃了，把麻线一拉，罩住了鸟。鸟一般是野鸽子和布谷鸟。小学读鲁迅《从百草园到三味书屋》，我读到了相同的捕鸟记忆。大雪封山，豺会在中午时，从门前的山梁突奔而来，以迅雷不及掩耳之势，直扑鸡笼，把鸡叼走。大人端着扁担追，追出几十米，便放弃了，口里恶狠狠地说："不要让我第二次看见了，看见一定打裂脑壳。"冬天，我去过婺源，也在乡间吃过饭，在路边的小酒馆里。遗憾的是，没在农家吃——深冬腊月，婺源人家吃的，会和其他季节不一样。不一样的东西，在哪儿呢？

事实上，是雪，给人带来生活（包括习俗）方式的某些改变的。雪中捕鸟是一种境界，雪中捕鱼也是一种境界，雪中围炉温酒也是境界。这些都是我曾有过的经历，可在婺源无从见识。——算是一种遗憾吧。在农耕时代，腊月和元宵节前，各村舍族人会请来婺剧团，在村戏台里演戏。二〇〇八年，我和黑陶去镇头镇游山村，看古戏台。古戏台经年失修，难免破败，但还能看出当年村里的热闹和戏台的宏伟壮观。戏台前有一个可容纳五六百人的空场院，戏台足有一百多平方米，柱子是圆柱，需一人环抱，横梁则更粗一些，戏台板是木板，人走上去还是嘣嘣嘣的。站在戏台上，仿佛面前的场院里，坐满了看戏的人，台上两边则坐着演奏的乐师，拉二胡的拉二胡，敲钹的敲钹，击鼓的击鼓。如今，则堆满了杂物，木柴、稻草、打谷机等。

　　热闹的不只有村里的徽剧，还有抬阁。抬阁又称"抬角"，共分上、中、下三层，将俊俏儿童扮成一个个故事人物造型，安置在三层阁上，底盘由四名大汉抬着，头扎白羊肚头巾，身穿白布内褂，外罩黄色背心。前有锣鼓，后有锣钹。抬阁的四周用纸扎成龙、凤、鹤、祥云、水花等彩灯。彩灯内点燃蜡烛，映照夜晚的天色。阁是工匠制造的木质框架，彩饰成亭台楼阁、石桥彩虹、山川、渔船、云端或花卉。三层阁浑然一体，阁体上有柔性支柱，装扮着各种戏剧人物的孩童，或站或坐或悬空于这些支柱上，彩服则巧妙地将支柱遮掩起来。人物造型有"水漫金山寺""孙悟空三打白骨精""桃园三结义""打鱼杀家"。抬阁是一种融绘画、戏曲、彩扎、纸塑、杂技等艺术为一体的汉族传统民俗舞蹈，也称抬戏，是一种非常古老的艺术形式。乙未羊年，赋春镇的乡村文化旅游周开幕式，我得以见到抬阁。在镇小广场，里三层外三层围着人，冲天礼炮轰轰轰，抬阁出现在舞台，我们都十分惊奇。据当地人说，现在会抬阁的人已经很少了，当地政府也在努力恢复这个艺术样式。

农耕时代结束，很多艺术样式和手工艺也在消亡。当我们在电视机、电脑前坐得太久，我们又回到远古去探寻，一切都显得那样弥足珍贵。

湿润、温婉的婺源，事实上，从来都不是娇艳、华美的，即使在春天，有些粉滑，甚至过于油绿，但还是素面朝天。而我喜爱秋天更甚一些。芦苇开始哀黄，川峦萧瑟，层林尽染，星江日渐枯瘦，意味尤深。

河　流

这是告别，也是出发的地方。是没有终点的旅程，沿着崇山峻岭，星江蜿蜒，扁舟远去，帆影转眼化入雾蒙蒙的水廓。在星江，每一个村舍，都有一个码头。码头有一块阔大的青石板或麻石板，有苍老遒劲的古樟树。码头可拾级而上，转一个弯口，通往村里的巷道。小道两旁是檐滴水毗邻檐滴水的居舍。雨季，丝丝缕缕的雨有绿绿的亮亮的晶体光泽，从巷道上空，缓缓而降，站在巷道，前前后后回望，一个村庄有了远古岁月的纵深感，脚下河石铺就的石板路，有卿卿空空的脚步声，深深地凝重地，悠扬而去，又慢慢地传回来淡淡回声。

码头，是远去异乡人回来的门牌，是他双手扑开的第一缕影子。在婺源，汪口是我所去所有村舍中，我最钟爱的一个。每次去婺源，只要有时间，我都会去，哪怕站在村子边上，静静地看上一眼。永川河以残月形包裹着汪口，像母亲柔软的臂膀抱着自己的孩子，身上热热的浓浓的气息传递到孩子的心跳里。看一眼汪口，我的血液里会有一条河流舒展起来，这与树枝在雨水中舒展起来，是相似的。汪口的码头，老旧而拙朴。它的身边有一座小桥通往对岸，对岸有一片苍郁的树林，小路穿过树林，到了另一个村舍，掩映在虚无之中。一九九五年夏天，我第一次去汪口，那时它还是一个非常原始古朴的村落，我和几个客人绕着老街走了一圈，和看其他村落没差别，看老房子看俞氏宗祠看百年桂花，当我在村前的河滩逗留片刻，我再也不想迈开我的脚步。河床全是鹅卵石，麻褐色，像一群群赤麻鸭潜在水里觅食，河水冲过河石，卷起水花，水花追逐水花，白白的一层泡沫似的水浪，哗哗哗，星江在上游的弯口，转了身，从山坳的水坝直泻而下，几只水牛偃卧在坝堤下，粗重的呼吸从鼻子里潜出了细细的水花，一桥横跨两岸，山峦略显巍峨，对岸山腰上的人家收拾起在河中浆洗了的衣物，妇人挎起竹篮，门前的矮墙上晾晒着红辣椒，场院翻晒着刚刚收割了的稻谷，仿佛我瞬间进入了悠然而现的南山。事实上，对于我们这样的外人来说，婺源的很多村舍，很容易把我们带进恍惚的远古记忆——不是真实的，但真切，带给我们水流漫过心扉的感动。

陆陆续续去了很多次汪口，外地人置换了游客的身份，汪口因此有了导游、外地游客、大巴车、收费窗口、餐馆。汪口老街也因此有了临时照相馆、小旅社、旅游商店。一个人，安静地在码头坐一会儿，我似乎能听到夜语般的摇橹声，恰是柳宗元所描绘"烟消日出不见人，欸乃一声山水绿"。永川河在汪口，河面并不宽广，水面平缓，岸边的河堤上，是油油的芦苇和灌木丛、古树群。水中多鱼，也多虾。虾是白虾和黑虾，豇豆荚一般大。白虾浑身透明，须如麦芒，肉质如玉。鱼多鲤鱼、青鱼、乌鲤、草鱼、鲶鱼、鲇鱼、鲫鱼。多年前，可见渔翁坐于竹筏，戴斗笠，放网收网，也有鸬鹚站在竹筏前头，抖落一身的水，又钻入水中，把肥肥的鱼叼上来。坐在码头上，水面一股凉爽之气漫溢上来，扑打脸颊。婺源多山道，外出的人多走水路。乡试的人，殿试的人从这里走了；卖茶叶的人，做官的人也从这里走了。故乡成了异乡，异乡成了故乡，在月圆之夜，也分不清哪儿是故乡哪儿是异乡，欸乃之声却常常在梦回之夜，随雨声风声，无声无息潜入。随之一起潜入的还有母亲的细语和婴孩的啼哭。

永川河是星江上游。川峦河流都是永恒的。星江是婺源最大的河流，自北而南，贯穿全境，有激溪、长溪、东河等众多支流。村舍依山临江，村岸与村岸之间，有渡口相衔。渡口一般在开阔地，有树系扁舟绳缆，有埠头供停靠。随着居住人口增多，人员往来频繁，渡口渐渐消失，以木桥或廊桥或石拱桥或吊桥或浮桥，取而代之。河流的胸怀是哺育大地，它最大的生命是消失，消失在大海，把依恋它的人尽可能地带往远方，带到脚步所不能到的远方。星江万里奔腾，自古不息，青山不老。它把一代又一代的人，送往天涯海角，把大鄣山的精魄送往天南地北。人，有了村舍，有了渡口，有了桥，桥和树木、果园、茶叶地、交叉的田埂、时隐时现的瓦檐、晨曦中的路人，构成了婺源古老的歌谣。桥是路与路相接的部分，是手与手伸出来相握的部分，是河流停止流动的部分，是炊烟弯曲下去的部分，是村舍的见证者，是异乡人回忆录的开篇，是霜迹不易融化的夜归者背影，是日月更替的启示录。桥身上的苔藓，青藤，爬墙虎，地衣植物，都是时光的锈迹。

渡口成了野渡，荒草掩埋，过去的岁月也将荒芜，无从记忆。偶有渡口，人有扁舟或竹筏，系于岸石和树身。韦应物写滁州："独怜幽草涧边生，上有黄鹂深树鸣。春潮带雨晚来急，野渡无人舟自横。"假如在四月，暮春的山野正好落于钟声飘然而至，山花寂寞之境，不由得让人想起白居易的桃花："人间四月芳菲尽，山寺桃花始盛开。长恨春归无觅处，不知转入此中来。"这是恰当的，也是让人长夜难眠的。扁舟还在，人去了哪儿呢？扁舟慢慢腐烂，绳缆断于时间的割刀，荒草一年又一

年地枯荣，青山还是那座青山。河里的水却不是原来的水，水
中倒影依旧。

大河迎面敞开，民间的美
让人有坠入的危险
石头，游鱼，水草，竹筏，蓝天，青山的倒影
土狗，鸡鸭，小巷，宗祠，古楼，淳朴的村民
似乎我们想要的生活，造物主都集结在这里

此刻，我贸然地贴近
并非想表明这是我的目的地或者
我与谁是同一类
面对河，我不过是想表达点什么。比如放弃对抗
像河水一样适时地在前面拐一个弯儿
清空几笔旧账和作废的新欢旧爱，在与歧路的较量中
回到自己相应的位置

四月的傍晚。除了山冈，除了村庄
在河水庞大的碎金中
一个人的影子也被镀上了金身。在这无常的
光彩奔流的人世
这抄袭来的金黄，像将熄未熄的落日
仍疲惫地，不知所终地燃烧

——颜梅玖《永川河》

在中国，我所走过的地方，所看见过的河流，星江和秋浦河是最美的。它们还难得地保留着河流初始的面貌，河沙还没被挖沙机掏空了心肺，河湾有河水的弧线，樟树、柳树、洋槐、白杨、梓树、枫香、冬青、厚朴、合欢、银杏、石栎、锥栗，四季变化着色彩。岸边开满了各季的野花，杜鹃、望春、木兰、天女、山茶、春兰、惠兰、百合、山樱、梅。星江和秋浦河都有着南方的俊秀，澄明，千回百转，但不柔肠百结，张弛有度，开阔时一泻千里，幽合时堰卧无声，河流的鳞片在树丛里光滑发亮。我走过无数次这段河流，从婺源县城至汪口——巨大的落日，缓缓流动的平流雾，秋日纷飞的落叶，人迹杳无的木板桥，山边的茶园，出没烟雨的竹筏——我不免有客死徽州的感怀。二〇〇一年冬季，我从婺源走黄山，或许是夜深了，县城至汪口，汪口至黄山，我一路上都没看到车子。月光如海，布满霜迹。整个大地在酣然沉睡，川峦黳黑，远山如墨，村舍灯光萤火般星星点点。我怔怔地看着车窗外——黑夜之中，每一个人都是那么孤独，每一个村舍都是那么游离于尘世。唯有黑夜，群山傲岸，星江俊朗，长生不灭。

河水是河流的灰烬。

河水是河流的火焰。

星江的火焰，是三月的油菜花，是腊月的黄梅花。

走在星江边的人是头戴麦秸帽的人，是草帽上开出绿火焰的人。

我走过星江。我爱的人走过星江。我的陌生人走过星江。现在我们回到了岸上，回到了山边一垄垄的茶园，回到了天井中的青石水缸里。我们是一条河的客人。我们是寄居在河里的儿女，像菜虫在菜叶里结茧化蛹，像蜘蛛在蛛网里孵卵生育。我们回到了一百公里以外，一千公里以外。我们回到车流奔袭的大街。我们回到一盏灯下。我们回到僵硬的肉身里。事实上，我们不需要码头——车站，火车站，机场，是我们更大的码头；我们站在街口握手的地方，拥抱的地方，嘘寒问暖的地方，是我们无处不在的码头；我们的床，我们的办公桌，我们翻看的书，我们吃饭的碗，是我们触手可及的码头——我们活着，以告别的方式续存。所以，我们的泪水是多余的。我们挥别的手是多余的。我们的吻别是多余的。我们的怀念是多余的。我们是多余的——当我们无处可告别时。人世，是一条滔滔的星江，川流不息。当我一次次来到星江边，除了看一眼，喝一口江水，我又能做些什么呢？古老的渡口，古老的木桥……当我们轻轻唱起。

江水忽如寄

日暮乡关

赣南的崇山峻岭，如同板结的皱褶。中巴车在群山的掌纹线上摇摇晃晃。接连几日，我们都是这样，早上出发，在某个景点停留片刻，又上车，直至夜幕屏蔽了视野，才回到住宿地。住宿地是每日更换的，瑞金、兴国、赣县、石城……是的，世界对于一部分人而言，是一个迁徙的帐篷。而我可能属于另一种人，我习惯在陌生之地生活几年，然后又去另一个陌生之地：世界的大门，一扇一扇地打开，给我足够的时间把陌生之地慢慢变成我眷恋的异乡。我无法在短时间之内，对一个未曾相识的地方投怀送抱。这是我第二次来赣南，在武夷山脉的北坡，是赣东北故土，有着相同延绵的大地隆起的肌肉。茅草和油松、毛竹、野山茶，在山梁上，形成南方凝滞的墨绿色气流，从手间漫溢上额头，过于亲昵的抚慰，使人昏昏欲睡。事实也是如此，我一直在座位上瞌睡，对任何一处的景色都缺乏趣味——足够的动心，于我是一件多么困难的事。

在石城吃过午饭，车子往一个山坳夹沟扎进去。山上少灌木，多杂草，山间七月，却有了初秋的淡淡哀黄。沿路屋舍前的板栗树和李子林，在水沟两边，慌乱地长。向导说，下午安排在琴江镇，有通天寨和大畲村值得看看。我的想法是，在车上好好睡一下午，或者在车上把《百喻经》看完。车子开出城，一个女同志惊叫起来："好多荷花，全开了。"我还是闭上眼睛，想象了一下荷花盛开的样子：许仙和白娘子在桥上相遇，桥下的池塘被荷花点燃。我又默诵了唐代王维《山居秋暝》：空山新雨后，天气晚来秋。明月松间照，清泉石上流。竹喧归浣女，莲动下渔舟。随意春芳歇，王孙自可留。车子很快停了下来，向导说："通天寨到了，到了，快拍照，带上水爬山。"

从石城县城到通天寨，路程短得有些让我难以接受——美好的事物不会轻易到来。尽管可能跑了一天的车，最终达到的地方让人沮丧，我还是愿意多跑一些路程的。我喜欢在车上摇晃颠簸的感觉——在路上，是一种对未知世界的求证方式。我坐在一个大石墩上，给几个友人打电话。山下是竹林茂密的峡谷，风涌波滚。雷平阳、蒋蓝诸友爬山去了。我突然有了孤独感，一个中年人，有孤独感，是一件非常滑稽的事情，更何况我是一个习惯独居的人。前四日，调离安徽，直奔南昌，又辗转到赣南。过几日，我又要去福建上班。滚滚红尘裹挟着赤足奔袭，此时平添无措和茫然。我是一个追寻什么的人呢？是什么让我年复一年，日复一日，不断地放弃内心深处的东西，越来越热衷于让自己成为另一个陌生人呢？

通天寨下来，已是下午四点。太阳斜斜地照。车子在琴江镇大畬村停下来。我戴着一副太阳镜，一下子把自己装扮成一个匆匆而过的游客，以示区别。村子在一个山间盆地里，村外是一片涟涟荷花。村后有一间黄家大屋，别名南庐屋。我对古屋缺乏常识，因在安徽生活多年，只知道徽派古建筑。镇以江取名。在我见识过的河流中，有两条河的名字被赋予摄人心魄的诗意，婺源的星江和石城的琴江。琴江，想必是江若琴弦，日夜淙淙吟唱，撩人心扉，琴瑟相和。我问了几个石城人，琴江何以得名，均不知。村子不大，和南方的乡村一样，一色的小楼房排在街道两边，"丁"字形的街口，有杂七杂八的店铺，杂货店、童装店、饮食店，老妪在铺摊上卖一些土特产或手工品。我去了南庐屋。

南庐屋在依村而环的山脚下，青砖的古旧围墙，屋前有五颗古老的柏树，亭亭如盖。一池水塘有一群鹅鸭在浮游。屋是客家围屋，分弄堂和各等大小天井几厢房，弄堂高耸的墙角在阴暗窄小的夹墙里，显得突兀和寂寞。我对这种样式的古建筑，不陌生，我三姑夫家和村里的全姓祠堂，和这个大体相同。梁柱门窗有精美细腻的木雕，主厅堂宽阔大度，有千里驰骋的气势，可以搭建戏台或游花灯。死灰色的青苔攀附在柱石上，门框上挂着辣椒，麻石的水井有一股幽凉之气，废弃的石磨上叠着笪箩，墙壁上挂着锄头或粪箕。屋里透出来的光线被墨水过滤了一般，油亮而乌黑，给人时光脱落或停滞的感觉。一盏小灯在屋里晃。我走了进去，见四个阿婆和一个阿公围拢在圆桌边喝茶。桌上摆了小方块甜饼、软糕、炒花生、炒葵花籽。阿公热情地招呼我喝茶。屋子里，有一种静谧，从墙壁，从呼吸，从摇晃的小灯，从茶壶……从挂钟里漫上来。茶是山茶，粗糙的叶子舒展开，麻黑而大片，味道有粗粝的苦，入喉却甘甜，沁人心脾，一股暖暖的气流在血液里环流。整个围屋住了十余户人家，留下的只是几个老人和拖鼻涕的孩子。其他人都外出打工了。阿公问：你从哪儿来的？我说我上饶来的。他哦了一下，摇头。喝茶的老人，最年轻的，是七十二岁，最老的，已有九十余。阿公说，他们每天要在一起喝茶，已经喝了五十几年了。圆桌的上方吊着一个竹篮，竹篮漆了桐油，画了几朵大红花。大红花的色泽已完全褪去，竹丝油亮。我掀开篮子，见是一篮的瓜子花生，和几块甜饼。

墙上的石灰有的剥落有的泛黑，贴着毛主席的画像。在木板楼的横梁上，挂着地里翻挖出来的吃货。窗下，是一个长方形的小天井，花钵里栽着兰花、菊花、月季。破旧的脸盆里是橘树，破裂的土瓮里一丛芭蕉开出妍妍的黄花。油蜡的黄，和木楼上厢房相互映衬，让我一直怀疑，这个围屋里，有一代又一代相袭的美人，和这丛芭蕉一样，开得不动声色，开得夺目，在一个不经意的午后，让一个路过的陌生人忘记回家的路途。廊檐下，一副木制的脸盆架让人莫名的伤感。木架上的彩色雕花还在，油漆的粉彩还在，镶嵌在中间的镜子破裂了一半，撑脚断了一截。曾在清晨梳洗的人，已然老去，曾在镜前额手相笑的人或已远去他乡。它成了时间的遗物，成了生活事件的遗忘证词。

南庐屋由清代乾隆癸卯年（1783 年）北关义士黄声远出资建造，全屋共建有房屋近百间。中间为四栋出水的大厅堂，分上中下三厅，中下二厅便可放四十桌八仙桌。如今，屋宇破败，但仍然有凛然的气质。

出了大院，弯过一畦菜地，豁然开朗，太阳西斜。环形的山峦如一个圆筒的铁皮箱。十里荷花映照了过来。映照过来的，还有一群女子，在荷花池边洗濯，观花，照相。婚车一辆一辆地停在路边，拍婚纱照。我第一次看见这么壮观的荷花。荷花架起灯笼苞，红灿灿的，有的完全撑开，不时飘落在水面上。向导说，清晨露水满株时，荷花更会开放，肆无忌惮。

石城是中国白莲之乡，种莲已有上千年的历史，唐宋时期，石城白莲是朝廷指定的朝贡品。《诗经》里把蓼誉为高洁。蓼在淤泥滩上远比芦苇长得旺盛，红茎，秋天开米白色的花，辣味刺鼻。我讨厌死了它。我对植物作为象征体或喻体，一直抱有警惕和怀疑的态度。荷花也是如此。霜降之后，荷叶凋敝，一片枯萎，弥眼都是生死的伤感和垂怜。藕和荸荠一样，都是淤泥里葱茏生长的植物。荸荠一块皮或一截兜落在淤泥里都会在来年春长出发达的根系，地下茎块饱满甘甜。藕也差不多，没掏出来的藕节埋在地里，也会长出撑开的小伞一般的荷叶。它们都是属于地地道道的"贱种"。青蛙在荷叶上跳来跳去，露珠圆滚滚，暴雨来时，噼噼啪啪打在荷叶上，是自然界从大地深处发出来的韵律。

之前，我并没有看见过连片的荷花，只是在池塘里或农田里，见过不多的一些。琴江镇大畲村如此蔚然壮观的荷花，我还是第一次见识。在山间盆地，整个村舍像一朵荷花盛开。天色暗了下来。夕阳像一个飞速转到的光轮，一直向山梁飞去。暮色垂降，荷叶上有莹莹的萤火虫在闪动。我竟然流连起来。每一个人的心中或许都有一个这样的地方，既不是故乡也不是异乡，任由漫散的人间气息，把自己安放下来，随意地生活，不徐不疾，无须牵挂也无须心怀抱负，既不是桃花源，也不是膜拜的圣地。大畲就是这样的地方。几个老妪和家翁，喝了几十年的茶，种了一辈子的莲，所有的人间疾苦都从她们脸上散去，呈给我们的，是时间的花纹，只有风吹过的痕迹。

在琴江边，荷花正开，暮色有绸缎般的质感。在这里，十里相送多好，在这里，十里执手多好。明天我将坐上北去的火车，去往遥远的他乡。

昨天傍晚，我收到安徽老同事江雪凤的短信："好多花开了。红白黄。让我想起种花的人。坡上落满了枫叶，美极了。初春栽下的茶花，你走了，无人浇水，死了一大半。愿你安好。"我起身眺了一眼窗外，芭茅花在摇曳，泛黄。哦，初秋已到了，不觉间，我已在福建生活了两个月。大畲村的荷花或许凋谢得差不多了。我没有那么美好的人生，喝茶，种荷，泛舟，采莲，听王昌龄的《采莲曲》：

吴姬越艳楚王妃，争弄莲舟水湿衣。
来时浦口花迎入，采罢江头月送归。

荷叶罗裙一色裁，芙蓉向脸两边开。
乱入池中看不见，闻歌始觉有人来。

甚至我不知道，他乡在哪儿，故乡又在哪儿。

沙子坝

沙子坝是恩施屯堡镇下面的自然村，在一个叫鸦雀水的高山上。

我坐的车子是一个小中巴，从恩施市出发，有七八个高中毕业生，戴着太阳帽，玩着手机，穿板鞋和运动衫。也有几个乡民，提着蛇纹带，背起竹编背篓。我是去沐抚镇的，车走了四十多分钟，上了一个海拔一千余米的弯道山坡，见山野满绿，人烟疏淡，我嚷嚷着下车。师傅说，沐抚还没到呢，还有十余里地。我说，我不去了，这个地方好，我想住上一夜。师傅四十来岁，笑了起来，露出满嘴烟黄的牙齿。

已经正午了。太阳像一朵金菊。我站在马路边一个岔道口，四周打量了一圈。山峦不再起伏，灰褐色的岩崖显得木讷、凝滞、沉稳。我找了一家餐馆，点了炖腊排骨、煎豆腐、莜麦菜、韭菜炒鸡蛋。外带的，我要了一碟酸荞头一碟山胡椒酱。我来恩施之前，并不知道有山胡椒酱。南方人，一般吃豆瓣酱、辣酱。从北京转道恩施的火车上，同车厢的恩施人对我说，离市区二十公里有一个土家族村落，叫枫香坡，有地道的土家菜吃。我住下宾馆，打车去了。枫香坡冷冷清清，只有几个妇人坐在院子里聊天，仰靠在竹椅子上，一副懒懒散散的样子。太阳早已下山，天空还有水一样的懵懵懂懂光色。我转了一圈，很是失望，房子全是水泥结构三层楼房，土家风情或建筑荡然无存。我找了一家餐馆吃饭，老板上灶，老板娘清扫院子。我说我坐在葡萄架下吃，有田园味。老板娘给我上了一碟酱。我吃了一点，我吃出蒜泥、姜汁、辣椒、陈皮、豆豉等味道，但还有一种食材吃不出是什么，辛辣，木香，爽脆。我问老板娘，这是什么，黑黑的，颗粒果状的东西。老板娘说，是山胡椒，酱叫山胡椒酱。吃完了饭，菜没吃一点，把一碟酱全吃了。我对老板娘说，我要买一罐山胡椒酱，带回家吃。老板娘说，酱不多了，舍不得卖。我说我跑了二十多公里，吃土家菜，都没正宗的，土家风情也没看到，能让我满意的，也只是这碟山胡酱了。老板娘说，制酱很辛苦，山胡椒要上山采摘。我说好东西需要分享，不能自己藏着。老板娘矮矮胖胖，说话有些娇嗔。她老公坐在我边上抽烟。我对老板说，多少钱一斤，你说说，哪有你这样当老板的，客人的合理需要你们也拒绝。老板看看他妇人，不说话。老板娘说，别人的山胡酱一斤要四十块，我的要八十块。我说，要半斤，按一百块算，免得你骂你老公面软。老板哧哧哧哧笑起来。鸦雀水路边餐馆的山胡椒酱，我吃不出枫香坡山那种香、辣、绵的味道，干涩、粗糙、滞舌。山胡椒是一种落叶灌木或小乔木，也叫牛荆条、油金楠、假死柴、臭枳柴、勾樟、假干柴、鸡米风、牛筋条、诈死枫、白叶枫、老来红。赣东北和闽北，常用山胡椒叶子，晒干，去腥，烧鱼、烧野猪肉、烧狗肉，放一把干叶子下去，腥味全无。

在鸦雀水的公路上，我来来回回走了几次。天气有些炎热，但不燥。山呈扇形，峰峦是熔岩，壁立峻峭，草木不生，峰顶是茂密的小灌木林。峰峦之下，是斜面的坡地，平缓而下，一直延伸至谷底的清江。斜坡地远远看去，像一张挂起来的牛皮。人烟散落在稀稀疏疏的树林里，和弯弯曲曲的公路边。坡地被村人垦出一垄垄的山耕地。麦子收割了，留下一片黄色的麦茬，鸟雀啾啾啾啾，飞来跳去，翅膀憋起来又张开。油菜地烧荒了，黑黑的，和石头砌起来的黄地埂，形成一块块色感强烈的图案。没烧的油菜杆堆在毛竹架上，开始霉变发黑，在阳光的暴晒下，啪啪作响。灰雀站在油菜杆上，啄食油菜壳，汽车开过它身边，它呼呼地飞走，汽车远去了，它在树梢上绕一个圈，又回来。在一棵苦楝树下，一个妇人拖一个小女孩，在等车。妇人三十来岁，扎马尾，戴太阳镜，穿牛仔裙，脸白，腿长。小孩嚼小米酥，六七岁，穿豌豆花的连衣裙，一边嚼一边玩跳房子游戏。车来了，是一辆小面包车，妇人招手，车子继续在弯道拐弯。车又来了，是一辆帕萨特，车子停下来，倒回去，倒到妇人身边。妇人抱着小孩上了车，呜呜，车子拐过另一棵苦楝树，消失了。整条公路没人，各屋舍也没人在屋子外面瞎站聊天，或干活。午后了，村子进入了短暂的酣睡。

　　离公路两块茶地远，有一家小旅社，四层。我看见旅社前，有几棵树，其中一棵遮天蔽日，树冠如瀑，我看不出是什么树，另有两棵是枣树。我去小旅社，一个四十多岁的妇人在厨房里清扫。我说，我看见这几棵树，我上你旅社了。妇人笑起来，脸像向日葵。她脸大，圆，有麻斑。我又说，这两棵枣树，一棵树龄在四十年以上，另一棵在三十五年以上。妇人又笑，说，一棵四十三年，一棵三十七年。妇人又说，饭还是热的，要吃饭吗，还是去看看房间呢？妇人声音粗哑，语速缓慢，低沉。我说，先看看树。走到大树下，我说，这是什么树呢？我没见过。妇人说，是楠木。我说，不是，楠木这么粗，起码两百年树龄，像是青冈栎树，叶肥厚，荚果壳状，树皮灰黑，有苔藓。妇人说，老爹种的，四十来年了。妇人又说，这棵矮小的树，是什么呢？我说，是厚朴。妇人说，我们叫笔帽树，开花时，花朵和笔帽一样。我说，树皮厚，褐色，不开裂，小枝粗壮，淡黄色或灰黄色，小枝有绢毛，顶芽大，狭卵状圆锥形，无毛，是厚朴的特征，厚朴是玉兰科落叶乔木，开花初始如笔帽，花盛如玉盏。妇人说，你干什么的，怎么认识这些树呢？我说我种树的，四十岁后，以种树为乐趣。

　　站在旅社四楼阳台，往坡下远眺，玉米地已经完全油绿，玉米秧苗有一米来高，叶子耷拉，风吹，摇曳生姿。茶地里，有三三两两的妇人在采摘茶叶，戴着竹编的斗笠，别一个扁篓。一垄垄的茶叶地，修剪平整，和妇人胸口一般高。在斜坡地的便道上，高高大大的是苦楝树。山梁包围着，扁圆形，在清江的出口奔泻之处，有一个豁口，像乌鸦的嘴巴。有几块山地，草烟稀稀淡淡，软绵绵，往山谷下面压去。烟绕着树林，绕着山坳，绕着一层层的菜地，给人恍惚感。这是有人在烧荒，把垦下来的草，芭茅，干枝，堆在一起烧。太阳给山地鎏金，汪洋肆意。清江在山谷里，咆哮。但我听不到，也看不到。我看到的只是岩崖和斜坡地。清江，古称夷水，是长江一级支流，因"水色清明十丈，人见其清澄"，故名清江。清江发源于恩施州齐岳山，在宜都陆城汇入长江，全长四百余公里，清江是土家、汉、苗三族混居地。屯堡是清江咽喉之地，是土家族主要居住地之一。清江卧在谷底，像一条蟒蛇，谁也发现不了。

　　在阳台晒衣服的时候，我听到了茶叶地里的歌声：

　　直尕思得咯，要得。

直尕思得咯咦哟，直尕思得咯咦哟。

直尕思得咯咦哟，直尕思得咯咦哟。

直尕直尕思得咯要得要得。

直尕思得直尕思得要得要得。

直尕直尕思得咯要得要得。

直尕思得直尕思得要得要得。

直尕思得直尕思得要得要得。

土家人的情歌，咋那么多呀。

今儿个不唱，明儿个就不快活。

唱的那个巴山，滋儿滋儿的，痒。

唱的，那个清江，也弯儿弯儿，乐。

……

　　我喉咙有些发痒。有一种草叶一样的东西，伸进了我喉咙，唏唏嗖嗖地刷着。歌声像一只缝叶莺，在茶地里盘旋着飞。采茶的妇人慢条斯理地摘茶叶，低着头，斗笠斜斜地下垂，遮住了她的脸。簇拥的茶叶，在地里，像一片静默的湖泊。

　　西南的高山，夜色来得晚。夕阳斜坠，仍有透亮的天光浇灌在山间。白白的，渗透着瓦蓝，仿佛刚刚泡开的绿茶。山峦明丽，灰褐色变成了浅灰，纵目而去的幽绿也浮起一层稀稀的流岚。一个老人赶着十几只羊下山。羊从山道上下来，推搡着，跌跌撞撞，却又悠闲自得，咩咩咩，在边沟里低低地轻唤。返城的车子在公路上嘟嘟嘟，驮着最后一缕夕光，晃眼间拐过了村舍。我坐在一个凉亭里，看着灰蓝的夜色一笔一笔地轻描淡写在斜坡地上。笔越来越遒劲，色彩越来越浓，逐渐凝固，直至几粒豆亮的星光挂在了枣树上。在一九八〇年，诗人西川在去青海湖途径小镇哈尔盖时，写下《在哈尔盖仰望星空》。我揣想，他当时看到的星空，和我看到的垂下眼睑的黄昏，有许多相似之处。天空像个敞开的屋顶，也像个漏斗，豆亮的星光也像峭壁上的灯盏。

凉亭里的一钵海棠花，开得无声无息。古老的时光也无声无息。村舍散落，窗户的光亮被渐浓的夜色包围。虫鸣嘀嘀嘀，叫了。露水苏醒。

老板娘在枣树下，借着暗光，在剥大蒜和葱兜。老板在给几钵盆景浇水，用碗从水桶里舀水，一钵浇四碗。栀子花在傍晚开了三朵，凋谢了两朵，还有两朵打起了花苞，留给明天开。我问老板，这个村叫什么呢？老板答：沙子坝。

水桶里的夜晚

灰褐色。赤褐色。黑褐色。这是我看到的岩崖，在黄昏降临时，像一块巨大的画板，悬挂在我眼前。几个凝重的色块，板结在画板里，有强烈的凹凸感。没有形成色块的地方，是悬出来的岩柱，覆盖着灌木，葱葱茏茏。岩崖从亘古的时光延绵而来，马群在奔驰，沿着清江，千里迢迢，到了屯堡，马群再也不走了，围成一堵海拔千余米的高墙，把一块高山盆地围得水泄不通。我坐在马者村一个农家小院里，四望而去，密匝匝的岩崖在大地上，耸立起了巨大的庙堂：青灰色的崖顶，斜斜的，像是屋顶，瓦垄连着瓦垄，一望无际，因岁月的苍老，屋顶有了厚厚的苔藓（茂密的树林，从千米高空俯视而下，和苔藓没差别）。瓦垄里，雨水披散，细流涓涓，纵身飞泻；峻峭的山岩堆叠起来的峰峦是墙壁，铜钟在早晨在傍晚敲响（太阳是一口巨大的悬钟），钟声回荡，从墙壁反射回来，有了长久的回声，重金属般清脆的鸣响。

从武汉特意跑到恩施看望我的徐鋆，在午间休息后，问我，回恩施市区去住吗？我说，不了，就住在马者。朋友说，有什么好玩的呢？就几户人家，山前山后全是岩石，没什么可看的。我说，看法不一样，全中国的城市都是一个样子的，有不一样的城市吗？城市有不一样的从前，有完全一样的现在，但从前都死了，而僻壤的乡村却不一样。到恩施，坐了几次的士，师傅都推介我去女儿国玩玩。我说女儿国是古寨子吗？有土家族传统工艺和传统文化吗？师傅呵呵笑笑，说，是人工造的，有文艺演出。我说我不看人工造的，想看原始的村寨。我问了很多人，都不知道原始土家族在哪儿保存着。我买了班车票，去大峡谷。从大峡谷又仄回来十几里路,到马者。我被马者周围的岩石山所吸引。朋友从恩施开车过来,看见全是岩石的峰峦,说,你想看什么呢?我说,你回去吧,我一个人看山峰上的夜晚是怎么样的。——我知道,高山上的夜晚和城市的夜晚是不一样的。在江西的怀玉山,在新疆的喀纳斯,在贵州沿河的乌江边,所看到的夜晚都不一样。二〇一四年寒冬,我住在沿河乌江宾馆,躺在沙发上,撩开窗帘,看着窗外的乌江。乌江像砚台里的浓稠墨汁,黑得发亮。月亮一漾一漾地在乌江里,像一叶掌灯的乌篷船,慢慢逆水而上。那种情境,会化入心灵深处,月亮会成为记忆中的一枚琥珀。怀玉山的满天星斗,伸手可触摸,星辉沁人心脾。喀纳斯夜晚的雨云,封冻起来像一层淤泥,给人压迫感和重量感。

我期盼马者的夜晚快些到来。

在山庄的客房里,我一直忙着写记事。房东大姐叫:"吃饭了,六点钟了。"我转头看看窗外,太阳还是高高地挂在一棵银杏树上。银杏树挺拔,树叶青蓝色,呼呼地蔓卷,太阳橘红色,光线柔和,一点也没针芒灼眼。我说,大姐,你们先吃吧。你们是指房东夫妇。房东夫妇分工明确,男的烧饭,女的打扫卫生。我到厨房,房东夫妇已经吃完了。菜是土家族家常菜,但我并没感觉到有什么特色。土家族人爱吃腊肉烟熏肉,爱吃酱,吃合渣,我也没看出有别一样的风情。若有特色的话,是又辣又咸。在恩施吃了几个餐馆的饭菜,味道都如出一辙,粗糙,不精细,但粗糙中有大山人的旷野,有大山人对食材的珍爱,是其他地方人所难以具备的。食材地道,原生态,和山里人一样，有本真，不忸怩作态。我吃好了饭，已经七点了，太阳还在银杏树上，只是影子斜斜地拉长，山间的公路像一根绳子，拉着影子走，树的影子便有了奔跑的形态。

我对房东说，山上有时差了，晚了一个小时。房东说，没时差没时差，是太阳不愿下山，下山了它有什么意思呢？太阳是最笨的东西，一辈子都用一样的步调走，看起来游手好闲，又看起来忙活得打盹没时间，人一辈子跟太阳一样活着，肯定是一具僵尸。我说，太阳是最仁慈的，下山了，我们睡觉；也是最残忍的，上山了，我们去地里干活，周而复始。我想起了西西弗斯，把石头推向山顶，石头滚下来，又推向山顶，又滚下来，周而复始。人的悲壮性，牺牲性，无意义性，不屈性，实际上，从太阳下山可以看出来。将沉的夕阳落得特别快，像一辆马车，看起来似乎跑得很疲惫，鞭子怎么抽，拉车的马都是踢踢马蹄，甩甩尾巴，扬扬鬃毛，再也不想走了，可是一眨眼，却又立马绝尘而去。夕阳西下，是谁都无法挽留的。"请求夕阳慢一些，再慢一些。"我们常读到这样的诗句，那是一种对消失事物的彻底绝望。

马者的夕阳确是落下会慢一些，它不是滚下去的，像一个略重于水的扁圆物体，在水面上，慢慢摇慢慢沉，边摇边沉，沉下去了，引不起些微的波纹。夕光也消失得慢，笼罩在山峦，晕黄的，雏鹅色，让山间洋溢着煦暖的色调，更远一些，流光溢彩。凉爽的风，在夕光不见的刹那，从树梢上跑下来，裹着脸颊，手臂，人一下子泡到了水里一般。风成了我们的皮肤，最薄的皮肤，和露珠薄薄的水片没两样。天空澄明，水蓝色出来，鸟叫声尤为孤单，像找不到家门的散失小孩。公路上，有了水濛濛的车灯光，在转来转去的山道上，一会儿亮一会儿暗。

夜晚来了，四周峭立的山岩肃穆，面目狰狞起来，黑魆魆，一碗茶的时间，模糊一片。清江是一条冷血动物，此时，它醒来了，饥饿了，在狭长的山谷里，窸窸窣窣，穿来穿去，长长的尾巴摇晃，甩打树木、岩石，甩打已经到来的暗夜。树木在它扭动爬行的身躯惊扰下，开始哗哗哗响起惊悚的颤抖声，卷起一阵阵风。风掠过斜坡地，四处涌动。玉米地，茶地，蔬菜地，像有很多小型脊椎动物在跑，跑得快，乱，又无处突围。院子的果树，像似来了很多乌鸦，受了惊吓的乌鸦，扑棱棱地抖动翅膀，树枝摇晃。清江给整个山谷，带来了躁动，和不安。它在吞噬周遭的一切，饕餮，埋于它巨大的腹中。——这是一个坐在院子里，独自喝茶的异乡人，在繁星没到来之前的错觉。事实上，山谷已经退去了白日躁动的波浪，大海（山谷是一个倾斜的大海）进入梦乡，鸟蜷缩在巢穴，土家人回到灯下，溽热的暑气溶进了露水里。鸣虫聒噪，咕唧唧咕唧唧，嘀唧唧嘀唧唧，小小的昆虫，有必要这样肆无忌惮吗？有点小情小调，有必要这样高调吗？或许它们是这样想的：活一夜，就好好叫上一夜，好好轻吟低唱，尽情地欢畅，比什么都来得重要。它们是不想明天是否活着的一群，是及时行乐的一群。一群现代主义者。一群烂醉如泥的摇滚乐手。

到了九点多钟，星星铺满了凝固的江河。纵横交错的江河，它们相互交叉，相互重叠，相互渗透，相互漫溢，成了一条河。星星挂在一棵巨大的树上，像一串串葡萄。葡萄里，是酸酸甜甜的汁液，把玛瑙一样的皮撕开，汁液飚射出来，透明又黏稠。我问房东，月亮什么时间出来。房东说，要到明天凌晨出来，月底了，月亮不轻易见人。我说，是不是要送彩礼，月亮才出来呀。房东呵呵笑了起来。山峦明亮了起来，星光像泡沫一样浮在岩石四周。看起来，山峦也是摇摇晃晃的，泡沫里的船一样。山峦密密匝匝，呈圆形，像一个夸张的水桶。我就坐在水桶里，被凉爽的水浸透全身。

站起来，把手伸长一些，如果不够，可以站在板凳上，我的手可以掬到天空里瓦蓝的水。掬一手心水，喝进嘴里，沁凉，微甜，有薄荷味。但不解渴，越喝越渴，又掬水。水里有宝蓝色的光，有倒影——浓缩的天空贴在唇上。

夜很深了。但我一直无法入睡，山鹰在啊啊啊啊啊嚎叫，星光也在啊啊啊啊啊嚎叫。岩石壁立的山峦却有了庙宇异样的安静，仿佛回荡着另一个银河。

江春入旧年

县城像个牛头，两个弯弯的牛角是主街道，一南一北，在街中心的红绿灯分岔。往南徒步半个小时，一条河堤一直通往下游十余公里的城市。河堤下，是一片洋槐和柳树茂密的河滩。过了河滩，江水冲刷出了一片滩涂，滩涂上全是桑树、池塘和河汊。河汊交织，在入水处汇集，形成长江的内支流。

在江边客居的几年，这是我唯一在傍晚或休息日去溜踏的地方。端午之后，雨季慢慢结束，红螯虾在河汊的草丛里，爬来爬去。尤其在傍晚时，它爬出水面，找透风的地方乘凉。我们几个人穿雨鞋戴着头灯，提铁桶，用火钳去挟红螯虾。挟一个来小时，一个铁桶装了一半。我们像是一群饿慌的人，回到住所，洗虾剥壳，用姜蒜和辣椒整锅煮。把一锅虾吃完，差不多下半夜了，睡意全无，又接着吹牛。红螯虾呈圆筒状，甲壳坚厚，前三队步足为螯状，其中第一对尤其强大坚厚。我们把没有剥的虾，扔到院子前面的一个池塘里。

滩涂多蛇。我怕蛇。我把裤脚卷进雨鞋里，在衣服上洒风油精，远远闻到我身上的樟脑油味。蛇多是一些乌梢蛇、花蛇，和水蛇，一堆牛屎一样堆在草丛边，或一根枯树杈一样搁在烂泥里，脚踩上去，嗞嗞嗞，我们一惊吓，蛇滑进了水里。滩涂也多青蛙和癞皮蛤蟆，鼓起气囊，哇哇哇地叫。盛产红螯虾时，要到桑葚熟了。桑树有几十年的老桑树，也有三两年的桑苗。当地人不吃桑葚。我们在清晨，用竹竿勾一个铁钩，去挂桑葚吃。桑是一种落叶乔木，在南方，在沙地或河边，桑树长得特别快，三五年，树即成行，桑叶喂蚕，吐丝结茧，谓之蚕丝。

桑是极富人文色彩的植物。麻是一种草本植物，在田间地角，不用种植，也疯长，刀砍镰割，十几天又长出半人高，叶子猪耳朵一样肥肥，粗糙，一副生活不愁吃喝的样子。麻秆可以提取纤维，织布。桑和麻结合，便成了古代乡村的日常生活缩影。晋代陶渊明《归园田居》诗言："相见无杂言，但道桑麻长。"唐孟浩然《过故人庄》云："开轩面场圃，把酒话桑麻。"喝两杯酒，干点农活，和朋友烛下夜谈，确是一种惬意。梓是落叶乔木，叶子长得晚落得早，到了三月末尾，它才长出一撮撮的叶子，稀稀拉拉，霜降来了，它的籽白白的，翻出枝头，一挂挂，沉甸甸地下坠，树叶发黄泛红，秋风吹吹，落了满地，被风卷着跑，秋雨一来，树全光了，像个年迈的祖父。梓籽可以榨油，油脂用以制作肥皂或洗涤粉。桑和梓结合，便是故乡，父母之邦。外出远游的人，回到家里，在后院必种桑和梓，以示对父母的敬重。榆树，在南方的河边，池塘边，茂密的树叶像个宽大的斗篷，春天开一串串雨伞一样的花，初秋翅果像扁豆荚。记得小时候，去河边游泳，用小刀把指头粗的榆树枝切成半截筷子长，枝杆挤压出来，把树皮削薄，放在嘴巴里当喇叭吹，嘟嘟嘟唔唔唔，直到腮帮鼓胀发麻。桑和榆，都是河边喜长的树，夕阳斜斜照下来，穿过树梢，晕晕黄黄，甚是美，黄昏已经来临。南方有种桑的传统，在一块田里，世世代代以桑养蚕为生。桑树长了十几年，乡人没办法采摘桑叶了，把桑树砍了再种，周而复始。世间如何变化，朝代如何更替，桑还在，田还在，只是养蚕的人换了一茬又一茬，人间的酸苦谁又能道尽呢？当然，在夜晚的桑林里，痴男怨女月下相约，无暇听鸣蝉，也无暇听江水，想着私奔的事，美好而忐忑。

《汉书·地理志下》曰："有桑间濮上之阻，男女亦亟聚会，声色生焉。"说的就是这个声色之事。

水果之中，我爱葡萄、香梨、桑葚。桑葚是不可储藏之物，极易腐烂，蚊蝇蛾蚁喜食。桑树花开得像个小棒槌，黄白色，毛毛虫的触须一样，花谢了，粉粒落满地面，小棒槌变成了青绿的桑葚。漫长的雨季来了，桑叶披挂着整个树身，桑葚泛红。雨季结束，桑葚转黑，灌满了浆水，甜甜的酸酸的。桑葚是踏着雨水脚步慢步走的浆果。小满见三鲜，黄瓜、芸薹、桑葚，都是好东西。我们戴一个草帽，提一个篮子，带一块纱巾，去桑地。滩涂是肥沃之地，泥巴地是阴湿的泥浆，杂草丛生，也多芦苇。桑地却平整，看起来也不荒芜，浓浓郁郁的桑树像是江堤的一道篱笆墙。晨光煦暖，桑叶甚是油亮。鸟雀从不同的方向飞来，啄食桑葚。这是鸟的盛宴。想想也是。鸟正是孵卵喂稚的时候，雏鸟每天要吃营养丰富的食物，食量大，一家多口，嗷嗷待哺。老桑树上，便有很多的鸟巢，雏鸟在巢里探出毛茸茸的小脑壳，喙黄黄的，张开，嘎嘎嘎，叫个不停。也有练飞的鸟，扑啦啦从树上落下来，撒着小翅膀，摇摆着身子，啄食地上的桑葚。

唧唧，唧唧。桑树林里，有了各种鸟叫声。很多鸟，我都不认识。我像到了另一个国度，熙熙攘攘，街上各色人等涌了出来，可惜我听不懂这个国度的语言，甚至察言观色也不会。桑葚熟，昆虫也多，蜘蛛、蜻蜓、螽斯、草蜢、豆娘、蝉、卷叶虫，触手可及。《诗经·国风·周南·螽斯》：

螽斯羽，诜诜兮。宜尔子孙，振振兮。

螽斯羽，薨薨兮。宜尔子孙。绳绳兮。

螽斯羽，揖揖兮。宜尔子孙，蛰蛰兮。

看样子，儿孙满堂，齐贤有焉，是处处可遇见的。桑葚在无意间，把我带到了一个自然的圣殿里。我常常觉得，一个无人踏足或鲜有人踏足的地方，一个被人遗忘的地方，往往是被一扇虚掩的门锁着了，推开门，我们会发现那是一个奇异的世界。（我想，对于一个艺术家而言，不仅仅要去思考这个世界，构思心中的世界，更要熟悉这个已然发生的世界，尤其是去熟悉被遗忘的世界，回到世界原始的出发地，那么他或她的血液里，会有一种源源不断的力量，地层里的熔岩一样喷发出来——因为他或她拥有自己的美神。）我们会对这个奇异的世界，充满好奇，惊讶，询问，凝思。我们是一个婴孩，即使我们已经年老。

河汊里，有很多泥螺和泥鳅。在休息日，我们也去摸螺，捉泥鳅。但把更多时间放在林中的小路上。我们在小路间穿来穿去。河滩上，柳树洋槐，还有零散的几棵榆树，绿得十分招摇。尤其是柳树，歪歪扭扭地长，柳枝垂下地面，摇摇摆摆，婀娜多姿。虞美人散开在斜坡上，嫣红，有寂寞的娇羞，像待字闺中的二八少女。瓜叶菊花色红白相间，给清寂的河滩增添了闹意。一些较为空旷的地方，牵牛花在盛开。河汊在阳光下，倒射出荡漾的水光，迷离，让人觉得时光悠远。

滩口有一个渡口，已经荒废多年了。系缆绳的木桩还在，埋在泥层里，木质开始腐烂，黑黑的木屑脱落。渡口向下深入水里的台阶，是石头砌的，大圆石，有光滑的平面，石头和石头之间的泥缝，长出了牛筋草。有很多个下午，我独自坐在这里，望着宽阔的江面。浑浊的江水，一浪又一浪地打来。很多年前，这里是一个繁忙的码头，摆渡人摇橹，头戴斗笠，来来回回地运送货物和客人。上游的大桥建好后，渡口成了水乡人记忆的遗迹。江水上涨，滔滔的水浪淹没了渡口，浪声轰隆轰隆，一直传到遥远的村舍。

江水不再上涨的时候，春天已远逝。桑葚熟，胡瓜黄，雏鸟飞。

我又去了另一个异乡。

夜声杏花落

晚间，和学云兄喝茶至夜深。临别，学云兄说，今晚有雷暴雨，早歇息。可现在雷暴雨还没来，我决意晚上不睡，靠在床上等雨来。

我已经很久没有听雨声了，虽然，开春至今，雨隔三岔五地来，绕着院子跑，像个不听话的孩子，趁大人不注意，溜出来玩滑滑车。我失神时间多，不是在打瞌睡，就是在对一块墙壁发呆，或者写字。雨没进入我耳朵，我耳朵是空的，滴漏的，或被其他东西塞满了。事实上，一个不专注于雨声的人，是一个内心荒凉的人，是一个灰尘埋了胸口的人。

抽了一支烟。斟满杯子里的水。活得没心没肺是一件很有意思的事，活得像一张草纸也是一件很有意思的事。年前至今，去了很多僻远之地。我琢磨着，过几天去哪儿漫游呢？我要出去了，要去很远的地方，一个人去，去很长的时间。再不出去，身上会长出蘑菇了。只有一个人到了很远的地方，很陌生的地方，这个人才会完全拥有自己——这是幸福的极致。

眼睑盖了下来，想瞌睡。我抽了一下自己的脸。脸从没被抽过，我也从没抽过别人的脸。我摸摸脸，算是安慰。差不多快一点半了，有一种鸟开始叫。我从没听过这样的叫声，嗙嗙嗙嗙哒哒哒哒，像是啄啄木头的声音。其实不是，是喙上下磕碰的响声——鸟一直处于飞行的状态——从窗外转到另一栋的方位，来来回回地飞。声音响亮，生脆，像鞋跟击打木头，快且节奏分明。我猜想，这是一只尾羽很长的鸟，如喜鹊乌鸦之类的。又猜想，这是一只很善良的鸟，不是那种猛禽，它的喙是来作打击乐的，不是吃肉的。继而猜想，它是只多情的鸟，深更半夜出来寻偶，给情人唱动人的歌谣，显然它的情人是个荡妇，到别的巢过夜了——叫声回荡了十几分钟，消失了，没有获得丝毫回应，它去别的地方继续。

过了十几分钟，又出现了一种鸟叫声：嘀嘀嘀，亲亲亲。有一种旋律，欢快，没有任何烦恼和伤感。又一个没心没肺的家伙。叫声很快得到回应：嘀嘀嘀，亲亲亲。在梧桐树上，蹦来蹦去，树叶沙沙沙。我打开窗，天是懵懵懂懂的蓝。水蓝，铺了淡淡的浅灰色。这样的天色，确是适合安慰不睡的人。——没有给我辜负感。院子里有一只宠物犬，在汪汪汪，低低地吠。该死的家伙，没心没肺，又不需要看守家门，低吠什么呢？吠了几声，没了。可能它嫉妒树上的鸟，这对深夜幽会的小情侣。也或许它向情侣喊冤：做宠物多可怜，发情了，脖子上还绑着绳子。鸟一直在欢叫，我听了一会儿，也不想听了，它叫得太甜腻，多像我年轻的时候，把一生的甜言蜜语说完了。

我站在窗前，喝水。有十余年不喝茶了，也不喝其他饮料，只喝凉开水。慢慢啜饮，水漾在唇际，舌苔伸入水，舔吮——清冽恬淡。水也需细细去品。很多人会品茗，却不会品水。我很清楚，一个去品水的人，生活永远不枯燥。

雷暴雨还没来。我也不急，我预备了一个长夜等。

雨声是一种让人惆怅的东西。相当于二胡。假如一个拉二胡的人，在雨声中，在南方小巷里，在一支油布伞下，拉《二泉映月》，没几个受得了的。我想起南宋词人蒋捷《虞美人•听雨》：少年听雨歌楼上，红烛昏罗帐。壮年听雨客舟中，江阔云低断雁叫西风。而今听雨僧庐下，鬓已星星也。悲欢离合总无情，一任阶前点滴到天明。第一次读这首词，年方十七。而今，我已中年。我默诵了两遍，一杯水已喝完。

蛙声从夜间十点多，呱呱，呱，呱呱，一直不懈地叫。青蛙不叫，可能会堵塞得发慌，像歌剧演员。蛙声是一种很单调的，带鼓噪味的声音。但很多蛙声和在一起，不一样，此起彼伏，有波浪感。泰戈尔说得多好，最简单的音符需要最艰苦的练习。最美妙的乐曲，也由最简单的音符完成。记得多年前，有一次听李君筠的哼唱曲《咏叹调》，反反复复，我竟然傻傻地听了通宵。今晚，蛙声溢满了整个院子，湖水一样慢慢涨上来。

和青蛙同样不舍得辜负长夜的，是促织。这种后肢像弹簧一样的昆虫，啃食树叶草叶树枝草茎，在草缝，在石块下，在水泥洞里，在树根底下，嘘，嘘，嘘，嘘。马蛉，当——当——当——当，昆虫界的丑角，长得像西瓜子。临时组成了一个乐队，促织和马蛉，在自然的舞台上，它们兴奋地举行了答谢会，答谢夏天将至，答谢天光朦胧，答谢微风正凉。它们时而高歌时而低吟，它们时而弹起琵琶时而轻敲铜锣，它们时而吹起欢快的口哨时而哼唱轻佻的夜曲。有的领唱，有的独唱，有的合唱。观众和它们热烈地载歌载舞。《诗经·唐风·蟋蟀》："蟋蟀在堂，岁聿其莫。今我不乐，日月其除。"好好快乐吧，时光永逝不复返。

麻雀唧唧，在我阳台的铝塑板探头探脑。我惊喜不已，窗户的空调洞里，有一个麻雀巢，它们是从那儿钻出来的。今年，陪伴身边的，只有麻雀了。麻雀叫，天也亮了。

天亮了，雷暴雨还没来。守了一个长夜，没听到雨声。

听了一夜的天籁。

窗前的杏花落了满地。

神性的相遇

岭南山脉像一座巨大而古老的神庙：川峦间狭长的山谷犹如花园里的九曲回廊，纵横的河汉是秘密的交叉小径，悠远的山脊看起来和院落的屋檐差不多，墙壁上悬挂着发出幽光的水彩画——葱绿的山坡，赭褐的红岩，鹅鸭成群的湖泊，林间的村舍掩映在细细雨中。南雄更像是这座神庙里的藏经阁，凌江河多了一份枯瘦的意味，帽子峰高耸，如肃穆的石塔。这是我第一次到南雄。在这两年里，我常常一个人坐很远的火车或汽车，去偏远的山村小镇，像一个游僧。我不知道自己为什么要去，一个县一个县地走，去恩施去苗族自治州去铜仁，去皖南去赣西北，去浙北去闽北。有时在一个陌生地，睡了一宿就走了，有时反反复复绕圈子看。甚至看见另一个县的班车经过，想也不想，登上去——我不知道去看什么，路有多远，或许是完全出于对陌生所带来的神秘和好奇……

到南雄两天了，看采茶戏，看妇人坐在门前剥白果，看三影塔在暮色风雨伫立。川峦是大海中泛起的泡沫。我坐在去乡间的大巴上，感觉像坐在一艘小帆船上，竖立的山尖是迎风的卷浪。这是粤北的乡间，和我常见的赣东北乡间没有什么差别，澄澈的小溪流，初秋田埂上绽开的雏菊，金黄得略显悲伤，似乎有些夸张，南北山岭驿道交汇的古村突然让人觉得时光赋予人虚无，埠头上妇人在洗菜，老人坐在老树下打瞌睡或看守奔跑的孩子——在异乡，许多眼热的东西会在某一个时刻涌现，令人走神，恍惚——事实上，这是我比较厌恶的，我们内心所珍藏的来自童年的东西，往往会把我们遮蔽起来，密封在一个黑暗的土罐之中。

大庾岭南麓是南雄，北麓是赣南，是珠江水系浈水与赣江水系章水的分水岭。南麓多银杏，是中国银杏之乡。据南雄人介绍，古银杏多达三五百年，且数目惊人，各山村都有古银杏。尤其是坪田镇，各村遍布古银杏，一群群，一片片，苍劲挺拔，树龄都有上千年，在秋天，像翻卷的金色海洋，幻若童话世界。帽子峰林场是银杏最多的地方，大多是20世纪50年代所栽。第三日，我们去了帽子峰。当然，我并不是说银杏树有多么吸引我，而是我愿意像一只鸟一样投向山野——也只有到了山野，我才是一个舒舒服服的人，才是一个彻彻底底的人。大庾岭南麓的余脉，如同一条飘忽如游的巨蟒，苍苍莽莽。弯弯扭扭的山间公路，掩映在灌木丛里。藤萝在山涧边盘桓。已经发黄的梓树，多了一份苍劲。野荔枝树细细长长，挺拔而起，枝丫上挂着干裂的紫墨色果实。淡绿的雨，一直在下。黏稠的，绵绵的，透亮的。山梁萦绕淡淡薄雾，如织如染。山垄渐渐收缩，山谷幽深狭长。山谷筑了一个水库，蓄储起来的涧水澄碧色，野鸟在浮游，几个钓鱼人蹲在裸露的岩石上，静静地看着水面。

车上有人说，这里真是一个世外桃源。也有人说，岭南已经很少有这么优美而又无人踏足的地方了。人和蝗虫无异，吃荒了一片，飞一片，再吃荒一片。再好的地方，都经不起人折腾。有一些人开始庆幸，在意风景的时候，来到了这里，哪怕是看一眼，喝一碗水，睡一个午觉，在一棵老树下站一会儿，都是美好幸福的事。其实不是这样的，或许他们没去过皖南，没去过大武陵，到了那些地方，我们会明白，人应该怎样去生活，用爱自然的方式去过一生。南雄多河流，河流分权，披流在这块古老肥沃的大地上。我在车上，听到了涧水潺潺之声。山脊逐渐高高隆起，牛的脊背一样拱出。竹林取代了灌木乔木，整片的山坡，油油绿绿，竹梢迎风而摇，形成一片凹陷在山林的大海。

帽子峰林场到了。在两个山窝形成一个犄角的河边。河只有十余米宽，沙滩也有十余米宽。沙子白白的，有粗粝细腻的金黄色，能感受到沙子带给脚摩挲的酥软感，和窸窸窣窣声。山窝里，全是银杏树。林场的工作用房沿河边、沿山边而建，一栋栋。更远的山巅，则是满目苍翠的竹子林。帽子峰林场是省级森林公园，保留了原始森林风貌，飞禽走兽不绝于林间，鸟语花香萦于山间。林场有近三千公顷，其中竹林有十几万亩，是主要林地之一。林场工人的主要工作，是保护森林和野生动物。竹是多年生禾本植物，叶为狭披针形，茎为木质，和松树、杉树、樟树、栎树、银杏、含笑等乔木一样，是一种分布非常广、对土质和气候适应性很强的植物。竹枝杆挺拔，迎风如少女，婀娜多姿，月下竹叶婆娑弄影疏斜，沙沙沙沙，叶声曼妙，如絮语如呢喃，四季青翠，斗霜凌雪，与梅、松并称"岁寒三友"，又因拔节中空，与梅、兰、菊并称为"四君子"，是画家挚爱。

时值初秋，风有了深山柴门苔藓绿的意蕴。冷雨初歇，白雾往山尖涌，羽化而去，溪河湍急了一些，在岩石下形成帘瀑，白白的，溅在水潭里，潜出腾腾的水花。这是一个适合隐居的地方。我去过很多适合隐居的地方。如秋浦河边。如桃花潭。如沅江上游。只是当下，已无隐居的人。竹林，我也看过很多，闽西的浦城九牧，赣东的铅山篁碧，赣西北的铜鼓，黔中的安顺，都有广阔茂密的竹林，山连着山，但都不像帽子峰的竹林能给我如此近的感觉。我莫名地，有围墙搭庐的奢望。西晋的嵇康所隐居的云台山百家岩，可能和这里差不多，沟壑纵横，山峦交错，浓荫蔽日，鸟鸣惊涧。嵇康三十九岁就死了，死前他弹了一曲《广陵散》。《世说新语·雅量》：嵇中散临刑东市，神气不变。索琴弹之。奏《广陵》。曲终曰："袁孝尼尝请学此散，吾靳固不与，《广陵散》于今绝矣！"三十九岁的人，却隐居了二十年，白衣素食，打铁，制香，养蚕，酿酒，弹琴，真是一个很有意思的人。一个纯粹的人。他写《琴赋》《酒赋》《蚕赋》《怀香赋》。也只有在竹林吸纳幽兰之气的人，才能写出高阔空澄的文字。竹子也确是一种很奇怪的植物，它给人的灵魂注入一种叫高蹈的东西，就像是清冽的酒。竹林之外叫俗世，竹林之内叫境庐。境庐里，栽菊花，听瀑泉，望残月，弹琴赋诗，也养鸡唤狗，种蒜插茱萸，采蘑菇。想想这些，人便醉了，也知道，仅仅是醉了，却没有资格去结庐了。

午后，秋雾散去，山峦像一朵朵从腐木上长出来的蘑菇。林场院子里银杏树有了更浓的秋韵，树叶微微发黄，是阳光过滤出来的黄，浅浅的，橘皮的颜色。溪河边的灌木林，漆树和梓树却完全发红了，妍妍的蔷薇红。山坡上的青冈栎树却郁郁葱葱，肥绿的叶子沉沉下坠，而含笑开始落叶了，焦黄的树叶像寄往没有地址的书信被退回。我看到整座山，和一块调色板差不多，各样的颜料堆在上面，任季节之手挥洒。我想起昨日去的大庾岭南麓古道，红梅树完全落了叶子，瘦瘦刚硬的枝干有几分遒劲，麻石的台阶一直在山坳上蜿蜒。古人在这条古道，南来北往地迁徙，远走他乡，有的在岭下安居，有的杳无音讯。西风古道，给人肃杀、颠沛流离的痛感，帽子峰却给人安闲静谧。——有的地方给人养愁郁，有的地方给人滋性灵。

很多时候就是这样，与一些人与一些美妙的地方会不期而遇，也会错肩而过。这样的不期而遇，我相信是神的安排，在某一个时间长度里，让枯涩的人生发生奇妙的变化，性随情动，境由心造。我们发现不了属于自己的风景，是神在觉得恰当的时候，安排我们和自己的风景在某一个瞬间相融。所以，每一次我独自走向山林或湖边，我都充满了宗教的神圣感。

丑合欢

一米之上有大瘤，鼓鼓的，像歪脸脖子上的瓢瘤；两米之上有黑黑的刀口，密密麻麻，刀痕叠着刀痕；三米之上，是两个大分叉，伸出粗壮的枝。整个树身斜歪，歪得扭曲，像个大麻花。冬天，树光着身，细细长长的杈枝停了许多乌春和鹧鸪，叶子一片也没有。积雪压在枝上，薄薄的，透明。我叫老辜："把这棵破树砍了，发煤锅用。"老辜是食堂管理员，有什么杂事，我都叫他。铲垃圾，捡石块，挖树洞，清水沟，淘粪池，老辜样样安排。他头发梳得溜光，油油的，嘻嘻嘻，站在我面前，说，这树好几年啦，疯长，树冠太大，把桂花全遮了，我砍了几次桠，砍不好，留了疤，把一棵树糟踏了。我说，那就留一春，明年春天树冠没盖起来，就砍了当柴火。

饭后没事，我会沿几条院子小道走走，到各个角落看看，看桂竹是否长笋了，蔷薇花艳不艳，葡萄藤爬上架子了没有，桃树昨天暴芽了，梨花开了两季。植物不像人，植物给人日日新鲜感，人给人陈旧感。一个人在另一个人的心中没有陈旧感，会是什么样的人呢？

惊蛰之后，地气往身上烘，太阳贴着屋顶转。雨水适时而至，哗哗哗，顺着草坡汩汩往低洼里淌。春天赶着闪电的马车来了，一鞭一鞭地抽，一路狂奔，在我的竹林里、果园里、松林里，停了下来，把踢着蹄儿的马拴在树下，再也不走。樱花炸开了，嘭嘭嘭，在寂静的夜里把人惊醒。伏在地上的草抬起了尖细的头，银杏耷拉翠黄翠绿的眼睑。那棵丑丑的树，枝条上抽出了针一样的叶。

叶有细毛，深绿浅黄，间杂着。毛茸茸的，使我觉得春天特别温顺，柔软。树下的酢浆草蔓延了一大片，淡白的花蕾羞涩地打瞌睡，惺惺忪忪，慵懒，怎么睡都解不了春困。谷雨到了，丑树上全是梳子一样的叶子，在风里轻摇，蜜蜂嗡嗡嗡。蜜蜂把树叶当作了秋千，吊在上面，晃着。叶子里长出一种水红灰白的花儿，像一只只蝴蝶停在上面。这么一群蝴蝶，有点迷乱人眼，雨水扑打下来，它们也不飞离。阳光是一只翅膀，雨水是另一只翅膀，在枝上停歇，卿卿耳语。风来了，蝴蝶上上下下翻飞，有的坠在花圃里，有的坠在水沟里，有的坠在别的树冠。风中的蝴蝶，是春天叮叮当当的耳环。

在春天，假如你问我悲伤是什么，我会沉默不语。我低下身子，把坠落的粉彩蝴蝶戴在你的发髻。

一天，从事绿化工作的老芮来我这儿，我打开窗户，指给他看，这棵开蝴蝶花的树，叫什么。老芮说，合欢。

合欢。合欢。我在窗前，念了一个早晨。

现在是冬天，大雪初融，万物凋敝。我把老芮请来，把丑合欢树从头到脚修剪了一遍。在另外几个较宽阔的角落里，我又种了几株。合欢是落叶乔木，作为植物，有花开就有叶落。花开叶落是四季，是时间的表现形式，是无须伤感的。每花开一次，我们渐将苍老一年，珍惜光阴更重一层。

多栽几株合欢吧。百年欢好，岁月静美。人世间，没有比这更好的祝福了。我知道，你喜欢的。

栽梅记

壬辰年小寒之日，大雪。我从宁波返回安庆，沿途积雪如月光堆满大地。雪花扑扇着天空，也扑扇我心房空空的旅途。假如有傲梅映雪，该是一件多么幸福的事。我要栽一棵梅树。

翌日，我徒步在周围几个村子里，一户一户地寻访梅树。在沿河、老庄两村，每一个院子细致地察看过去。雪后霁天，阳光斜斜地朗照，积雪的反光像一堆泡沫涌上这个略显偏僻和萧瑟的郊区。杏树、板栗树、合欢、栾树，它们光光的树干使冬天更为简练枯瘦，而桂花树、樟树、杉树，仍拥挤着墨绿的云团，把澄蓝的天空盘踞在干硬的枝头上。不远处的菜地，泛起一层灰白的光，纯洁、透明，似乎冷空气在清寂地燃烧。

傍晚，在老庄一农户家前院，见一棵蓝花碗粗的树，光秃秃的枝条缀着密密的黄色花苞，芳香四溢。这就是梅树，黄梅。户主姓方，是憨实老汉，阔脸，头发微白，手掌厚实宽大，穿一件干净的旧中山装。院子坐落在山冈的半山腰，俯瞰下去，冈下村舍安详宁静，素白一片。

我和方老汉交谈了半小时，老汉执意不卖，说树种了十二年，是野生黄腊梅，珍贵着呢。老汉说："前前后后来了几拨人，都出高价，有人还把钱塞进我口袋里，我都不舍得。一棵树在门口活久了，就成了家里的一分子，是日夜陪伴在身边的眷属。"我说，那些来买树的，是贩卖，挣钱，我不一样，种在显眼的地方，供大家品赏，把美好的事儿分享给来来往往的人，是积福，这么好的梅树，在你院子里，只有你一家人看，相当于聚餐时你一个人吃独食，不体面。老汉被我说笑了起来，表示同意。

请来绿化专业人员，我们端着铁镐、铲、锄，拆围墙、刨土，足足干了两个小时，把梅树挖起来。稻草把树兜包裹好，六个工人把树抬到我指定的栽种点。周围闲散的人，围过来，说，花还没开，香气却充盈。我叫来同事陈晚生，说，要种一棵梅树，拉一些肥土来，再提一袋油菜饼来。陈晚生对我说，梅树会成为我们的文化符号。负责栽树的专业人士老芮说，刚栽下去的树不适合施油菜饼，油菜饼发酵，会烧坏根系，树就难成活。我说，树要快点长，最好春天来了，长出圆盖一样的树冠。老芮裂开嘴巴说我，说，成活是首要的，成长是其次，古代不是有个成语叫拔苗助长嘛，你懂这个。我说，道理我都懂，我就想它快快长，开满花，大家在梅树下驻足欢悦。

老芮用锯子和剪刀，开始修理树干树枝。他把几支斜出的粗干锯了，把部分细枝剪除，细心地剪。剪完了，还从不同角度站站、看看，再剪。我真是心疼，说，锯这么多粗干，还剪枝，多可惜，好好的花苞全落了，让新枝长出来，还要等上一年。老芮是我朋友，知道我是个极爱花草鸟鱼的人，说，修枝就是把多余的部分剪掉，通体透风，整出树形，才更具审美意义，这和做人的道理一样。

填土，浇水，树栽好了，用三角支架固定了起来。梅树亭亭地立在草地上，树冠呈圆形，花苞欲坠。再过半个月，满树的黄梅花该盎然了。等梅花开了，我盼一场大雪到来。雪是一个发光的喻体，梅花是一个高洁的喻体，交相辉映。

爱人间，就种树吧！一棵树就是一种相思，相思春天，相思幸福，相思一场铭心的际遇。种树吧，这是我们在逗留过的人间最美好的纪念。

雨夜探桃花

"每一次看到桃花，都像第一次看它。"昨天傍晚，我把果园的栅栏门打开，见一圈圈粉红罩在枝上，对老辜说。其实也是自言自语。老辜初中毕业，不懂我说什么。他懂掏洞、种树、施肥。前五天来看过，桃树还是赤裸的，我摸摸青春痘一般大的小花蕾，埋怨天暖得太慢，让花蕾捱着时光，把一腔热血憋在里面，多无辜。去年春种了桃树，一个月后开了花，只是几朵，点缀而已，似乎是给种树人小安慰。年前，我买来几十麻袋的油菜饼，在每株树下埋肥，想来今年的桃花会特别旺，火烧云一样，在果园汪洋恣意。

果园种了六十株桃树、四十株梨树、五株枇杷、六株冬枣，桃树、冬枣、枇杷都是三年以上的苗，当年能开花。梨树则是小苗，细细长长的枝干，似乎风一吹，枝干就断。果园建在小山坳，两个坡体之间，我修建了两米宽的游步道、施肥池。我和老辜一株一株地察看，是否修了枝，是否有夭折。死了六株桃树、四株梨树、五株冬枣。我对老辜说，死了的桃树，去年都开了花。两年前，这里是一个荒芜的山冈，有一些闲人，开荒除草，种瓜种菜。

一节一节的桃花，我能听到阳光在它体内的声音——在经脉里漫游，传递寂寥的心跳，把隐秘的雨水带回高处。花还没完全撑出来，像一个女人，渴望爱又不知怎么去爱，把爱含在眼睛里，把火焰含在水里。桃叶一小片一小片，衔在枝节上，浅绿，敷着绒毛，小女孩头上的兔耳辫一样翘着。说实在的，我不太喜欢桃花，艳艳的，像焚烧起来的情欲。多旺盛的情欲，足可以把初春的空气点燃，几乎可以让人感觉到空气噼噼啪啪的震颤之声。去年种了桃树，我喜欢上了桃花倏然的样子，奔放，拥抱自由的焚烧。热烈多好，桃花不是开的，而是裂，把最绚烂的光阴，裂成花瓣的形态。

黄夜，风呼呼大作，滔滔之水灌进一般。风在咆哮。雨啪啪啪，焦急地击打玻璃窗。我翻身而起，看着暴雨倾泻。桃花还没完全旺起来，怎么受得了这样的暴雨呢？我撑一把雨伞，借着暗淡的路灯，去果园。雨线闪射着光，发亮，漆黑的亮，濛濛一片。桃树在风中惊慌地摇来摇去，像一艘小船在大海遭遇海浪。果园里，汇集了几十艘这样的小船，在漩涡里打转。雨打在桃花上，桃花颤抖一下身子。水从树身下滑，把天空多余的重量，带进大地。绽开的花瓣，坠下，斜斜的，被风刮走。刚刚泛青的杂草上，台阶上，矮墙上，躺着零乱的花瓣。死去的桃树，一副无动于衷的样子，以死亡拒绝了开花的伤痛。假如桃花知道，花开即遭雨打，或尚未全开即被风残，它会不会选择开呢？

不知是否有这样的植物，一生只开一次花。一生之中，人又会有几次花期？可能一次花期即穿越一生，也许一次花期仅仅一个晚上。春天的雨略带寒意，雨丝抽下来，嘶嘶嘶。桃花有的依然盎然，有的被雨打翻落地。之前，我臆想，花瓣落地会像一具尸体摔在地上，轰然作响，事实上却悄然无声，只是在枝头上削去了踪迹，在空气中晃了晃身子，甚至来不及喊一声痛，脱下鲜艳的舞衣，轻得连大地都没有觉察到飘落的颤动。

明年桃树会开出更簇拥的桃花。

那一年，我在江南走了一千里，不想再走了。遇见了你。

我们一起去看桃花。你说，是花，最终是落的。我说，花呈现的是模样，它不呈现的是灵魂。现在我一个人站在窗前，虩虩黑夜薄光飘忽。我想起一首颜梅玖写桃花的诗：

……
春天短暂，雨水就要来了
之后是道别，漫长的黑夜抱着影子
之后是……

倘若这里有一座寺庙该多好，那样，桃花的劫难就有了慈悲的意味。

鸟

形成了这样一种不为人知的习惯：在心神不安的时候，我把书房里的羽毛标本打开，逐一地观看，抚摸，一遍又一遍，我一下子安静下来。一支羽上有黑白黄三色的是戴胜鸟的翅羽，全支深绿色的是佛法僧的翅羽，全支彩锦艳丽的是锦雉的翅羽……我似乎听到了大雁南飞的嘎嘎嘎嘎之声，雕鸮在夜间掠过草丛的嗦嗦嗦，麻雀在屋檐下的巢穴里叽叽喳喳，空谷里的幽兰之气滑过白眉地鸫的翅膀，蓝翡翠在河边啄食鱼虾忽地飞过灌木林落在另一片滩涂里，秋沙鸭在信江带几只幼雏练飞，黄昏时分的窗外有夜莺回旋……大地向我拥抱过来，河流抱住我的腰身，草木葱茏，繁花似锦，天空鸣唱。

在武夷山南麓，我生活了一年半，只要得闲，我都会去山间四处乱走。有时穿荆棘草丛，有时沿山中小径毫无目的翻了一座又一座山——我想看更多的山峦溪流，更想看到更多的鸟儿。这个想法，源于一个猎人。一次傍晚，我见一个骑摩托车的人，背一杆猎枪，我叫住他，相熟起来。他姓张，四十来岁，摩托车挂了一只锦雉。锦雉也叫野鸡，常年生活在开阔林地带、田野、灌木林和草丛，善走不善飞，小群觅食，声调曼曼动听。我请他到我陋舍喝茶。他说他打猎十多年，也爱玩鸟。我一下子和他相熟起来。和他一起去他山区里的土房子。他有一间鸟房，挂了二十几只鸟笼，有果鸽、乌鸫、褐眉鸫、相思鸟，也有大白鹭、麦鸡、猫头鹰、水鹩、野驹，院子里还养了好几只红腹锦鸡。从猎人张那里带了各种羽毛回来，我制成了标本。我开始收集各种鸟的羽毛，翅羽、尾羽、腹羽、头羽。我进山去，在灌木林，在竹林，在草丛，在溪流边，在庄稼地，带上标本册，把捡拾到的羽毛分类夹进册页里。我买来很多有关鸟的书，配彩图的那种，睡觉前一页一页地翻看，辨认。

没有什么比这样的景象更让我惊喜的：在毫无心理准备时，三两只鸟从脚边的杂草丛里，扑棱棱地惊飞而起，越过枫树林，在山坳盘旋几圈，又落到另一片草地里；或者是，走着走着，高高的木荷枝丫，斜飞出几只黄眉鹟或银喉山雀，喳喳喳喳地叫，翅膀触碰到树叶时，树叶发出细细的沙沙声，银亮的，月光一样的沙沙声，让人沉迷。有一次，我去河滩散步，暮春的余晖有金粉的色泽，铺满了河面，岸边的樟树和洋槐上，栖了上百只白鹭，一团一团的白，雪堆一般，把枝头压得颤动。还有几只，在河里嬉戏，啄食虾螺。空落的河滩，春草茵茵，马兰开出小喇叭状的花朵，妍妍的。凤尾蕨细长的叶子上，一只蜻蜓飞飞停停，另一只蜻蜓追逐它，粘着它。白鹭伫立水中，静娴从容，像是误入人间的天使。白鹭呀呀呀呀，我也呀呀呀呀学叫。白鹭四飞，翅膀掠着水面，斜斜地飞，向下游飞去。它们是候鸟，越冬后，春暖花开了，产卵孵雏，夏季时，又回到北方。事实上，在晴和煦暖的天气，随意往山里走走，都会有很多收获。柳莺，黄胸鹀，苇莺，乌鸫，布谷，十分常见，更别说山雀了，有时还冷不丁地被空中一声尖叫惊起，原来是一只山鹰巡游。武夷山南麓，多高山，也多山中盆地，森林覆盖率高，竹林延绵几十里，原始森林空不见人，溪流交错蜿蜒，各类野生动植物十分丰富。武夷山北麓，是我故地。信江汇入之处，是国内最大淡水鄱阳湖，每年的入冬和初春之际，世界各地的爱鸟者，会来到这个候鸟天堂，支起帐篷，观鸟。我在一九九八年冬，去观过一次鸟。到漂里山，已是夕阳西下，千万只鸟，在云霞下飞翔振翅，遮天蔽日，鸣叫声随波浪此起彼伏，喧彻天宇。鸟语下的村庄，安详恬美。候鸟以鹭鸟居多，有小白鹭、中白鹭、大白鹭、夜鹭、池鹭、苍鹭、草鹭、牛背鹭、白屁鹭，还有黑鹳、白鹳、秃鹳，以及天鹅、大雁、鹈鹕。距鄱阳湖百里，还有一个观鸟天堂——婺源赋春鸳鸯湖——不过只有一种鸟，鸳鸯。

鸳指雄鸟，鸯指雌鸟，在山野湖泊，出双入对，终身只有一个伴侣。人们常用鸳鸯比喻男女情爱琴瑟和鸣。鸳嘴红色，脚橙黄色，羽色鲜艳而华丽，冠羽艳丽，眼后眉纹白色，翅上有一对栗黄色扇状直立羽，像一叶帆。鸯嘴黑色，脚橙黄色，头和上体灰褐色，眼周白色眉纹。唐代诗人崔钰在《和友人鸳鸯之什》说："翠鬣红衣舞夕晖，水禽情似此禽稀。暂分烟岛犹回首，只渡寒塘亦共飞。映雾乍迷珠殿瓦，逐梭齐上玉人机。采莲无限兰桡女，笑指中流羡尔归。"赋春也是我去得最多的乡村之一。十一月，鸳鸯一小群一小群不约而同地来了，在这个灌木芦苇茂密的山林水库，开始了越冬、孵卵、育雏。每一次来到赋春，我的心就会一下子震颤起来，多浪漫多有野趣的一个地方。在一个狭长山谷，层林尽染，溪水潺流。鸳鸯凫游，身子滑过水面，嘶嘶嘶嘶，和水声彼此交织，仿如天籁。沐浴在天籁里，人是赤裸的赤子——皈依自然，是对心灵的深度抵达。相爱中的男男女女，不远千里，来到鸳鸯湖畔，默默许下心愿：只得一人心，白首莫分离。

是翅膀，把鸟运送到天空，把种子运送到大地的每一个角落。

是翅膀，把鸣叫声搬运到高枝，把生命视作高远的飞翔。

整个大地都在翅膀之下，没有比翅膀更高的峰峦。天空的道路，是翅膀的道路。每年四月，蓑羽鹤在青藏高原、新疆北部、东北等地的草地沼泽地，开始繁殖后代，孵化期一个月，十月份，地表水干枯，水草枯黄，它们要飞越珠穆朗玛峰到印度越冬。蓑羽鹤是鹤类中体型最小者，通体蓝灰色，前颈黑色羽延长，悬垂于胸部，脚黑色。五万只中，有半数的蓑羽鹤是第一次飞越珠穆朗玛峰，有四分之一是最后一次飞越。它们依凭圆柱形上升的暖气流，缓缓飞升，飞升，它们号角一样的叫声响彻寰宇。它们呈 U 字散开，迎击风暴，躲避金雕，飞越地球最高峰。它们是唯一能飞越珠穆朗玛峰的鸟。它们的每一次迁徙，都是与死亡作勇猛的抗争。没有飞翔愿望的鸟，是死亡之鸟。

北极燕鸥是一生飞行距离最长的鸟。夏季来临，燕鸥在北极圈繁衍后代，冬季来临，沿岸的海水、沼泽结冰，燕鸥向南迁徙，飞越高山飞越海洋飞越丛林，来到南极洲，度过南半球的夏季。南半球夏季结束，它又北飞，回到北极。每年往返一次，行程四万千米。北极燕鸥是唯一生活在极昼世界的动物，终生追寻光明，一生飞行距离达一百五十万千米。也是迁徙距离最远的动物。

翅膀所达之处，也是生命所达之处。一百五十万千米，不知道翅膀要扇动多少次，每扇动一次，就是生命的一次狂欢。

翅膀最长的鸟是信天翁和康多兀鹫。海鸟中，信天翁翅膀最长，超过三米，它以海上漂浮的动物尸体为食。在十八世纪前，迷信的水手以为信天翁是葬身大海水手的亡魂，杀之必引来杀身之祸。英国诗人塞缪尔·泰勒·柯勒律治在名篇《古代水手的诗篇》讲述了这个传说：……终于飞来了一头信天翁／它穿过海上弥漫的云雾／仿佛它也是一个基督徒／我们以上帝的名义向它欢呼……陆地上翅膀最大的鸟是康多兀鹫，生活在偏僻的安第斯山脉高峰，翅膀达五米，也是飞行高度最高的鸟，达八千五百米，当地人称之神鸟，百鸟之王，也被智利尊之为国鸟。翅膀最短的鸟是蜂鸟，只有几厘米，也是唯一可以向后飞行的鸟，另外，它还可以向左或向右飞行，甚至可以停在空中，以每秒拍打十五至八十次的频率，创造鸟类翅膀扇动频率的吉尼斯世界纪录。

这个世界，假如没有翅膀，不知道会是一个什么样的世界。没有鸟，天空是死亡的，海洋是死亡的（鳍是鱼的翅膀），人是死亡的（梦想是人的翅膀）。没有草木苍莽，没有四季溢彩，有的是死灰一样的寂灭，空茫的世界，阴冷的时间。鸟是天空的音符。不能飞翔，宁愿选择死去，我见识过如此刚烈的鸟。刚去武夷山南麓生活的第一个秋天，我尝试去学习捕鸟。买来丝网，在山坡上用竹架支撑起来，早晨，中午，黄昏，我去坡上看看，网是否粘了鸟。能捕捉的鸟，一般是田鸫、黄喉鸫、果鸽、相思鸟、画眉、苇莺等。捕捉过两次黄喉鸫，放在鸟笼里饲养，第二天就死了。我不知道是饥饿还是缺水，抑或是寒冷，造成了黄喉鸫的死亡。鸟笼里有水，也有鸟食，不可能是寒冷，因为我采取了保暖措施。黄喉鸫放进笼子里，跳来跳去，显得惊恐不安，喊喊喊喊，狂叫不已。黄喉鹀喜欢生活在低山地带的林地边缘，小群活动，啄食草籽，体型比麻雀略大，冠部羽毛呈直立状，背部有褐色纵斑。第三次饲养，我在鸟笼前方安装了摄像头，以此探明黄喉鹀的死因——晚上十点多，两只黄喉鹀在笼子里，扑棱棱地张开翅膀，用头撞栅栏，一次，两次，三次，直到张不了翅膀，羽毛撒了一地，死了。雕鸮则是绝食而死。雕鸮蹲在鸟笼里，黄金色的眼球不停地转动，不吃不喝三天，恹恹而死。我把鸟笼和鸟网，一并烧了，再也不养鸟。豢养鸟，是一种非常残忍的行为，我不知道驯鸟人是怎么想的。二〇〇七年九月，在新疆布尔津去喀纳斯的路上，我见到了一只被驯化了的苍鹰。苍鹰站在一个老人的肩膀上，和来来往往的旅人合影。苍鹰浑身乌黑，翅膀张开有近两米长，眼神呆滞，但阴鸷的凶猛令人畏惧。旅人给它喂食，抚摸它，玩弄它，它就像一件奇异的玩具，它已不再是鹰，它的羽毛凌乱而肮脏。事实上，在新疆，在千里无垠的戈壁或荒漠里，当我们在旅途上蚂蚁一样翛然前行，突然，天空猛然有一阵尖叫，呜啊呜啊呜啊，长长的，犀利的，暴雨一样噼噼啪啪降下来，那是多么让人心醉神迷。苍鹰在盘旋，呈巨大的圆弧形，盘旋，下降，上升，再上升，再盘旋，翅膀驮着整个天空，翱翔。人是渺小的，荒丘是渺小的，天空也是渺小的。苍鹰俯视大地，而我们必须顶礼仰望，一如仰望星辰。

《圣经·创世纪》记载：水势渐消，方舟停在亚拉腊山上，挪亚先后放出一次乌鸦和三次鸽子，第二次鸽子叼回一片橄榄叶，第三次鸽子没有回来。挪亚六百零一岁，正月初一日，挪亚撤去方舟的盖观看，见地干了，二月十七日，挪亚离开方舟。为什么鸽子回来，而乌鸦不回来呢？因为乌鸦是食腐动物，洪水上涨，乌鸦可以落脚，吃各样动物尸首。而鸽子是洁净的鸟，不会被肮脏之物玷污。雅歌称赞爱主的人有一双鸽子般美丽的眼睛。鸽子的眼睛是什么样子的呢？是温柔的，表明它内心是透明的，单纯的；是清澈的，视线单一，才能望得远，才能不被世间暂时的杂物所吸引。乌鸦是贪婪的，再肮脏的动物尸体也吃，就如世俗中的我们，污秽败坏。《圣经·约伯记》说："鹰雀飞翔，展开翅膀一直向南，岂是藉你的智慧吗？大鹰上腾，在高处搭窝，岂是听你的吩咐吗？它住在山岩，以山峰和坚固之所为家，从那里窥看食物，眼睛远远观望。它的雏也咂血，被杀的人在哪里，它也在那里。"鹰飞行在高处，生活在峭壁万仞的岩石上——它是鸟类中体型最大者，有一双犀利的眼睛，能在几千米高空看清老鼠、兔子、蛇的奔跑滑行；也是力量的象征，甚至它能捕获小型的山羊和羚羊，也能截杀飞行中的其他鸟类。鹰在空中盘旋时，只张大翅膀，或只作轻缓扇动，或飘动滑翔；当需要下降时，它会收缩翅膀，迅速降落。它的飞翔仿佛是优美的舞蹈，自在又娴熟。《圣经·以赛亚书》说："但那等候耶和华的，必重新得力。他们比如鹰展翅上腾，他们奔跑却不困倦，行走却不疲乏。"

《圣经》中以鸽子、乌鸦、鹰，作为喻体，以此暗喻滚滚红尘中的三类人。

约翰·巴勒斯是我非常喜爱的一位作家，是个自然主义者。

一八三七年，他出生在纽约州卡茨基尔山区一个农场，山林中色彩美丽斑斓、歌声婉转的鸟儿使他自小迷恋自然。他也是个博物学家，著有《鸟与诗人》《清新的原野》《季节的迹象》《生命的呼吸》等。一九二一年三月二十九日，八十三岁的巴勒斯从加利福尼亚返回途中，在火车上逝世，给他终身伴侣留下最后一句话：我们离家有多远？他善于写鸟，各种鸟声写得惟妙惟肖，激情四溢，给人身临其境之感。他一生与自然相融，观鸟捕鱼打猎，住河畔木屋和山间石屋，在河边煮鱼烤山兔。我读他的《鸟与诗人》，选择在夜间宁静时分，躺在床上阅读，要不了半小时，我坐起来读，读到天色泛白。读他的书，最曼妙的时间是细雨曼曼的春夜，或者是大雁南飞的秋夜，雨声窸窸窣窣，清脆细密，或者雁声呱呱呱呱，一阵阵掠过窗外。我暗想，人若像鸟一样简简单单活着，是一件多么美好的事。《圣经》说：你们看那天上的飞鸟，也不种，也不收，也不积蓄在仓里，你们的天父尚且养活它。你们不比飞鸟贵重得多吗？

事实上，我们阅读的血液源头也是鸟。《诗经》开篇是《周南·关雎》："关关雎鸠，在河之洲。窈窕淑女，君子好逑。"据朱熹注解，雎鸠是一种"水鸟，一名王雎，状类凫鹥，今江淮间有之，生有定偶而不相乱，偶常并游而不相狎。"当然我现在也不知道雎鸠是一种什么鸟，我仍然固执地以为那是鸳鸯。在我十八岁读诗经时，便认定雎鸠是鸳鸯，鸳鸯并游如莲花并开。《诗经·击鼓》中说："死生契阔，与子成说。执子之手，与子偕老。于嗟阔兮，不我活兮。于嗟洵兮，不我信兮。"或许就是这样的境界，生有定偶而不相乱，是我们作为人子所向往的境界。有几种鸟都是一夫一妻制的，如蜡嘴雀、仙鹤、天鹅、金刚鹦鹉和牡丹鹦鹉、鹈鹕、犀鸟、鸳鸯、猫头鹰、大天鹅、红嘴相思鸟、冠鹤、大雁、杜鹃、喜鹊等。比翼鸟是一夫一妻制的，但只是传说中的鸟，一目一翼，雌雄并翼而飞，以喻示夫妻恩爱。《山海经·海外南经》："比翼鸟在（结匈国）其东，其为鸟青、赤，两鸟比翼。一曰在南山东。"在加拉帕戈斯群岛，有一种候鸟，叫信天翁，每年四月，从四千公里外，来到岛上繁衍后代。加岛信天翁有五十年的生命期，终生只有一个配偶。宋代无名氏所写《九张机》："……四张机，鸳鸯织就欲双飞。可怜未老头先白。春波碧草，晓寒深处，相对浴红衣。……八张机，鸳鸯织就又迟疑。只恐被人轻裁剪。分飞两处，一场离恨，何计再相随。……"一对鸳鸯被写得如此心碎，浮萍乱世，怎堪执手相看。

一代宗师朱耷，是明宁王后裔，十九岁那年，明亡，不久父亲去世，他便装聋作哑，改名雪个，潜居山野，剃发为僧，生活清贫，蓬头垢面。他善花鸟写意。六十岁时署名八大山人。他画的鸟，要么一只脚站在树上，要么站在岩石上，或翻白眼，或瞪眼睛；树不长叶子，树枝突兀，刚硬，阴寒。《双鹰图》《柘木立鹰图》《松鹤阁》《鸟石阁》均是如此。在南昌青云谱，建有八大山人纪念馆，内有朱耷墓。墓地简陋，用红砖修葺，青草茵茵，有四百年多年树龄的樟树和罗汉松、苦树，意蕴悠远。在四百年前，它们还是蓬勃展枝青春之树，朱耷在这里执掌道观，衣不蔽体，食不果腹。八大山人有一首题画诗说："墨点无多泪点多，山河仍是旧山河。横流乱世杈椰树，留得文林细揣摹。"一个王族后裔，一个贵族的没落之徒，一个目睹家国湮灭的潜野者，他所有的悲愤和孤傲，都寄喻在一只鸟的写意里。

我的故地在信江之北，饶北河上游，巴茅瑟瑟，灌木茂密。在低海拔的山林地区，有许多鸟栖息，抚育，生活。常见的是果鸽、燕子、竹鸡、乌鸫、麻雀、山雀、灰雀、田鸡、布谷、鹧鸪、斑鸠、杜鹃、夜莺、猫头鹰、老鹰、乌鸦、喜鹊、牛背鹭、锦雉、苇莺、树鹨、田鹨，在水库里，不同的季节，还会见到斑嘴鸭、花脸鸭、赤膀鸭、鱼鹰、翠鸟、雪雁。还有一些鸟，我们见识了，也认不出来。二〇一二年秋，一次，我妈妈打电话给我，说，村里有一个捕鸟人，捕捉了一只鸟，你快来看看是什么鸟。我赶了四百公里路，见到了它。村里没一个人认识，我也不认识。鸟的体型像鸽子，羽毛是一溜的浅黄色，没其他杂色，喙短无钩，奇异的是，身子比猫头鹰还大些，吃谷物，温驯。我妈妈花了三百块钱买来，我养了两天，把它放了。

灰雀爱吃蛆，常落在厕所瓦檐，翅膀黑白相间，冠绒羽一撮白，喊，喊，喊，叫声有些孤苦低怜。锦雉一般在山地菜园边的草丛里，咯咯咯，带着一群小雏。锦雉的长羽毛，在正月戏台上会出现。串堂班来到村里唱戏，二胡和月琴先是暖场，铙、钹、单皮鼓、锣鼓、唢呐，吭吭哐哐，撩拨人心发痒，武生出来了，头饰上插了两根艳丽的锦雉羽毛。在孩童时代，我以为世间最美的，就是锦雉羽毛了。最让人畏惧的是老鹰，在山崖上，在深夜时分，它的叫声像婴儿患病时发出凄厉的惨叫。每次听到，我都用被子蒙住头，仿佛它在我房间盘旋似的。当然，最常见的是暮春初夏时的燕子，四季的麻雀，秋季谷物熟透时的果鸽和布谷。燕子在房梁衔泥筑巢，麻雀在墙洞安家。布谷鸟在桃花汛过后，在山林里，一声高一声低地呼唤情侣，咯——咕，咯——咕，也彼此应和，咯——咕，咯——咕。在二十世纪九十年代，乌鸦、喜鹊、燕子，近乎灭绝，麻雀也鲜见。二十一世纪初，麻雀多起来，燕子又开始落户。但乌鸦喜鹊难觅踪迹。有一种乌鸪，不知道别的地方有没有。它生活在有滴水的岩洞里，以食虫卵蛾蚊蝇蚯蚓等为生。据说，医治妇科病特别有效，但很难捕捉它。我村里人很信这个。

这几年，城乡出现了吃鸟的恶劣之风。在我生活的城市里，有一家名曰百鸟朝凤的餐馆，用一个大铁锅架在桌上，锅里全是鸟肉。据店家说，锅里至少有二十几种鸟肉，麻雀、斑鸠、乌鸪、布谷、竹鸡、白鹭等，无不遭受筷子的扼杀。锅里全是大卸八块的鸟，菜油咕咕地冒泡，辣椒刺鼻。餐馆三层，是个农家院子，门口停满了车。厨房门口有一个大箩筐，里面堆满了各色鸟毛。我去过一次，再也不去了。去的时候，看见一个女孩子蹲在饭桌下，号啕大哭，说鸟再也飞不了啦。我很难想象，把那么多的鸟，一个个地拧死，拔毛，破膛，剁头，斩翅，断腿，放在油锅里煮的，会是一个什么样的人。其实，我们的家禽也是由鸟驯化而来。人类对鸟类的驯化，在四千多年前就有了。家鹅由鸿雁驯化而来，绿头鸭驯化成了家鸭，疣鼻栖鸭驯化为番鸭，斑嘴鸭驯化成了麻鸭，鸡则由雉鸡和原鸡驯化而来。大书法家王羲之喜欢观赏鹅的姿态，《晋书·王羲之传》记一事："（羲之）爱鹅，会稽有孤居姥养一鹅，善鸣。求市未能得，遂携亲友命驾就观。姥闻羲之将至，烹以待之，羲之叹惜弥日。"

我们筷子和刀叉的扼杀，以及对动植物领地的掠夺和污染，使得物种快速灭绝。全世界每天有七十五个物种灭绝，每一小时就有三个物种被贴上死亡标签。很多物种还没来得及被科学家描述和命名就已经从地球上消失了。据世界《红皮书》统计，二十世纪有一百一十个种和亚种的哺乳动物以及一百三十九种和亚种的鸟类在地球上消失了。目前，世界上已有五百九十三种鸟、四百多种兽、两百零九种两栖爬行动物和两万多种高等植物濒于灭绝。我们常见的斑鸠已消失了百分之九十六，因为栖息地的缩小，它们也将在十年内灭绝。

或许有那么一天，麻雀灭绝，燕子灭绝，鱼鹰灭绝，信天翁灭绝，大雁灭绝。所有的飞鸟灭绝。我们再也理解不了这样的诗句："落花人独立，微雨燕双飞。""月出惊山鸟，时鸣春涧中。""春眠不觉晓，处处闻啼鸟。""鸟宿池边树，僧敲月下门。""感时花溅泪，恨别鸟惊心。""白发悲花落，青云羡鸟飞。"

那时，地球回到寂灭状态。人也将灭绝。但愿这样的一天，永远不要到来。当然，我不是一个悲观主义者。我愿意是一个这样的人——一个布道自然的人。今年，我特意到故地建了一栋房子，种了石榴、桂花、柚子树、茶花。我很快会回到乡村生活，缓慢的闲散的。每一天，能听到鸟声，是美好的。

雨中小镇

南方的小镇。南方群山中的小镇，雨在长长地呼吸。芦苇在阒静地呼吸。莴苣在深深地呼吸。鱼在河湾的潭洼里，轻轻摇着尾巴，在沙面上溜达，在岩石下小憩，在游浮中瞌睡，它像个昨夜醉酒的人，突然顿悟，从蒙昧的混沌中醒来，决定做一个幽游的人，去松下问童子，去叩雨中柴扉，去看深山里的桃花。

来到镇里，是下午四点整。我入住迎海宾馆。镇，叫岭底，坐落在广丰东南部山区深腹。有河穿镇而过。我站在宾馆门口的矮墙上，看岭底河卧在一张灌木乔木装饰的峡谷上，两栋黑色屋顶的瓦房像两只猫，静静地窝在一蓬桂竹下。岭底河慵蜷在湿润的黄昏幕裙下，水做的皮肤游滑，泛着淡淡黑光，让人想起巨蟒，在饕餮之后，享受着孤独的美好时光。洼地上，蚕豆、豌豆在开花。蚕豆开黑蕊白花，一小撮一小撮的。豌豆则开粉白的细花，风轻吹，花瓣轻轻摇坠，也有开浅紫的花。洼地开得姹紫一片，使小镇有了寂然的惊心动魄之感。我是一个人来小镇的，同伴还在来的路上。二〇〇三年始，我来这个小镇，至少有十次。有时是开会，有时是结伴度假，有时是孤身一人。倒不是这里有多优美，也不是有什么美食，我不知道有什么东西在吸附我，每一次来，心里会有一种无可名状的东西漫上来。但在初夏时分来，还是第一次。事实上，我讨厌初夏，山野油绿，花蛾粉黛，像个情欲十足的寡妇。

下了山腰的宾馆，我沿河边走。在一堵庄稼地围墙上，有一种植物，藤蔓的，盘踞着。我摘了一截，问一个喂小孩吃晚餐的老年汉子："这是什么植物呢？"老汉说："叫金荞麦，花期还没到，开浅黄的花，和荞麦花一样。"走了十几米，我又问一个老妪："这叫什么植物呢？"老妪不假思索地说："叫猪血藤，藤跟猪血一样红。"一个汉子在锄地，低着头，我问他："这是什么植物呢？"汉子答："叫虎舌草，叶子像老虎的舌苔，软软的。"我不再问了。一种植物在同一个地方，遇见三个不同的人，竟然有不同的植物名。我给这种植物，取名哈姆雷特。在桥头，三棵二十余米高的洋槐长出了浓密青翠的新叶，枯萎的藤蔓缠在旧枝上，喜鹊的窝又多了一个。喜鹊窝有脸盆一般大，雏鸟唧唧地欢叫。斜坡下，春笋冒出来，灰褐色的笋衣紧裹，看上去，像一群穿雨衣的人站在黄昏的桥头。地衣植物趴在斜坡上，一蓬蓬的，开白色、紫色、粉黄的各色小花。长时间的雨季，土路被雨水冲刷得干干净净，地面的窟窿还汪汪地漾着水。青蛙躲在窟窿里，三角形的脑袋露出来。

入夜时分，我听到窗外窸窸窣窣，像窃窃私语。雨打着桂竹林，风翻动蔷薇。我翻身坐在床上，喝了一杯温水。天有稀薄的光，把浓浓的黑调得黏稠了。雨有细密的韵脚，像蜂走花叶。窗户轻轻地响，拍在框上。竹叶沙沙沙。竹林里有细小的风暴，风暴有弧形的脊背，浑圆地隆起来。雨一阵一阵，像一个脾气暴躁的人，憋了满腹怨气，走了几十里的路，找到一扇熟悉的门，他狠狠地击打门环。我推门而出，看不到这个人的面容，虚光不断地涂改着他的神色。光，淡白，浮起。鱼群在空中穿梭。

在回形走廊上，我坐在栏杆上，一直到天亮。廊下有一棵柚子树，开了满树的花。翠翠的白，花苞是筒帽形的，撑开的时候，花蕊伸出绒绒的触须。黏稠的花香，裹在树上，风怎么吹也不散。花香一团团的，紧紧地抱在一起，那么相亲相爱，仿佛简短的一生，只有紧紧拥抱，才不会轻易地凋落。雨谷粒一样，细密、匀均，有耸耸的尖角，撒下来。这座山间的客舍，有些破旧，院子里的蔷薇落了满地，墙上爬着青青的藤本植物，丝丝蔓蔓，卷曲。客舍中的旅人，有人在沉沉酣睡，有人失眠，有人怀着梦魇。

柚子树下，河水涨了，养蜂人走了，昨夜半更时分，雨水来了。

在一个南方小镇，水鸟已飞走。我被埋在小镇巨蟒般的腹中。雨水和我在相逢。但它也很快会走。在雨走之前，我将提前离去，因为这个四月，没有我要等的人，因为要等的人，永远都不会来。

听茶记

客人是浅滩里的鱼，要不了一会儿，退到深水里，不见了。在莲荷乡用完午饭，黑陶、马叙、耿立便相约好，去拜谒稼轩墓。夏午、林珊从早晨犹疑到晌午，才决定返城，不去铅山。

早晨去莲荷的路上，我便联系傅金发、丁智——他们都是三十年的好友了，只要去铅山，我都要给他们打电话。丁智拉起长长的铅山腔，软软地说，和金发在南昌，要逃夜边转来，赶到晚饭一起掐酒。逃是到，转是回，掐是吃，外地人听不懂。稼轩墓在铅山陈家寨，我二十三年前，和汪峰、夏贵生、刘建平、罗时平等诸兄，骑自行车去过。记得是初秋的上午，从永平铜矿出发，过了永平镇，往一个山中村子穿过，进入一片矮山林，稼轩墓在一个山冈的腰地上。墓地是简单的荒墓，长满了荒草。进山的路也是荒落的便道，自行车只能推。之后，又去了陈家寨，探访瓢泉。瓢泉的印象则完全模糊了。

在我二十出头的年龄，是常去铅山玩的，有时约上德兴的饶祖明，有时是熊国太兄，有时和赣州的圻子、三子，但大部分时间是一个人去，坐星期五下午最后一趟去永平或河口的车，找汪峰。我们骑一辆自行车，到各个乡村游玩，去葛仙山，去石塘古镇，去九狮山，去鹅湖山，饭是没着落的，走到哪饿到哪，饿了再找吃，玩到筋疲力尽，回到汪峰宿舍，四脚朝天躺一会儿，又瞎聊到天蒙蒙亮。有时，玩到连回来上班的时间都不记得——过了一个星期，才想起，要上班去了。二十年了，我已几乎没有踏足永平的深处，偶尔几次，也只是路过，凭记忆，我不可能找到稼轩墓。到了十一点，丁智突然来了电话，说，和金发到了贵溪，去铅山吃午饭。我说，还是饭后去吧。

到了河口，地下党员接头一样，我们在"北夷河韵茶楼"见面。我催促似的说，去永平吧。丁智说，喝一杯河红茶再走，还有那么长的下午呢。他的脸圆圆的，笑圆圆的，头圆圆的，手圆圆的。他看我的眼神也是圆圆的。张丽琴也在，泡茶。丁智和黑陶、马叙、耿立诸兄，一见如故——他们都是写字的人，字是黄泥，把他们像石头一样，砌在一个车子里，拉风般去稼轩墓。辛弃疾（1140年5月28日—1207年10月3日，字幼安，号稼轩）在宋淳熙八年（公元1181年）冬，42岁时，归居上饶，筑屋舍带湖，1196年，带湖庄园失火，移居铅山，在铅河边的五堡洲，筑园，瓜山下，结茅屋两间，引瓢泉煮茶，1207年秋，辛弃疾身染重病，卧床不起，农历九月初十，溘然离世，葬于瓜山后的阳原山，时年68岁。从永平的卢家村进去，山峦如帷，山冈如门，有石步道入山坳。稼轩墓在一片油茶林里。我们采野菊，作揖。耿立和黑陶背诵："郁孤台下清江水，中间多少行人泪。西北望长安，可怜无数山。青山遮不住，毕竟东流去。江晚正愁余，山深闻鹧鸪。"墓头开了一支蓝紫的迎春和一串淡色芫花，墓前摆了很多鲜花和水果。我站在墓前的台阶上，有些恍惚——汪峰似乎站在身边，胡楂长长的，戴一副眼镜，清瘦的脸有些刚硬，浑浑的，酒意深切。我没听到鹧鸪，看见麻色短尾雉在油茶树林，嬉戏，嗦嗦嗦地叫。油茶树的新叶，油油的，从水里捞出来一般。半弧形的山，看起来和纸扇差不多。我叨念了一句"可怜无数山"，心里有了很多的悲楚。

看石塘古镇，看古镇老房子，看弹棉花铺子，看铁匠铺，看挂面铺，看剃头铺，看一朵蔷薇在墙缝盛开，看妇人在埠头洗衣服，看时间从墙上剥落。又去稼轩乡的瓢泉。路上，山边，开满了金色的野菊花。我突然有些后悔，怎么没选择野菊盛开的时候，探访稼轩影迹呢。菊花有凭吊的寓意，太阳一样灿烂盛开，花期却短，一夜风雨，归于尘泥。这两天，在葛源，在新篁，在莲荷，都没看到连片的、簇拥的野菊，即使有，也是孤单单的一支或一丛，寂寞于山野。怎么瓜山下会有这么多的野菊呢。瓜山，一座延绵矮小的青山，沉默在铅河边。瓢泉前，忍冬花罩在一棵杉树上，一片莹莹的白。泉一直在流，零落的竹叶铺满了泉池。泉碑还在。茅舍没了，煮茶的炭火熄灭了，喝茶的人再也不会回来。夕光栖息在一个空空的鸟巢里。我们站在铅河边，眺望五堡洲，荒蛮的杂草和发青的芦苇遮蔽了浑浊的视线，汇拢的两条河流裸露出黄沙。带湖，我是常去的，只有湖。黄沙道，我也是常去的，还是八百年前的黄沙道，茅店的旧社还留了几块烂木板。鹅湖书院，我也是常去的，一半的屋舍堙没在时间的废弃站里。每次去鹅湖，我都会出现幻听，听见白马在鹅湖山下的尘道上，嗒嗒嗒地慢跑，听见身披战袍的人在啧啧地饮酒，听见侧房里肆无忌惮的鼾声，听见肥鹅嘎嘎嘎的叫。而五堡洲，我是第一次远眺，像远眺一座天边的高山。辛弃疾逝后六十年，弋阳人谢枋得（1226—1289，字君直，号叠山，别号依斋，南宋末年著名的爱国诗人）前来拜谒，手掬瓢泉而饮，渡河访五堡洲，入阳原山祭稼轩墓，忧愤写《祭辛稼轩先生墓记》，言："公精忠大义，不在张忠献、岳武穆下。一少年书生，不忘本朝，痛二圣之不归，闵八陵之不祀，哀中原子民之不行王化，结豪杰，志斩房馘，挈中原还君父，公之志谈判大矣。耿京孔死，公家比者无位，尤能擒张安国归之京师，有人心天理者闻此事莫不流涕。使公生于艺祖、太宗时，必旬日取宰相。入仕五十年，在朝不过老从官，在外不过江南一连帅。公没，西北忠义始绝望，大仇必不复，大耻必不雪，国势远在东晋下，五十年为宰相者皆不明君臣之大义，无责焉耳。"南宋亡，谢枋得每天穿着麻衣草鞋，面向东方痛哭，藉以悼念故国，不做元朝的顺民，以卜卦、织卖草鞋或教书为生，一二八八年冬天，大雪中至大都，后绝食五天，至死未降。也只有这样的人，才配写祭墓记。

夕阳被瓜山驮走。我们又到了分水关。分水关是武夷山南北的分界处，南为闽北为赣。天色慢慢迷离，在关隘，我们还探访了石庙，庙前有光绪年间石碑。石庙其实就是小石屋，在公路不通畅的时代，用以堆放途中死去的贩夫走卒尸骨。黑幔上来，丁智安排我们到一个弃用的隧道吃晚饭。隧道有六公里长，水泥浇筑。我走进去，一股阴气喷出来。桌上的人，个个打了鸡血似的，很是兴奋，菜也不知道下筷子，一杯一杯地喝酒。大家开始轮流唱歌。我说，我要说往年旧事。在多年前，也就是一九九一年冬，大雪，我去永平，找汪峰，十余人醉酒，在单身职工公寓里，想跳舞，没有音乐，我把汪峰的草席被子掀开，擂床板打节奏，个个东倒西歪地跳舞，程建平还滑倒了，人散去，汪峰呕吐哽咽抽泣而眠。夜半，披破旧大衣，开窗写诗，雪花潜进来，扑在他的白纸上，我站在他身边，看他写《梅》。诸兄嘘嘘地望着我。我多年后，写到这个永平铜矿主干道单身楼二栋三楼二室："窗户被红漆涂得发紫，有淤血的暗喻，玻璃上贴着旧报纸。窗台上摆着旧皮鞋，绑带的运动鞋。从窗户的缝隙里，可以看见两张架子床，左边的堆满了书籍和杂志，右边的被子凌乱，后窗下有一张书桌，堆着几本辞典，尼龙绳上晾晒着矿服、短裤、洗脸巾、内衣，有的还在滴水，有的还鲜亮着风干的泥浆。推开门，一不小心，会踢翻塑料桶，地上的搪瓷碗牙缸肥皂盒板刷，挤在一起，像一伙落难的兄弟。"汪峰之后补充回忆："在这间宿舍里，被风冻得有些僵硬的石灰墙上，还不时有几只"水墨蜻蜓"扇动翅膀（那时我画画，不放过任何空白处涂上墨汁）；当然床底下还会躺着黄帆布工作皮鞋，被矿浆包裹，在幽暗中不时闪着金色的光泽；再就是被掏空肠胃的空酒瓶迷乱地躺在墙角，空气略显得有些混浊和压抑——就在这样一间宿舍里，诗歌的火焰不时借着酒精的热度燃烧。"我站起来，对马叙诸兄说，没有一个地方可以和铅山一样，存放了我那么多在大地漫游的青春，没有一个夜晚，像在武夷山分水岭的隧道里，时光交织，让我感怀。我大声朗诵汪峰的《梅》。我们的歌声（尽管比较难听，却轻易地打动了我），在隧道里，像突然而至的洪水，在密闭的空间里汹涌，给我淹没感。也是多年前，在龙泉市的小平小酒馆里，我和马叙、黑陶、赵荔红、鲁晓敏、江晨、江子等诸兄聚在一起，我们也是喝酒唱歌，一个接一个。情境在反复，时光却在轮转。这些年，我去了那么多的地方，遇到了那么多的人，大部分的人，遇到了便在我心里死去，而一直活在心里的人，和我一起感怀悲戚。今夜，在高山之巅，在阴凉的隧道里，我所想到的人，都是我爱的人，都是我感受温暖给予温暖的人，体温会在某一瞬间融合，铁和铁一样铸造在一起。张丽琴唱《虞美人》："春花秋月何时了，往事知多少……"歌完了，不喝酒的王俊开怀畅饮。我朗诵自己的《脸》："多少年后，你已经不在人世，假如我还活着，我要去你生活过的院子里，探寻你停留的影迹，在树下，在摇椅上，在衣柜前，在书架边，我会久久伫立，感受你当年的气息……"

出了隧道，我们返城。下山。我对黑陶说，我其实不想来分水关，分水关是我一个黑暗的词，我忍不住悲伤，我的故人，是在这里走了，再也不回来。我说着说着，双肩控制不住地颤抖，眼球痉挛，号啕恸哭。我不是一个轻易表露感情的人，也不是一个在人前善言的人，我通常是人群中的旁观者，冷眼，浅浅笑。我怎么现在如溃败的大堤，江水澎湃呢？一车人在沉默。

到了河口，在墨趣轩安坐下来，写字。马叙、丁智、耿立、黑陶、丁智夫人孙氏，各为我写了"境庐"一副。间歇时，喝酒喝茶，酒是北武夷山人的药酒，茶是桐木关手工茶。盏是浅盏。马叙兄作画，坐在画桌前，像丘处机的大弟子。兄为我作了一副《听茶》：一个老人耷拉着自己的双肩，像环抱在胸前，宽大的长袍裹着瘦瘦的身子，面目虚无，身边一只猫做惊喜状，茶壶一大一小，像深山河道里的两块圆石，杯子一只也没有。这是一个孤独安静的人。另一个我。我拿着画，怔怔出神。——高耸的武夷山，绵绵几百里，我沿着铅河溯游，徒步，开阔的盆地呈葫芦形，走着走着，在一片丘陵地带，消失……我看到了消失的，却看不到呈现的。大地苍茫。铅河湍急。

信　江

……

我知信江北岸迢迢

北国红豆曾装满岁月的船舱

你知南国梦巷深深

曾闪过信江女子青春的倩影

江南江北都有一条陌路送春风

两岸船歌都摇过声声燕语

可摇乱的，只是江面上的片片帆影

……

——熊国太 《听燕语起自信江》

每次读兄长国太的 《听燕语起自信江》，都不禁潸然热泪，无论身在何地，我的眼前瞬间被一条江阔浪平、芦花瑟瑟的信江所遮蔽。信江是上饶的母亲河，全长三百一十三公里，源头在怀玉山山脉和武夷山北麓。怀玉山山脉水系称冰溪，武夷山北麓水系称丰溪，在上饶市汇合，始称信江，自东向西，流经玉山、广丰、上饶、铅山、横峰、弋阳、贵溪、鹰潭、余江、余干等县市，中途有饶北河、铅山河、湖坊河、葛溪、泸溪河、罗塘河、白塔河等主要支流汇入，浩浩汤汤，不舍昼夜，进入鄱阳湖。江水成了湖水，像一个人流入了人群，像一座山并入了山脉。信江的上游，灵溪入水处，荡一叶江舟摇橹而上，两岸灌木苍翠，山高水长，山梁逶迤，屋舍隐没，燕声朗朗。这是饶北河。我的故地在饶北河上游，灵山北麓，山峦巍峨。似乎记忆中的饶北河，在暮冬常有大雪覆盖，毛茸茸的大雪一夜之间织满纯银一般的锦缎。山中尤寒。雪常在黄昏时分降临，噼噼啪啪，粗粝的雪粒敲打着瓦楞、门前台阶、埠头的石板，也敲打倒伏的芭茅、光秃秃的梓树，和行人山崖一般的脊背。北风呼啸，呼——呼——呼，河边的洋槐怒吼。入夜，风停了，天空安静下来，雪扑哧扑哧，旋转着飘落。纷扬的大雪，像抛落的石粉，匀称地铺在田畴、山梁和屋顶上。每到入冬，村里会请小剧团来唱戏。小剧团是越剧团，是临近镇里的草台班子，但村里人特别喜爱。在祠堂的大厅里，搭一个舞台，老老少少男男女女坐在板凳上，嗑瓜子抽旱烟，听得动情处，嘤嘤低泣。尤其是妇女，手上抱一个小孩，背上还绑着一个小孩，用衣袖揩眼泪。表演的曲目一般有《梁山伯与祝英台》《西厢记》《红楼梦》等，也有《追鱼》《碧玉簪》《孔雀东南飞》《打金枝》等。请剧团，要一个月前定下，付一半的定金。一天两场，分下午场和夜场，唱半个月，但剧团只能唱二十来折戏，排不了半个月的戏，剩下的戏场由大家点戏，《梁山伯与祝英台》《西厢记》《红楼梦》《碧玉簪》又重复登场。我们做小孩的，听不来戏，在祠堂里跑来跑去胡闹，吃花生吃麻酥糖，扔雪团。

　　小剧团很少，有时被别的村请走了，就请串堂班。串堂班是地方社戏，是一种民间民俗音乐艺术形式，产生于北宋末年，流传于广信（今上饶）和饶州（今鄱阳、余干）乡村，口耳相传，以民间小调流传，到了明清，有了折子戏，主要剧种有赣剧、徽剧、京剧、采茶剧、越剧、黄梅剧等。演员是农民，平时种田垦荒，到了逢年过节或重大喜事约请，他们走村串户，相约堂前，少则五六人，多则十余人，吹吹打打，说说唱唱，穿戏服着戏靴，人人能吹拉弹唱，击鼓高歌，故曰打串堂。"串堂"的主要乐器，有锣、鼓、钹、箫、笛、板、唢呐、胡琴、三弦等。锣鼓打得飞沙走石，箫笛吹得波涛汹涌，胡琴拉得翻江倒海，好不热闹。表演的曲目一般有《满堂福》《观音送子》《龙凤配》《郭子仪上寿》《穆桂英挂帅》《玉堂春》《八仙飘海》等。上饶一带，最负盛名的是清水乡左溪村"青峰堂"，创立于明末清初。清光绪年间，它第八代传人张尚麟纳广信各派"串堂"名师之长，技艺精绝，声名广播赣东北，二十世纪八十年代，第十二代传人张宗权、张宗诚兄弟俩，广收徒弟，亲授技艺，更是闻名遐迩。清水和郑坊一山相隔，自然是请清峰堂来唱了。

年少时，读白居易的《忆江南》："江南好，风景旧曾谙。日出江花红胜火，春来江水绿如蓝。能不忆江南？"读不出它的美妙，觉得春江水蓝，红花绿柳，有什么精妙呢？我客居他乡之后，返回故地，看见藕花深处，鸥鹭惊飞，天蓝云白，才知道江南的风涤荡风尘仆仆的脸，如细雨，如月光，如悠扬的采茶曲。信江多妩媚，山梁如黛，峰峦如眉，湖泊如瞳。山水多情，有了款款软软温温婉婉绵绵转转的吴腔越语，于是有了打串堂、婺源徽剧、弋阳腔等地方戏曲。

弋阳地处信江中游，是吴方言与赣方言的交接地带，宋元南戏流传至弋阳，与当地方言、民间音乐结合，吸收北曲演变，至迟在元代后期已经出现弋阳腔，通称高腔，明、清两代，弋阳腔在南北各地繁衍发展。元明时期，战乱不断，弋阳人口外迁，向北进入安徽江苏，向东进入浙江，向南进入云贵，向西进入湖广，也把弋阳腔带向全国，与当地唱腔融合，形成新的地方戏。入安徽有了徽戏，入江苏有了昆曲。弋阳腔的表现形式有徒歌、帮腔和滚调，主要曲目有《破镜记》《白蛇传》《袁文正还魂记》《薛仁贵白袍记》《目连救母劝善戏文》等。

继汤显祖之后，在清乾隆时期，出现了另一位伟大的戏曲家蒋士铨（1725—1784），是铅山县永平人，字心余，号藏园，以诗盛名，与袁枚、赵翼并称乾隆"三大家"，却以戏曲扬名后世，流传千古，著有《红雪楼九种曲》，有书坊渔古堂别为翻刻，称《藏园九种曲》，分《空谷香》《香祖楼》《冬青树》《临川梦》《一片石》《桂林霜》《第二碑》《雪中人》《四弦秋》九种。永平和石塘、河口、洋口世称上饶四大古镇，也是信江流域的千年古镇，任岁月流徙，人事变迁，始终不变的是山川风流人间俊美。

永平和石塘，是铅河哺育的山中小镇，自古繁华十里。永平自唐宋有官方采铜矿场，石塘产连史纸。连史纸薄而匀称，洁白如羊脂玉，着墨即晕，入纸三分，防虫耐热，永不变色，千年不腐，是最珍贵的纸，堪称纸中丝绸。连史纸的原料是还没长叶子的嫩竹，晒干，以石灰水发酵，浸三个月，再晒干，用清水泡，去除杂质，晒干，舂细，在池子里拌匀，用网过滤泥浆，加入凝固液，形成纸浆，用竹丝编织的抄纸帘，把纸浆抄起来，荡匀，成膜，干了就是一张纸。当然，风情万种的是河口，与永平、石塘，均隶属于铅山县。河口，因处于信江河码头而得名，临信江而筑。我去过很多次河口。很多次是指超过二十次以上的意思。但如今已有五年没去了。河口是铅山的县城，以出美女盛名。当地有传说，说乾隆下江南，船行至河口，船走不了，把随行的妃嫔、宫女安置当地，留下了美女基因。事实上，乾隆并没来过上饶，历史上也没帝王来过上饶。但河口确是美女遍地，这是谁也不否认的。

　　每次去河口，我都会去明清一条街走走。这是一条古街，明清时期的，建筑还保留着原始的风貌。石板街，古城墙，条石码头，木板房，深巷子；中药店，木器店，打铁店，棉花店，菜油店。石板街有两条深深的车辙，我仿佛看见货船下来的茶叶、盐、布匹、松香、瓷器，堆在两轮货车上，被一个个货夫拉着，南来北往，熙熙攘攘。街有两华里长，两边是木板房，深深地逼仄进去，上下两层，窗口临江而开，房子和房子之间有埠头深入下去，直达信江。民国以前，这条街是赣东北最繁华的商业街，货物交易，江南江北，船号不绝于耳，贩夫走卒不绝于市。酒肆临河的窗口，有曼妙的女子在唱歌，挥舞手帕。城门下，是麻石铺就的码头。船舶停靠下来，操各种口音的汉子搬运着货物，有茶叶，有盐巴，有中草药，有布匹绸缎，有牲畜，有瓷器，有各地的土特产。也有花船畅游江上，临江歌咏，跳舞，斗酒，行酒令。累了的，脏了的，赶不了路的，住了下来，喝花酒，抱着美人，酣畅忘归。河口，是长江进入鄱阳湖，逆信江而上，水路的最后一个码头。长江中上游省份的人，入闽浙，河口是必经之地，商贾云集。走在古街上，仍能依稀听到江面飘来的歌声与咚咚哒哒的脚步声、行酒吆喝声、车轮嗒嗒嗒之声、清晨啪啪捣衣声、船行江面响响响声、深夜更夫当当当的敲更声、歌楼上甜腻腻的耳语声、嘿呦呦的江号声，仍能呼吸到空气里炽热往昔的气味。一九九七年初夏，我去河口，好友傅金发邀约诗人汪峰、书法家丁智、小说家傅之潮等诸友，坐乌篷船游信江。信江碧波滔滔，九狮山蹲坐在对岸，打鱼人站在竹筏上，唱起悠扬的渔歌：

> 我打哥子句句真，家道贫穷有几分。
> 别样生意无本做，我靠打鱼去营生。

又唱：

> 唱个山歌哩我牵头，我是湖边钓鱼钩，
> 十斤个鲤鱼能钓起，半斤个鳊鲅不上钩；
> 细细鲫鱼细细鳞，细细菩萨降大神，
> 细细鼓哩乒乓响，细细秤砣哩压千斤。

江水在船底下嘶嘶嘶嘶地响，晚霞辉映江水，和峰峦的倒影互相映衬。我坐在船舱里，痴痴地听呆了。这就是天籁，不经意间随江水涌入心间。晚饭在船上吃，都是江边人家的特色菜。汪峰诸友喝着酒，我靠着舷窗，月色如银，当当当地倾入江心，随波荡漾。浮桥上，三三两两的人坐在上面，嬉戏着水，唱着歌。热恋中的人，拥抱着，默默地坐，默默地聆听江水咕咕咕咕之声。那时，我多年轻，满头葱郁的黑发，即使江风凛冽也吹不痛饱满的脸，临江赋诗，约会美人，把酒泼向江心，对月而歌。

多年后，我写过一首《信江》，以作纪念：

正浓的夕阳被归雁运往天边
白帆一片两片，在河湾回漩处消隐
柳色青青，那是远游者遗落的临别赠言
在水面浮现：江南好，风景旧曾谙

弧形的向晚，水车咿呀转动，不疾不徐
你见识过这古老的座钟，摆动……摆动
寂寂流水是另一种喧哗，我们将不知所终
淡淡水雾，依稀可见上游的水转眼翻到下游

南岸丘陵堆叠，赭色的岩石丛生阔叶灌木
北岸高山延绵，山寺的桃花还沾着去年的灰尘
今夜，我们就在乌篷船里手语，赊一盏月
悬于桅樯，不在意归途何处不在意水穷何时

信江，可知四月迢迢，故园渺渺
水上的足迹，谁可曾见识？陌路的春风吹遍
澄碧的河面照见芦苇屋舍……鸥燕
浪打的泡沫里，分不清碎小的是人影还是苍穹

如今，已逝二十年矣。汪峰已两鬓霜白，我久不饮马信

江。

　　河口上游四十余华里，便是上饶市。这是我生活的城市。一九八六年，我背一个木箱，来到毗邻的县城读书。一九九一年正月，在县城工作，那时我二十一岁，住在一个小招待所，和徐勇睡一个房间，拜渭波诗人为师，学习写作。我们都还是单身，渭波老师处于热恋之中，每天在食堂用过晚餐之后，和发贵兄一起，去信江河畔散步。政府大院后面有一块稻田，稻田却不耕种，种了许许多多的菜蔬，荒废了的，则养了鱼。我们穿过菜垄，过一条窄窄的水泥桥，到了江畔。那是原始初生的江畔，还没被破坏或绿化，看上去有荒凉感。草滩是牛皮草，密密匝匝却平整，牛背鹭和鹳鸟在黑黑的泥浆田里啄食。我们沿江堤来来回回地散步，青色的菜蔬散发一股涩涩的青味，和江面吹来的恬淡的风，交融在一起，使我们的内心也像青草一样葱郁起来。薄暮时分，江水总是白花花的，湍湍茫茫。记得有一年大雪初霁，（是一九九五年还是一九九六年？）诗人萧穷来访，在徐勇家，和汪峰、碧坤、发贵、渭波、克忠喝酒，汪峰、萧穷、发贵、碧坤各自喝了一瓶多，但并无人醉。我们穿过廖家树林，去信江河边玩。阳光暖暖的，晃眼，白灿灿，像一块刚刚从火炉里抽出来的银锭。汪峰朗诵他的长诗《在上饶县城和朋友交谈春天》，他打着酒嗝，有点哩哩啰啰的结巴。朗诵了一半，倒在雪地里酣睡了。萧穷则把手表脱下来，扔到信江河里，还脱下衣服，要跳到信江里洗澡。那是多么酣畅淋漓的下午，满世界的银亮，白白的一片，积雪尚未融化，枯涩的草尖还露在雪绒外面，信江沉寂，江水推搡着江水暗暗远行。之后，好像我们再也没有过如此美好的邀约相聚，汪峰的话说，是一夜之间，大风把兄弟们吹散。孔子站在川上，面对浩浩长江，说：逝者如斯夫。面对信江，尘世中的我们又能说些什么呢？时间是逆向流逝的，江水永不逆流。一并流逝的，是我们毫不察觉的青春，以及即将完结的人生。而信江却依旧。张若虚在《春江花月夜》写道：……江天一色无纤尘，皎皎空中孤月轮。江畔何人初见月，江月何年初照人？人生代代无穷已，江月年年望相似。不知江月待何人，但见长江送流水。……我们穷其一生，事实上什么都没看见，也没被江月照见。我们是人群中可以被忽略的盲点。我们只是听到了信江朗朗的波声，叮叮咚咚。能听到波声，也是美好的。当然，这样说似乎有些悲凉——人的一生那么短，谁又不悲凉呢？在今日冬夜，我读到好友林莉的《献给汨罗的七行》：

爱是如此脆弱，它停在我奔向你的途中了
从赣鄱到潇湘，从信江到汨罗，从我到你
不是简单的故乡到故乡，江流到江流，名字到名字
而究竟是什么让命运的底牌那么轻易地显现
爱是如此脆弱，它只能停在我奔向你的途中
汨罗，我携带了满满一筐火焰而去
如今它又被我背回来，夜夜焚烧我的心

汨罗是中国诗人墨水的上游，信江有我们出发的码头，也是晚归的安歇地。或许再也不归来。不归来的人，是走失了的

人，是渺无音讯的人，是下落不明的人，是头枕江涛醉卧江野的人，是双手抚摸天边的人。

上饶市是赣东北地区最重要的城市，是江西的东大门，信江穿城而过，像一条腰带。它是一条自东向西的河流。东面是怀玉山山脉，南面是武夷山山脉，西北则是丘陵地带，所以赣东北的河流与浙西、闽西北的河流不会交汇也不相通。金庸大侠没来过赣东北，但对上饶的地理板块非常熟悉。在《碧血剑》中，他写袁承志下山，落脚的第一个码头便是上饶。从上饶去衢州，没了水路，中途要换马匹。他写到码头的繁华，车喧马龙。确是，赣东北是一个地肥水美的粮仓，在农业时代，它的富足令人垂涎，也因此在冷兵器时代，上饶是一个战略必争之地。它的富足得益于广袤的土地，和两条丰沛的河流：一条是信江，另一条是昌江。昌江把景德镇的瓷器运往世界各地，信江哺育了三百多公里长的大地，织网般的河汊覆盖了每一个村社。即使是在二十世纪三年自然灾害时期，上饶仍有剩余的大批粮食调往上海。现在，上饶已经没有码头了，我在二十岁前见过码头依稀的模样。码头叫渡口，用长条麻石修建向下的台阶，有一个扩大的平台，有浮桥通到对岸的汪家园。浮桥是木船以铁链拴起来的，人走上去，晃悠悠的摇动，铁链当当当地响个不停。大人小孩坐在浮桥上玩水，跳到信江游泳。在二十世纪八十年代，浮桥是最热闹的地方，白天，妇人在洗菜洗衣，男人赤膊玩耍，晚上，钓鱼的人坐在桥面上，抛钩拉线，年轻人则手挽手踱步恋爱。

在那个年代，每一个人的恋爱史都是与信江有关的。每一个人的心里都有一条血液一样涌动的河流。我原来住县城时，一个姓潘的同事，他说他谈恋爱就是每天傍晚在信江河边散步三十华里。信江给了恋人无法割舍的依恋，是他们一生恬美的秘密。

我不知道，是否有人徒步走完信江流域。在一九九八年，上饶师范学院人文教授汲军、程继红对我有过提议，从信江源头三清山到信江入湖口鄱阳，全程三百多公里，进行一次徒步考察，终因我们是世俗中人，没有成行，但这个念头扎根了下来。鄱阳湖，我去过多次，去余干去鄱阳去万年，都游过鄱阳湖。作为中国最大的淡水湖、最大的湿地、最大的候鸟天堂，鄱阳湖壮观之美自是无须多言。在一九九五年端午时节，我在鄱阳湖上工作了半个月，至今难忘。一九九五年初夏，南方普降暴雨，洪灾泛滥。我随当时的上饶地委主要领导去鄱阳、余干、万年抗洪救灾。从余干入湖，沿途乡镇一个个勘察洪灾。差不多每天早上上船，晚上十点多才下船，吃饭在船上，住在宾馆。船是客船，有餐厅和休息室。每餐的菜只有鱼和青菜。鱼是鄱阳湖的鱼，各色各样，半个月下来，鄱阳湖的各种鱼类，基本吃遍。信江融入了滔滔的鄱阳湖，鄱阳湖最终也奔腾入海，万古不息。

作为一条河流，信江永不终结。

后记

做一个大自然的布道者

二〇一三年七月，我去了福建浦城县一个郊区山村工作，过着相对封闭的生活。我早起打开窗，荣华山伫立在窗外。每天，我会徒步去荣华山走走，有时是十几分钟，有时是半个下午，无论是下雨，还是下雪。我渐渐把自己融入了山林里，似乎是山林的一部分。我一个人，深入深山，去辨识植物，去观鸟，去倾听虫鸣，去认知四季的原色，每一次在山林，都会发现奇异的自然之美。即使在同一座山冈上，因天气因时间因视角的不同，也有别样的美。

荣华山是武夷山南麓的一部分，是一座原生态的国家森林公园，并无人烟。我生活之所，在最矮的一个山冈上。我步行五分钟，便上了进山的山道。苦竹、杜鹃、栎树、毛竹、野山茶、松树、杉树、枫树、厚朴、板栗树，把山道遮掩了起来。红嘴相思鸟、乌鸫、果鸽、喜鹊、麻雀、苇莺，四处可见。我去采集野花、寻找树上或灌木丛里的鸟巢，探访泉水的源头，都是我十分乐意做的事情。我完全摒弃了浮躁，洗去了虚化。每次进山，我都会觉得人可以生活得极其简单，也可以极其简朴，人和草木鸟兽以自然性，彼此通达。我完全沉静了下来。我相信，我看到的天空和别人看到的天空，是不一样的；我看到的山林和别人看到的山林，是不一样的。众生平等，万物平等,我常想起孟浩然的《江上寄山阴崔少府国辅》所言"草木本无意,荣枯自有时"。我越发珍爱万物的生命。我并不觉得这样的生活枯燥——有时在一个山冈或一条河道走半天,有时一个中午在水潭看小鱼,有时在茶园里转一个傍晚。或者说,我爱上了这种枯燥的生活——孤独,但不寂寞,一个人静静在山野,我能感受山野的呼吸,它的色彩,它的味道,它的声音,它的气息。这是多么让我迷恋。

我把看到的自然,感受到的自然,写成了非常原始的文字。

其实,我对山林并不陌生,自小生活在灵山北部山区,虽然不是大山区,但也草木葱茏,满山苍翠。小时候,在春天的雨季,提着小篮子去后山采摘蘑菇。暑假了,去山里砍灌木。十五岁离开故土,再也没机会去深山。我对山的认识,其实属于无知。一个人的美学形成,除了个人的阅读史、性格、家族史影响之外,童年或青少年的生活环境,影响也很巨大,这种影响是不自觉的、无形的、毫无察觉的。像雨水渗入大地。意料之外地,我去了荣华山生活,我身体里的细胞被那片无人踏足的山林唤醒。我重新去认识山林,默默和它相守,一个人去仰望苍穹里冰凉的月亮,去谛听秋天大雁的鸣叫,去看鸟站在枯枝上整理自己的羽毛。我看了大量动植物的书,鸟类、昆虫、爬行动物、藤本植物、禾本植物、乔木、灌木,我逐一去学会辨认。一个人在深山生活,我觉得是生活对我的恩赐。我不可以辜负这样的生活,以后也很难有这样的生活。

离开荣华山后,我过着另一种安静的生活。我每个月,安排出比较多的时间,去更远的深山。我通常是孤身一人上路。我去了皖南,去了恩施,去了苗族自治州,去了粤北,去了赣西北。这些地方,有古老的深山。乙未年冬,又去了临近的横峰县,去了灵山山脉最深处的山林。我怀有这样的想法,以自己的心灵去浸透山林,鸟一样投奔山林的怀抱,建构一个属于自己的山地美学,它是奇异的,丰富的,寂静的,多变的。山林会在某一个瞬间,被我吸进五脏六腑,我能听到它的心跳,感受它的脉搏。横峰给我深切的体会是,在熟悉的身边寻找大自然的奇异之美,难度是非常大的。前后去了十几次横峰采风,每次去的感受都不一样,这是因为这片山水,在我的内心发生奇妙的物理变化,使我的心灵发酵。我走在横峰的大地上,觉得不是在漫游,而是在丈量大地的纵深,抚摸到了大地的骨骼,以及深切感受到这片大地之上的人们,是多么热爱这片美好的家园。我想起艾青老人的诗句:为什么我的眼里常含泪水?因为我对这土地爱得深沉……第一次去,因为吴武华兄、史海辉兄的慰留,在新篁待了两天,古朴美丽的山川震动了我眼球。饶清华兄后又多次约请,使我得以走遍横峰大地。他是我兄长,我去上饶市工作时,结识他,已二十余年。每每和他交谈,我都被他所抱有的赤子情怀和大地梦想所感动。每次去,我都觉得我的皮肤和这片土地,是相互粘连的。

自二〇〇二年写散文以来,我其实只写了饶北河系列、城市系列、身体系列,大自然系列是我的第四个系列。可以这样说,这十三年,我展开了自己四个维度的写作。记得乙未年仲夏,我在南昌丽尊禧悦酒店,和老友江子喝茶。我说起了这样的观点,一个作家,既要写出自己的深度,还要写出自己的维度,高度是由深度和维度共同构造的。我这样说,并不是说自己有深度和多维度,我阐述的是,一个写作者,需要丰富性,而不是单一性。

这是我的第七本个人散文集，和我其他散文集有很大的不一样。我回归了传统的表达，对文本几乎没有探索，也没有多姿多彩又有趣的故事，人物很少出现。相比以往文字而言，自然系列更富有诗性，生机盎然，情感更细腻，描写更细致，有大自然给予人的禅性和道悟。始终如一的是，我热爱生活的情怀从未改变。读它的人，心是安静的；读完的人，心里会荡漾静谧的湖水。

我一直追求这样的写作境界：与身处的时代要有对话，与流逝的时间要有对话，与脚下的土地要有对话，与孤立无援的生命要有对话，与俊美无言的大自然要有对话。我深知，离这等境界很遥远。

在此书出版之际，深谢摄影家季永年、胡红平、李土根、八贤等友人以及其他摄影家的大力支持，他们为本书提供了精美图片，但因版式因素，没有在所用照片中一一标明摄影者，在此一并致歉，并深表感谢。

傅菲

2016 年 5 月